Ein Düsseldorfer Reisebus strandet wegen eines Motorschadens kurz vor Kophusen. Kommissar Philip Goldberg und sein Kollege Peter Brandt werden zum Ort des Geschehens gerufen. Als ein weißer Kastenwagen mit Dortmunder Kennzeichen auftaucht, wird Goldberg misstrauisch. Ein Sabotageakt? Wenig später wird die Leiche eines Mannes gefunden. Während die bunt zusammengewürfelte Reisegruppe auf einen Ersatzbus wartet, führt die Spur die Ermittler in die Geo-Cache-Szene. Hauke Thomsen glaubt an einen Zufall. Doch als die Beamten bei einem Cache erneut auf den Kastenwagen stoßen, wird ihnen klar, dass sie es nicht mit einer harmlosen Schatzsuche zu tun haben und die Verantwortlichen selbst vor Mord nicht zurückschrecken.

Nicole Wollschlaeger, 1974 in Pinneberg geboren, absolvierte zunächst eine Ausbildung zur Buchhändlerin. 2004 schloss sie ihr Schauspielstudium in Hamburg ab. Sieben Jahre lieh sie ihre Stimme der Kinderbuchreihe *Das magische Baumhaus* und tourte mit ihren Lesungen durch ganz Deutschland. 2013 erschien ihr erster Roman *Schatten über Nargon* im Carlsen Verlag. Mit *ELBSCHULD* startete 2016 die Krimireihe um das Kophusener Ermittler-Trio.

Nicole Wollschlaeger

ELBSCHATZ

Kriminalroman

Der achte Fall von Kommissar Philip Goldberg

Ausführliche Informationen finden Sie
unter: www.nicolewollschlaeger.de

Der Titel ist auch als eBook und Hörbuch erschienen.

Weitere Titel der Autorin:
ELBSCHULD
ELBSCHMERZ
ELBSPIEL
ELBGIFT
ELBFANG
ELBTIER
ELBPAKT
Schatten über Nargon
Kinderbuch ab 10 Jahren

Ungekürzte Ausgabe 2023
© 2023 Nicole Wollschlaeger

Herstellung und Verlag:
BoD – Books on Demand, Norderstedt
ISBN: 9783757860998
Umschlaggestaltung: Svenja Sund
unter Verwendung von Motiven von Canva®
Lektorat: Stefan Wendel, Lübeck
Korrektorat: Rita Nandy, Wunstorf

»Es irrt der Mensch, solang er strebt.«
Johann Wolfgang von Goethe

1

Zwei von drei Computern waren besetzt. Für einen Samstagvormittag war nicht viel los. Der Mann hinter dem Tresen reichte ihm das Stück Papier mit dem zehnstelligen Code und wies ihm den letzten freien Stuhl zu. In diesem Viertel war er noch nie gewesen. Das Internetcafé hatte er bei seinen Streifzügen durch die Stadt entdeckt. Die Tastatur war fleckig. Einige Buchstaben waren kaum noch zu erkennen. Links neben ihm saß eine ältere Frau. Ihre Augen glitten konzentriert über den Bildschirm. Auf der anderen Seite saß ein junger Mann, der in einer fremden Sprache lautstark übers Internet telefonierte. Keiner der beiden würde ihn beschreiben können. Dazu waren sie zu sehr mit sich selbst beschäftigt.

Er zog die Tastatur heran und gab die Zahlenkombination ein. Die Startseite öffnete sich. Ohne Umschweife tippte er die Adresse in die Zeile des Browsers ein. Eine Suchmaschine würde nur unnötige Daten sammeln. Ein Bekannter hatte ihm die Seite empfohlen. Er selbst hatte davon nur am Rande gehört und hielt es für pure Zeitverschwendung. Dinge in der Landschaft zu verstecken, damit wildfremde Menschen sie fanden, würde ihm jedenfalls kein Vergnügen bereiten. Er hatte ein Unternehmen zu leiten und damit Wichtigeres zu tun. Doch für seine Zwecke erschien es ihm perfekt. Anonym und nicht zurückzuverfolgen. Eine geheime Sprache, die nur er und seine Kontaktperson verstanden. Ohne jegliche Verbindung zueinander. Er würde in der Masse untergehen. Einer von vielen, der sich auf der Seite tummelte, um vermeintliche Schätze zu suchen. Die Gefahr, dass Unbeteiligte ihre Nachrichten entdecken würden, war zwar nicht gering, aber ungefährlich. Sie hatten ein ausgeklügeltes Kommunikationssystem entwickelt, das nur sie verstanden. Die perfekte Tarnung jenseits von Handydaten und Funkmasten-Ortung. Ein System, das auch über große Distanz funktionierte. Das war wichtig. Schließlich stand sein Lebenswerk auf dem Spiel. Niemand würde ihm das kaputtmachen. Jegliches Risiko würde notfalls beseitigt werden. Natürlich nicht von ihm persönlich. Es gab Menschen, die das für ihn erledigten. Doch vor der Entscheidung schreckte er nicht zurück.

Die Registrierung war kinderleicht. Er hatte den Klassiker gewählt: Max Mustermann aus Musterstadt. Er musste lächeln. Es fühlte sich an wie ein Abenteuer. Als wandelte er auf den Spuren seiner Jugend und würde mit seinen Freunden durch die Vorstadt stromern, in der er aufgewachsen war. Er hatte lange nicht mehr daran gedacht.

Auf die mobile Version des Anbieters würden sie verzichten. Seine Kontaktperson musste ohne Smartphone auskommen. Das war ihre Abmachung. Falls das Eingreifen seinerseits notwendig werden sollte, würde er es auf diesem Wege erfahren und alle Vorkehrungen treffen. Ebenso würde er sich um die Beseitigung der Leichen kümmern. Lautlos und unauffällig. Diese Abgebrühtheit war neu für ihn. Sie hatte sich in den letzten Wochen in ihm manifestiert. Als er begriffen hatte, dass sein Leben aus den Fugen zu geraten drohte. Und das nur, weil jemand anderes den Hals nicht vollkriegte. Seine berufliche Existenz stand auf dem Spiel. Das hatte ihn zum Handeln gezwungen. Er würde nicht kampflos zusehen, wie alles, wofür er gearbeitet hatte, den Bach runterging. Wer mit dem Feuer spielte, musste damit rechnen, sich zu verbrennen. Da kannte er kein Mitleid. Freund oder nicht, das war ihm egal.

Der Deckname gefiel ihm: *Cacheoftheday*. Es war nicht ihre erste Zusammenarbeit. Doch dieses Mal würde seine Kontaktperson ihm Augen und Ohren leihen. Bisher hatte sich ihre Zusammenarbeit ausschließlich auf legale Projekte beschränkt und war immer reibungslos vonstattengegangen. Es gab keinen Grund, an ihrer Loyalität zu zweifeln. Er hoffte, dass es bei dieser Operation nicht zu der befürchteten Eskalation kommen würde. Das wäre nicht gut für sein Image. Dieses Problem musste, wenn möglich, auf elegante Weise gelöst werden. Zumal es gar nicht seine Schuld war. Er musste nur dafür sorgen, dass es ein Geheimnis blieb, den Schlamassel beseitigen, den andere angerichtet hatten. Seine Wut hatte er im Griff. Sie würde ihn nur unvorsichtig machen. Es ging nicht um Rache oder Bestrafung. Es ging um Schadensbegrenzung. Er war auf alles vorbereitet. Und wenn die Situation es erforderte, würde er Unterstützung schicken. Was auch immer notwendig war, er würde sich darum kümmern. Es war sein Job, für seine Schäfchen zu sorgen. Dass sie wieder auf Linie gebracht wurden. Er würde sein Lebenswerk zu schützen wissen. Der Preis spielte dabei keine Rolle.

Wie verabredet war *cacheoftheday* bereits online gegangen. Er klickte das Profil an. Noch waren keine Schätze verzeichnet. Keine Nachrichten waren gute Nachrichten. Zufrieden loggte er sich aus. Danach löschte er seinen Browserverlauf. Er wusste, dass es im Ernstfall nicht viel bringen würde, aber es gab ihm ein besseres Gefühl. Am Tresen bezahlte er seinen kurzen Ausflug in die virtuelle Welt und verließ das Internetcafé. Morgen würde er sich ein anderes suchen. Lächelnd spazierte er in Richtung Bahnhof zurück. Sein Plan war genial. Niemand würde je erfahren, was wirklich geschehen war.

2

Das kleine Mädchen weinte. Die Mutter kniete vor dem Kind und strich ihm eine Strähne aus dem Gesicht. Mit sanften Worten versuchte sie, ihre Tochter zu beruhigen. Sie schloss das Kind in die Arme. Über die Schulter der Mutter hinweg blickte das Mädchen zu ihm auf. Philip Goldberg spürte einen Stich. Die Bilder seines eigenen Unfalls fluteten sein Gehirn. Er konnte es nicht verhindern. Für einen Augenblick fühlte der Kommissar sich an die Kreuzung zurückversetzt, an der sein Wagen in Flammen aufgegangen und seine Stieftochter vor seinen Augen verbrannt war. Das alles lag jetzt fast zehn Jahre zurück. Und noch immer konnte er ihr Weinen hören. Er versuchte ein Lächeln. Doch es wollte ihm nicht gelingen. Der Kommissar wandte den Blick ab. Dieser Unfall hatte nichts mit seinem zu tun. Es gab weder ein Feuer noch Verletzte, geschweige denn Tote. Nur eine kleine, etwa zwanzigköpfige Reisegruppe, die auf dem Weg von Düsseldorf nach Sylt kurz vor Kophusen gestrandet war. Goldberg schüttelte seine Erinnerungsfetzen ab.

Die beiden Busfahrer, die mit verschränkten Armen vor der zerborstenen Frontscheibe standen, kamen ihm gerade recht. Der ältere schien dem jüngeren Kollegen

Vorwürfe zu machen. Eine blonde Frau mit Pferdeschwanz und im grünen Kostüm, offenbar die Reiseleiterin, bemühte sich, zwischen den Männern zu schlichten. Goldberg steuerte auf die Dreiergruppe zu, vorbei an Peter Brandt, seinem Freund und Kollegen, der bereits mit der Befragung zweier gut gekleideter Herren begonnen hatte. Ihr Kollege Hauke Thomsen hatte frei. Peters besorgter Blick entging Goldberg nicht. Sein ältester Kollege schien zu ahnen, welchen Bildern der Kommissar auszuweichen versuchte. Goldberg signalisierte ihm mit einem knappen Nicken, dass er alles im Griff hatte. Peter wirkte zwar nicht überzeugt, ließ ihn aber ohne Einwände den verunfallten Bus passieren, der auf dem Seitenstreifen an einem Baum zum Stillstand gekommen war. Der Kommissar zwang sich, sein Kopfkino unter Kontrolle zu bringen und sich auf die Unfallaufnahme zu fokussieren.

Die Reiseleiterin hieß Freija Nørgaard. Eine Dänin, die akzentfrei Deutsch sprach. Goldberg schätzte sie auf Anfang vierzig. Die Busfahrer stellten sich als Benno Kramer und Dimitri Petrov vor. Sie konnten unterschiedlicher kaum sein. Petrov hatte pechschwarze Haare und trug ein weißes Hemd, das in einer grauen Stoffhose steckte. Er war der Ältere der beiden. Kramer hingegen war blond und spielte andauernd an seinem eindrucksvollen Schnurrbart herum. Entweder eine Marotte oder aber ein Zeichen von Nervosität. Seine ausgeblichene Jeans passte zu dem ausgebeulten Sweatshirt.

Goldberg nahm ihre Personalien auf. Dann ließ er sich den Unfallhergang schildern. In Niebüll wollten sie den Autozug nach Westerland nehmen. Doch auf der A23 kurz vor der Ausfahrt Hohenfelde war einem Passagier Rauch aufgefallen. Benno Kramer war abgefahren, um die nahe Tankstelle in Steinburg anzusteuern, als plötzlich die Bremsen streikten. Zum Glück war das Tempo nicht sonderlich hoch gewesen. Kramer hatte den Reisebus auf den breiten Seitenstreifen gelenkt, wo er unsanft gegen den Baum geprallt war. Das hatte ihn schließlich zum Stehen gebracht. Die Straße wurde nicht blockiert. Der Verkehr floss zügig an ihnen vorbei. Wie durch ein Wunder war niemand verletzt worden. Vorsichtshalber hatten sie einen Rettungswagen angefordert. Peter hatte darauf bestanden, nachdem eine Frau über Nackenschmerzen geklagt hatte. Die Unfallstelle hatten sie gleich zu Beginn gesichert. Freija Nørgaard hatte eine Schramme über dem linken Auge. Kramer schien noch unter Schock zu stehen. Petrov war die Ruhe selbst.

»Sie haben Glück gehabt«, sagte Goldberg.

Petrov nickte.

»Hatten Sie unterwegs schon Probleme?«

»Nein«, entgegnete Kramer.

»Die Unfallursache muss geklärt werden. Wir kümmern uns darum, dass der Bus in eine Werkstatt abgeschleppt wird.«

»Meine Chefin wird nicht erfreut über die damit verbundene Verspätung sein«, sagte Nørgaard.

»Darauf kann ich leider keine Rücksicht nehmen.« Goldberg entging der kurze Blick, den die beiden Männer sich zuwarfen, nicht. Ihr Bericht über die versagenden Bremsen hatte den Kommissar stutzig gemacht.

Goldberg fragte sich, ob sie es hier möglicherweise mit einem Sabotage-Akt zu tun hatten. Irgendetwas war hier nicht koscher.

Sören würde ihm Auskunft darüber geben können. Dem Kfz-Meister gehörte die Werkstatt in Herzhorn.

Nørgaard seufzte ergeben. »Okay. Aber dann brauchen wir eine Unterkunft.«

»Wir kümmern uns auch darum«, versicherte Goldberg.

Ein Ehepaar in wasserabweisenden Outdoorjacken machte seinem Ärger Luft. Lautstark ließen sie sich über den mangelnden Service aus, und der Mann verkündete, sich schriftlich beschweren zu wollen. Nørgaard entschuldigte sich lächelnd beim Kommissar und ging, um die Wogen zu glätten.

Goldberg erreichte Sören auf seinem Mobiltelefon. Sie verabredeten, den Bus auf den Werkhof zu bringen. Sörens Mitarbeiter würden ihn gleich am Montag inspizieren.

»Gibt es hier ein Hotel in der Nähe?«, fragte Petrov, nachdem Goldberg das Gespräch beendet hatte.

»Ja, eine kleine Pension. Allerdings hat sie nicht genug Zimmer für die ganze Reisegruppe.«

»Egal, wir müssen irgendwo unterkommen, bis wir Ersatz haben oder unser Bus repariert ist.«

Goldberg drehte sich zu Peter um, der immer noch im Gespräch mit den elegant gekleideten Herren war. »Warten Sie, ich frage mal nach.« Er ging am Bus vorbei. Das kleine Mädchen saß jetzt auf dem Schoß ihrer Mutter, die sich ins Gras gehockt hatte. Rasch wandte er den Blick ab.

»Peter, hast du kurz Zeit für mich?«

»Klar.« Er wandte sich zu seinen Gesprächspartnern: »Entschuldigen Sie mich bitte. Ich bin gleich zurück.«

Peter folgte Goldberg ein paar Schritte zur Seite.

»Gott sei Dank, das halte ich nicht aus«, raunte er, als sie außer Hörweite waren.

»Was ist los?«

»Die beiden treiben mich in den Wahnsinn. Ständig fängt der eine einen Satz an und der andere beendet ihn. Wie ein altes Ehepaar. Wenn Greta und ich so werden, musst du mir das sagen.«

»Mach ich. Aber zuerst müssen wir uns um eine Unterkunft kümmern.«

»Ruf doch Rosi an.«

»Das könnte als Übervorteilung ausgelegt werden.«

»Du bist ja nicht Hauke. Sie ist nicht deine Schwester. Also ich sehe da kein Problem. Soll ich sie anrufen?«

»Schon gut, ich mache das selbst.«

»Aber die kriegt sie nicht alle unter.«

»Ich weiß, ich dachte an den Ferienhof.«

»Probier's. Vielleicht haben wir Glück und der hat noch etwas frei, um den Rest unterzubringen.«

Goldberg wollte sich schon abwenden, doch Peter hielt ihn am Arm zurück. »Ich übernehme deine nächsten drei Sonntagsdienste, wenn du dich um das Altherrenehepaar kümmerst.« Peter sah ihn flehend an. »Bitte!«

»Du klingst wie Hauke. Verbring nicht so viel Zeit mit ihm. Das färbt ab. Los, zurück an die Arbeit!«

Peter setzte ein gequältes Lächeln auf und trottete zu seinen unliebsamen Gesprächspartnern zurück.

Goldberg erreichte Rosi im Restaurant. Sie führte mit

ihrer Mutter Bärbel die örtliche Gastwirtschaft, an der eine kleine Pension angeschlossen war. Über den Herbst hatten sie den Dachboden mit drei weiteren Zimmern ausbauen lassen. Sie hatte zwei Doppel- und ein Einzelzimmer frei. Für den Rest der Reisegruppe würde sie sich beim Ferienhof erkundigen. Goldberg bedankte sich und beendete das Gespräch. Ihm war nicht ganz wohl bei der Sache. Nach den internen Ermittlungen vorletztes Jahr gegen sie war es riskant, Rosi und Bärbel Gäste zu verschaffen. Andererseits gab es nicht viele Hotels in der Gegend. Und Peter hatte recht: Er war ja nicht direkt mit den beiden verwandt.

»Frau Nørgaard, können wir kurz sprechen?«, unterbrach er die hitzig gewordene Unterredung zwischen der Reiseleiterin und dem streitlustigen Ehepaar.

»Aber natürlich«, sagte sie und wandte sich ihm erleichtert zu.

»Ich würde Sie und Ihre Reisegruppe gern nach Kophusen bringen lassen. Wir haben eine kleine Pension, dort kommen schon mal einige Ihrer Reisegäste unter. Die Wirtin kümmert sich um eine weitere Unterkunft auf einem nahe gelegenen Ferienhof, ebenfalls in Kophusen. Vielleicht haben die genug Zimmer frei, sodass Sie alle in der Nähe untergebracht wären.«

»Oh, das ist ja fabelhaft. Vielen Dank. Unsere Reise werden wir heute sicher nicht fortsetzen können.«

»Aber das bezahlen Sie!«, eiferte sich der Mann, der offenbar nicht viel von Diskretion hielt. »Ich komme jedenfalls nicht für eine zusätzliche Übernachtung auf, nur weil Ihre Busse schrottreif sind.«

Lächelnd versicherte Nørgaard ihm, dass das selbstverständlich auf Kosten des Reiseveranstalters ginge. Goldberg bewunderte die Ruhe, mit der die Frau sprach. Von ihrem Deeskalationstalent konnte sich Hauke eine Menge abgucken.

Nørgaard rief ihre bunte Truppe zusammen. Während die Reiseleiterin sie informierte, ließ Goldberg den Blick über die Reisegruppe schweifen. Eine Art Mikrokosmos bestehend aus den unterschiedlichsten Menschen. Er hatte noch nie verstanden, wie man bereit sein konnte, seinen kostbaren Urlaub ausgerechnet mit lauter Fremden in einem engen Bus zu verbringen. Doch offenbar gab es gute Gründe dafür, die sich ihm nicht erschlossen. Bis auf zwei Familien und drei augenscheinlich Alleinreisende bestand die Gruppe aus Paaren.

Die Sirenen des näherkommenden Rettungswagens ließen Nørgaard verstummen. Der RTW parkte hinter dem Bus auf dem Seitenstreifen. Peter nahm die Sanitäter in Empfang und führte sie zu der Frau, die über Nackenschmerzen geklagt hatte. Während die Sanitäter die Lage sondierten und entschieden, ob sie jemanden ins Krankenhaus mitnehmen mussten, bemerkte Goldberg einen weißen Kastenwagen, der sich auffällig langsam aus Richtung Westerhorn näherte. Kurz vor den rot-weißen Leitkegeln, die sie zur Absperrung rund um den Bus aufgestellt hatten, wurde der Wagen noch langsamer. Goldberg ging geradewegs auf das Fahrzeug zu. Dortmunder Kennzeichen. Ihr verunfallter Bus kam aus Düsseldorf. Jetzt im Juli war die Urlaubssaison bereits in vollem Gange und Schleswig-Holstein war bei Touristen aus Nordrhein-Westfalen besonders beliebt, aber Goldberg glaubte nicht an Zufälle. Diese Gegend war nicht gerade ein touristischer Hotspot. Er trat vom Seitenstreifen auf die Fahrbahn und hob den Arm. Der Fahrer stoppte den Wagen und ließ das Fenster hinunter.

»Kann ich irgendwie helfen?«

»Das ist sehr nett von Ihnen, aber wir kommen zurecht. Danke.«

»Ist jemand verletzt?«

Goldberg ließ sich einen Augenblick Zeit, bevor er antwortete. Das Alter des Mannes war schwer zu schätzen. Seine braune Schirmmütze hatte er tief ins Gesicht gezogen. Dazu trug er ein blaues Hemd.

»Sind Sie Arzt?«, fragte er.

Der Mann schüttelte den Kopf.

»Kennen Sie jemanden aus der Reisegruppe?«

Der Mann riss die Augen auf. »Nein«, rief er. »Wie kommen Sie denn darauf? Ich dachte nur, ich könnte vielleicht helfen. Aber Sie haben offenbar alles unter Kontrolle. Na dann, auf Wiedersehen.«

Ehe Goldberg etwas erwidern konnte, trat der Mann aufs Gas. Ganz plötzlich schien er es eilig zu haben. Der Kommissar prägte sich das Kennzeichen ein. Nein, das war definitiv kein Zufall gewesen.

3

Krachend fiel die Haustür ins Schloss. Hauke Thomsen
zuckte zusammen. Er stand auf der letzten Treppenstufe
und lauschte dem Stakkato ihrer Absätze auf dem Asphalt.
Kein Zweifel, sie wollte weg von ihm. Ihre Schritte ver-
stummten. Eine Autotür wurde zugeschlagen. Er hörte,
wie sie den Motor startete, um schließlich mit quietschenden Reifen davonzubrausen. Seufzend ließ Hauke
sich auf die Treppe sinken. Er schloss die Augen und
atmete erleichtert aus. Die Stille senkte sich über ihn.
Sein Puls beruhigte sich. So fühlte es sich also an, wenn
man mit einer Cholerikerin zusammenlebte. Allmählich
bekam Hauke eine Ahnung davon, wie es seiner Ex-
Frau Hilke mit ihm ergangen sein musste. Das war verdammt anstrengend. Dass er seine Ehe einmal durch
ihre Augen sehen würde, hatte er nicht für möglich
gehalten. Ein Wunder, dass Hilke so viele Jahre bei ihm
geblieben war. Er würde das nicht einmal im Ansatz so
lange schaffen. Eine Ehe mit Olivia war völlig ausgeschlossen. Hauke hasste heftige Auseinandersetzungen.
In letzter Zeit war es immer öfter vorgekommen, dass
sie stritten. Meistens stürmte sie dann wutentbrannt aus
dem Haus und ließ ihn frustriert zurück. Inzwischen
glaubte Hauke, dass ihre Beziehung ein Irrtum war.

Noch vor drei Monaten war er euphorisch vorge-
prescht und hatte ihr bei einem romantischen Essen
symbolisch den Schlüssel zu seinem Haus überreicht.
Doch seine Freude währte nicht lange. Nachdem sie
mehr oder weniger bei ihm eingezogen war, gingen
die Streitereien erst richtig los. Meistens waren es Lap-
palien, aber aus Erfahrung wussten sie beide, dass diese
Kleinigkeiten nur vordergründig der Anlass waren. Sie
passten einfach nicht zusammen, und das dämmerte
ihm schon seit einiger Zeit. Peter hatte es mit der
Kontaktanzeige gut gemeint. Und Olivia schien anfangs
perfekt zu sein, doch sie waren sich zu ähnlich. Haukes
Wutausbrüche triggerten sie geradezu und sie beantwortete diese mit einem noch heftigeren Ausbruch
ihrerseits. Sein derber Humor, den sie anfangs noch
süß gefunden hatte, entpuppte sich als andauerndes
Ärgernis für sie. Es war ihr peinlich gegenüber ihren
Freunden. Bald trafen sie sich nur noch allein, doch
auch das half nichts. Er musste diese Beziehung beenden.
Je früher, desto besser. Peters drohende Trauer-
miene ließ ihn das unausweichliche Ende jedoch
hinauszögern.

Normalerweise trank er keinen Alkohol mitten am
Tag, doch jetzt war ihm nach einem Bier zumute.
Heute war sein freier Sonntag und morgen würde er
auch nicht losmüssen. Eigentlich hatte er ein verlän-
gertes Wochenende mit Olivia verbringen wollen. Er
entschied, sich eine Ausnahme zu genehmigen. Mit
einer eisgekühlten Flasche setzte er sich aufs Sofa und
starrte missmutig in den Garten hinaus. Es war ein
lächerlich schöner Tag. Die Sonne strahlte höhnisch

vom wolkenlosen Himmel hinab. Sollte er Olivia anrufen? Am Telefon Schluss zu machen war nicht gerade die feine Art. Er wollte das mit Würde und Anstand tun. Ihm graute viel mehr davor, Peter die Wahrheit sagen zu müssen. Sein bester Freund und Kollege hatte sich letztes Jahr so viel Mühe gegeben, eine Frau für ihn zu finden. Noch wusste Peter nichts von dem drohenden Beziehungsaus. Es würde ihn schwer treffen. Am besten, er erledigte es während der Arbeit, dann ersparte er sich einen von Peters sentimentalen Gefühlsausbrüchen. Die waren wirklich schwer zu ertragen. Ein erwachsener Mann, der weinte, gehörte nicht zu den Situationen, denen Hauke gern beiwohnte. Er leerte das Bier und widerstand dem Impuls, sich die zweite Flasche zu holen. Stattdessen ging er auf die Terrasse hinaus und ließ sich in den Gartenstuhl fallen.

Er hatte Olivia wirklich gemocht. Gleich auf den ersten Blick am Elbstrand in Bielenberg hatte es zwischen ihnen gefunkt. Ein Strohfeuer, wie ihm jetzt klar wurde. Kurz und heftig. Nun waren die Flammen erloschen und übrig blieben die verkohlten Reste ihrer Leidenschaft, wie die kläglichen Stümpfe eines abgeernteten Maisfeldes. Olivia ging es sicher genauso. Sie war klug und ihre Unstimmigkeiten waren nicht zu übersehen. Doch das L-Wort war bereits gefallen, das machte die Sache zwischen ihnen so kompliziert. Selbst wenn ihre Gefühle ins Gegenteil umgeschlagen waren, ließ es sich nicht einfach wegwischen. Hauke fragte sich, warum sie den fetten, rosafarbenen Elefanten, der meistens mit ihnen im Raum war, so konsequent ignorierte, geradezu totschwieg. Immer wenn es unvermeidlich schien, über das Ende zu sprechen, rannte sie einfach davon. Kein besonders erwachsenes Verhalten, dachte er. Konnte sie ihm nicht einfach in einer ihrer hitzigen Auseinandersetzungen den Laufpass geben? Dann läge die Schuld bei ihr und er könnte Peters strafenden Blick mitsamt seiner Gardinenpredigt abwenden. Vielleicht wollte sie nicht voreilig handeln. Sie waren beide Ende vierzig. Die Aussicht, allein zu sterben, ließ Olivia offenbar an ihrer zweifelhaften Beziehung festhalten. Hauke war es egal, ob er allein starb oder nicht. Alles war besser als diese nervenaufreibenden Streitereien.

Das Signal einer eingehenden SMS lenkte Hauke ab. Beim Aufstehen betete er, dass es die erlösende Nachricht war.

Sein Telefon stand in der Ladevorrichtung auf der Anrichte im Flur. Es wäre auch zu schön gewesen. Statt des erhofften Beziehungsaus, las er eine Nachricht von seiner Mutter Bärbel.

Alle untergebracht!

Hauke hatte keine Ahnung, was das bedeuten sollte. Wen hatte sie bitte untergebracht und warum zum Teufel sollte ihn das interessieren? Er überlegte, sie anzurufen, doch er entschied sich dagegen. Sie würde seine düstere Stimmung sofort bemerken und analysieren wollen. Und das würde seinen Zustand nur weiter verschlechtern. Allem Anschein nach war es eine gute Nachricht, die sie ihm mitteilte. Also schickte er ihr einen Daumen hoch und legte das Smartphone zurück auf die Ladestation.

Unentschlossen blieb er im Flur stehen. Olivia war sicherlich auf dem Heimweg nach Elmshorn. Wenn er sie jetzt anrief, würde er sie vermutlich auf der Autobahn erwischen. Keine gute Idee. Eigentlich hatten sie heute vorgehabt, gemeinsam zu kochen und sich einen Film anzuschauen. Die sündhaft teuren Steaks lagen im Kühlschrank. Sie waren gestern extra auf dem Markt in Elmshorn gewesen und hatten frisches Gemüse dazu eingekauft. Doch der Appetit war ihm gründlich vergangen.

Er gab seinen Widerstand auf und schlich in die Küche. Die Notfallschachtel Zigaretten im hintersten Winkel des obersten Küchenschranks hatte er bereits vor drei Tagen geplündert, als sie sich wegen der Waschmaschine gestritten hatten. Olivia hatte eine Ladung Wäsche in der Trommel vergessen. Einen ganzen Tag lang. Hauke hatte sie freundlich darauf aufmerksam gemacht, dass die Klamotten bereits anfingen zu miefen und er die Maschine noch mal anstellen müsse. Sie hatte ihn mit einem verächtlichen Schnauben bestraft und ihn einen »peniblen Putzteufel« genannt. Eine derartig explosive Reaktion war bisher sein Part gewesen. Nun stand er sich gewissermaßen selbst gegenüber. Das war kein Vergnügen. In ihrer Beziehung war nur Platz für einen Querulanten. Und er hatte nicht vor, seine Persönlichkeit wegen einer Frau aufzugeben.

Mit einer zweiten Flasche Bier zog er sich auf die Terrasse zurück. Diesen Nachmittag würde er nüchtern nicht überstehen.

4

Gerrit Lange waren diese Ausflüge heilig. Kleine
Fluchten in dem ansonsten so kräftezehrenden Alltag.
Es war nicht nur die Tatsache, dass er dabei Zeit an der
frischen Luft verbrachte und in Bewegung kam. Nein,
das Beste war, dass er sie mit seinen beiden Töchtern
verbringen konnte. Seine Ehe hatte nicht gehalten.
Nach nur fünf Jahren fing es bereits an zu kriseln.
Nach zwei weiteren zog er aus und drei Jahre später
waren sie geschieden. Die Trennung war glimpflich
verlaufen. Alles zum Wohl der Kinder. Auch wenn es
ihn einiges an Überwindung gekostet hatte. Er hatte
Klara geliebt. Aber Liebe war eben doch nicht alles.
Seine Mädchen, wie er sie nannte, waren sein Ein und
Alles. Zwar sah er sie fortan nur noch an den Wochen-
enden, aber sie waren der Grund, warum er jeden
Morgen aufstand und in die Bank fuhr, Menschen
Kredite aufschwatzte, die sie nicht brauchten, und ihnen
ihre Ersparnisse abluchste, indem er sie in lukrative
Anlageprodukte investierte. Lukrativ für die Bank,
nicht für die Kunden. Er hatte sich damit abgefunden.
Er tat es, um für seine Mädchen da zu sein, um ihnen
eine gute Ausbildung zu finanzieren. Ein Studium mit

Auslandssemestern. Fremdsprachen wurden ja immer wichtiger. Umso mehr liebte er diese Ausflüge ins Hamburger Umland, in denen er sich frei fühlte. Ein Ausgleich zu seiner Arbeit am Schreibtisch, in diesem albernen Anzug und dem aufgesetzten Lächeln.

Marie und Lina saßen auf dem Rücksitz. Ganz in ihre Fachsimpelei versunken. Gerrit betrachtete die beiden durch den Rückspiegel, in ihren gelben Regenjacken, die fast so aussahen wie seine eigene, die er damals als Kind so geliebt hatte. Aber sie waren nicht original. Retro-Look hatte seine Ex-Frau Klara es genannt. Die Gummistiefel ragten gerade eben über den Sitz. Maries zierten grüne Herzen und Linas rosafarbene Einhörner. Die Jeans steckten tief in den Schäften. Seine Ex-Frau achtete streng darauf, dass sie wettertaugliche Kleidung trugen. Die Mützen hatten sie sich sofort vom Kopf gerissen, sobald sein Auto um die Ecke außer Sichtweite gebogen war. Ihr lautes Kichern hatte Gerrits Herz erwärmt. Diese Tage waren alles, was ihm geblieben war. Nichts und niemand durfte es wagen, sich zwischen ihn und seine Mädchen zu stellen. Seine Liebe zu ihnen wurde nur von der Angst um sie übertroffen. Seit ihrer Geburt begleitete ihn die übermäßige Sorge, dass ihnen etwas zustoßen konnte. Etwas Monströses, vor dem er sie nicht beschützen könnte. Diese Gedanken behielt er allerdings für sich. Nicht einmal Klara hatte er jemals davon erzählt. Es kam ihm peinlich und übertrieben vor. Er wollte nicht wie ein Helikoptervater rüberkommen. Vermutlich war seine Heimlichkeit der Grund dafür, dass sich die anfänglich diffuse Sorge in ihm verfestigt hatte und zu einer fixen Idee ausgewachsen war. Immer dann, wenn seine Töchter einen weiteren Schritt zum Erwachsenwerden unternahmen, musste er diese Angst regelrecht bekämpfen. Zuletzt war das der Fall gewesen, als sie auf die weiterführende Schule wechselten und neuerdings allein mit dem Bus zur Schule fuhren. Klara und er arbeiteten beide. Außerdem war seine Ex-Frau der Meinung, dass ihnen Selbstständigkeit guttun würde. Gerrit fühlte sich nicht wohl bei der Vorstellung, dass seine Mädchen von nun an unbeaufsichtigt und ohne jeglichen Schutz mit den öffentlichen Verkehrsmitteln unterwegs waren, aber er fügte sich. Er hielt seine Angst in Schach, indem er stichprobenartig den Bus verfolgte, in dem seine Mädchen saßen. Natürlich tat er das heimlich. In der Bank hatte er jedes Mal einen Arzttermin vorgeschoben. Bisher hatte es funktioniert, doch ihm gingen so langsam die Gründe aus.

Im Sommer bereiteten ihnen diese Ausflüge am meisten Spaß. Ausgerechnet heute hatten sie nicht so viel Glück. Es war der erste Ferientag. Passend zu einem Montag schlug sich der Nieselregen auf der Frontscheibe nieder. Es war bereits nach dreizehn Uhr. Eigentlich hatte es sich inzwischen aufklaren sollen, das hatte jedenfalls seine Wetter-App heute Morgen behauptet. Die Mädchen ließen sich jedoch nicht die Laune verderben. Hauptsache, sie waren zusammen. Alles andere war nebensächlich.

Gerrit bremste den Wagen und kam vor der Ampel zum Stehen. Sie waren nach Kophusen unterwegs. Ein kleines Dorf bei Glückstadt hinterm Elbdeich. Langsam mussten sie auf die umliegenden Gemeinden ausweichen. Ein Kollege hatte ihm von dem verlassenen

Bauernhof erzählt. Es war aufregend, sich ein neues Jagdgebiet zu erobern. Ihre erste Trophäe, die sie auf ihren GPS-Schnitzeljagden erbeutet hatten, thronte auf dem Armaturenbrett. Ein kleiner gelber Papproboter namens Gisbert. Sie hatten ihn gegen Linas Stoffhasen eingetauscht. Seitdem begleitete er sie auf ihren Unternehmungen.

Die App auf seinem Smartphone forderte ihn auf, links abzubiegen. Auf der Landstraße waren achtzig Stundenkilometer erlaubt. Mit seinen Mädchen im Auto hielt er sich konsequent an die vorgegebene Geschwindigkeitsbegrenzung. Er wollte kein Risiko eingehen. In dieser Hinsicht war er wie seine Kunden aus der Bank. Risiko war ein Wort, das er in Zusammenhang mit seinen Töchtern mied. Es waren noch sieben Kilometer bis zu ihrem Ziel.

»Papa, wann sind wir da?«, rief Marie.

»Gleich, mein Schatz. Es dauert nicht mehr lange und dann kann es losgehen.«

»Au ja!«

Gerrits Blick blieb am Rückspiegel hängen. Er lächelte. Wie zerbrechlich die Menschen doch waren, dachte er. Seitdem er Vater war, liebte er den Song Fragile von Sting. In Gedanken summte er die Melodie, während er seinen Mädchen zusah, wie sie Pläne für den Tag schmiedeten. Gerrit richtete seine Aufmerksamkeit zurück auf die Fahrbahn. Den Anweisungen seines Navigationsgerätes folgend, bog er erneut ab und kam auf einen landwirtschaftlich betriebenen Weg. Die beiden Betonstreifen hatten ihre besten Tage bereits hinter sich und ließen nur Schritttempo zu.

Ihr heutiges Ziel versprach etwas ganz Besonderes zu sein. Ein geheimnisvoller Ort, an dem angeblich schon ein Mord geschehen war. So jedenfalls hieß es in der Beschreibung. Gerrit wusste, dass solche Informationen mit Vorsicht zu genießen waren, und trotzdem hatte es seine Neugier geweckt. Sie hatten das schon oft erlebt. Am Ende stellten sich diese Beschreibungen als hoffnungslos übertrieben heraus, aber sie waren auch schon auf echte Perlen gestoßen.

Nach hundert Metern kam eine Haarnadelkurve. Gerrit trat auf die Bremse. Bei ihren Ausflügen aufs Land waren ihm schon einige Male Tiere vor sein Auto gelaufen. Bis jetzt war es noch nie zu einem Unfall gekommen, und er wollte, dass das so blieb. Ein angefahrenes Tier konnte er seinen Mädchen nicht zumuten. Sie waren zartbesaitet. Das hatten sie von ihm. Klara war in dieser Hinsicht deutlich robuster und vor allem pragmatischer. In ihrer Ehe hatte sie ihm mehr als einmal zu verstehen gegeben, dass er ihr nicht männlich genug sei.

Er bog um die Kurve, als ihm ein roter Pkw entgegenkam. Für diese Straßenverhältnisse hatte er ein Mordstempo drauf. Gerrit riss das Steuer herum und kam halb in den Büschen zum Stehen. Der rote Wagen scherte ebenfalls aus und fuhr auf der angrenzenden Wiese an ihnen vorbei.

»Idiot«, fluchte Gerrit. Er drehte sich zu seinen Töchtern um. »Alles klar bei euch?«

Sie lagen aneinandergedrückt auf der rechten Seite. Lina hatte sich den Kopf an der Türverkleidung gestoßen.

»Papa, wer war das?«, fragte Marie.

Gerrit musste seine Wut zügeln. Er durfte vor den Kindern nicht ausfällig werden. Nicht noch einmal.

»Ein sehr rücksichtsloser Autofahrer«, erwiderte er. »Lina, hast du dir wehgetan?«

Das Mädchen schüttelte den Kopf. »Nein, geht schon.« Sie rieb sich die Stirn.

Gerrit schnallte sich ab und stieg aus dem Wagen. Als er die hintere Tür öffnete, saßen seine Mädchen schon wieder aufrecht. »Ist wirklich alles in Ordnung?«

Marie besah sich fachmännisch die Stelle, an der sich ihre Schwester gestoßen hatte, und bestätigte, dass es nichts Schlimmes sei. Gerrit kontrollierte sicherheitshalber den Kopf seiner Tochter. Vermutlich würde es nur eine kleine Beule geben.

»Können wir endlich weiterfahren?«, fragte Lina ungeduldig.

»Ja, weiterfahren«, bekräftigte Marie lautstark ihre Forderung.

Zurück hinter dem Lenkrad startete Gerrit den Motor und fuhr im Schneckentempo weiter. Immer wieder überprüfte er kurz den Zustand seiner Töchter durch den Rückspiegel. Ansonsten heftete er seine Augen auf den Weg vor sich.

Allmählich erholte sich Gerrit von dem Schreck. Er konnte nur froh sein, dass er so umsichtig gefahren war. Wer um Himmels willen preschte in so einem Tempo um die enge Kurve? Aufs Kennzeichen hatte er nicht geachtet. Den Mann hinterm Steuer hatte er nicht erkennen können. Dafür war dieser Idiot viel zu schnell an ihnen vorbeigeschossen. So ein Hornochse, dachte er.

Sollte er umkehren? Womöglich war das ein schlechtes Omen für den heutigen Ausflug. Aber so kurz vor dem Ziel konnte er nicht einfach wieder umdrehen. Der Protest der Mädchen würde ihn ohnehin weichkochen.

»Ist es das?«, rief Marie plötzlich und zeigte auf das Stallgebäude, das rechterhand in Sichtweite gekommen war.

Mit einem Blick auf das Navi bejahte Gerrit. Das war es. Das Ziel ihres heutigen Abenteuers.

»Gibt es da auch Tiere?«, rief Lina, die ihr Gesicht neben Marie gegen die Scheibe drückte und hinausstarrte.

»Nein, mein Schatz«, erwiderte Gerrit. Er hatte lange überlegt, ob er es wagen sollte, hierher zu kommen. Seine Angst hatte lautstark gewarnt. Über Wochen hatte er mit sich gerungen, bis er beschlossen hatte, sich das Objekt allein anzusehen. Vorige Woche war er nach Feierabend hier rausgefahren und hatte einen prüfenden Blick auf den verlassenen Hof geworfen. Er wirkte etwas unheimlich. Wie in der Beschreibung erwähnt, konnte man das Grundstück ungehindert betreten. Das Stallgebäude sah intakt aus, während das Wohnhaus als Kulisse eines dystopischen Thrillers hätte dienen können. Es musste schon einige Jahre leer stehen. Die Fenster waren zum Teil kaputt, und im Reetdach des Haupthauses klaffte ein riesiges Loch, durch das man in eines der Zimmer im Obergeschoss blicken konnte. Niemand schien sich um das Anwesen zu kümmern. Auf dem Grundstück waren gleich mehrere Schätze versteckt. Einige in den

Gebäuden und ein paar außerhalb. Einer davon war erst heute Morgen eingetragen und bisher noch nicht entdeckt worden. Vielleicht würden sie die Ersten sein.

Die Wände und Decken waren mit großer Wahrscheinlichkeit einsturzgefährdet. Das Betreten des Hauses und des Stalls war viel zu gefährlich. Gerrit fühlte sich auf unerklärliche Weise von diesem Ort angezogen. Auf der Rückfahrt letzte Woche hatte er mit sich selbst gestritten, das Risiko eines Besuchs abgewogen. Drei Tage später hatte er sich entschieden: Dieser Ort sollte das erste Ziel ihrer gemeinsamen Ferien werden.

»Ich sehe ein Bett«, rief Marie.

»Wo?«, fragte Lina aufgeregt.

Die Überraschung war Gerrit gelungen. Die Mädchen überschlugen sich vor Begeisterung.

»Was ist hier passiert, Papa?«

»Das weiß ich nicht, Schätzchen«, erwiderte er wahrheitsgemäß. Den Mord ließ er natürlich unerwähnt.

»Und die, die in dem Haus wohnen, wo sind die?«

»Die leben jetzt woanders.« Gerrit wusste zwar nicht, ob das stimmte, aber das war egal. Er würde seinen Mädchen keine Schauergeschichte erzählen.

»Gehen wir da rein?«

»Nein, aber in den Garten dürft ihr. Dort ist der Schatz versteckt.«

Er parkte den Wagen in einer Ausbuchtung. Gerrit drehte sich zu ihnen um. »Seht mich an.«

Die Mädchen gehorchten.

»Auf keinen Fall geht ihr ins Haus rein. Habt ihr das verstanden? Das ist sehr gefährlich.«

»Vielleicht ist es ein Geisterhaus«, schlug Lina vor.

»Dann will ich da eh nicht rein. Ich habe Angst vor Geistern«, gab Marie zu.

»In dem Haus gibt es keine Geister und auch keine anderen gruseligen Gestalten. Es ist leer.« Die aufkeimenden Zweifel, ob er die richtige Entscheidung getroffen hatte, schob er rasch beiseite. »Ihr bleibt im Garten, hört ihr?«

Erst nachdem sie ihm hoch und heilig versprochen hatten, seine Anweisungen zu befolgen, ließ Gerrit die Mädchen aussteigen. Die Kindersicherung war stets aktiviert. Brav blieben sie am Auto stehen und starrten auf das Haus. Gerrit nahm den Rucksack aus dem Kofferraum. Er schloss den Wagen ab.

»Und wo ist der Schatz?«, fragte Lina.

»Hinter dem Wohnhaus.« Um sich die Freude nicht zu verderben hatte er bei seinem ersten Besuch nicht nach den Schätzen gesucht.

Die Mädchen setzten sich in Bewegung. Gerrit sah auf das Display seines Smartphones und führte sie zum Gartentor. Die Steinplatten des Wegs waren mit Unkraut zugewuchert. Die Natur war dabei, sich dieses Grundstück zurückzuerobern.

»Das ist so cool, Papa«, sagte Marie. »Dieser Ort ist magisch.«

Das hatte er letzte Woche auch gespürt, und es war der Grund gewesen, warum er sich für den Besuch entschieden hatte.

Sie erreichten den grünen Metallzaun, der das gesamte Grundstück säumte. Die Hecken wuchsen ungehindert in die Höhe. Gerrit schob einige Zweige beiseite, um die rostige Pforte zu öffnen.

»Seid vorsichtig und achtet darauf, wo ihr hintretet.«

Seine Töchter schlüpften durch den Spalt.

»Das ist echt gruselig. Wer hat hier wohl gewohnt?«, flüsterte Lina, als könne sie jemand hören.

»Bestimmt eine reiche Familie. Das Haus ist so groß«, wisperte Marie.

Gerrit hatte im Netz keine weiteren Informationen über diesen Ort finden können. Laut Forum hatte sich der Mord vor einigen Jahren ereignet.

»Wir müssen hier lang.«

Vorsichtig staksten sie durch das hohe Gras um das Haus herum. Die Mädchen konnten den Blick nicht von dem Gebäude abwenden. Immer wieder entdeckten sie etwas Neues, das ihre Aufmerksamkeit in den Bann zog.

Auf der Rückseite gelangten sie in den Garten. Zwischen den üppigen Büschen ragte ein Klettergerüst hervor. Ein Stillleben, das geduldig darauf wartete, wieder zum Leben erweckt zu werden. Gerrit blieb stehen.

»So, ab jetzt beginnt die Suche.«

Der neueste Schatz versteckte sich in der Sandkiste, die sich neben dem Klettergerüst befand. Sie war mit einer Holzplatte abgedeckt. Aber Gerrit grenzte das Suchgebiet bewusst nicht so stark ein. Die Anzeige in der App war wesentlich detaillierter. Doch er wollte den Spaß für die Mädchen verlängern.

»Ich gucke am Klettergerüst«, rief Marie.

»Ich nehme mir die Sandkiste vor«, verkündete Lina.

Gerrit dagegen tat so, als suche er in den Büschen.

Es dauerte nicht lange und Lina schrie auf: »Ich habe was!« Sie zog an der Sperrholzabdeckung. »Es guckt aus dem Sand.«

Marie lief zu ihrer Schwester.

»Gut gemacht«, lobte Gerrit und ließ sich neben seinen Mädchen an der Sandkiste nieder. »Vorsichtig, das könnte rutschig sein«, sagte er und nahm Lina die feuchte Holzplatte ab.

Aus dem Sand ragte ein Stück schwarzes Plastik.

»Was ist das?« Die Mädchen beugten sich über ihren Fund.

»Das ist aber groß.«

Seine Töchter hatten recht. Es schien eine Art blickdichte, feste Folie zu sein.

»Wir müssen es vorsichtig ausgraben. Wie Archäologen«, sagte er.

Lina schaufelte mit bloßen Händen den Sand beiseite. Marie tat es ihrer Schwester gleich. Gerrit berührte den Kunststoff. Ungewöhnlich, dachte er. Bisher hatten sie eher kleinere Behälter gefunden. Er tastete sich an der Plastikfolie entlang. Was konnte das sein? Die Mädchen gruben immer mehr Sand aus. Das Ding war lang. Er beugte sich über den Schatz. Seine Finger tasteten sich langsam zum Ende vor. Als er die Umrisse einer runden Erhebung spürte, begriff Gerrit plötzlich, was vor ihnen lag.

»Geht da sofort weg!«, schrie er, seine Panik mühsam unterdrückend.

Die Mädchen sahen erschrocken auf.

»Warum denn?«, rief Marie.

»Es ist so groß«, sagte Lina.

Gerrit war auf die Füße gekommen und zog seine Töchter von der Sandkiste weg.

»Was ist das?«, fragte Lina.

»Das erkläre ich euch später.« Gerrit brachte es nicht über die Lippen. Er sah sich hektisch um. »So, wir gehen zurück zum Auto.«

»Aber wir haben das Logbuch doch noch gar nicht gefunden.«

»Wir müssen uns doch noch eintragen und ein Foto machen.«

»Es fängt gleich an zu regnen«, sagte Gerrit und zerrte die Kinder in Richtung Wagen. Er hatte es immer gewusst. Irgendwann würde etwas geschehen, das er nicht kontrollieren konnte. Unter dem maulenden Protest der Mädchen verfrachtete er sie auf die Rückbank seines Kombis. Er selbst blieb draußen stehen und versuchte, das Zittern seiner Hände zu unterdrücken, damit er die Polizei alarmieren konnte.

5

Trotz des breiten Paketbandes war die schwarze Folie an einigen Stellen gerissen. Man brauchte nicht viel Fantasie, um zu erkennen, dass es sich um eine Leiche handelte. Allerdings hatte der Täter sich beim Vergraben nicht sonderlich angestrengt, fand Goldberg. Fast sah es so aus, als hätte er es darauf abgesehen, dass man den Leichnam fand. Die Zahl der Leichen, die er zu Gesicht bekam, war in den letzten Jahren drastisch gesunken. Ein Vorteil, wenn man Berlin gegen die norddeutsche Pampa eintauschte.

Gerrit Lange, der den Notruf abgesetzt hatte, saß mit seinen Töchtern im Streifenwagen und wartete. Goldberg hatte gleich nach ihrem Eintreffen das volle Besteck angefordert. Die Spurensicherung aus Kiel und die Kollegen aus Itzehoe waren bereits unterwegs.

»Henry Petersen haben wir nie gefunden«, murmelte Peter, der mühelos neben Goldberg in die Knie gegangen war.

Der Kommissar wusste, worauf sein Kollege anspielte. In diesem Haus hatte Familie Petersen gewohnt. Der Ehemann und Vater war eines Morgens auf die Weide gegangen und nie wieder zurückgekehrt. Das war vor Goldbergs Zeit gewesen. Der Cold Case hatte seine beiden Beamten über die Jahre hinweg nie ganz losgelassen. Petersens Frau war kurz darauf mit den beiden Kindern aus Kophusen weggezogen. Den Hof hatte sie aus unerfindlichen Gründen weder verkauft noch verpachtet. Seitdem verfiel er und wurde hin und wieder als Abenteuerspielplatz benutzt.

»Habt ihr damals das Anwesen abgesucht?«, fragte Goldberg.

»Klar.«

»Und die Ehefrau?«

»Wir haben sie überprüft, aber nichts deutete darauf hin, dass sie etwas mit seinem Verschwinden zu tun gehabt haben könnte. Henry war wie vom Erdboden verschluckt.«

Goldberg verkniff sich eine haukeeske Bemerkung. Besorgt stellte er fest, dass sie beide ihrem Kollegen immer ähnlicher wurden. Das musste unbedingt aufhören.

»Könnte das Henry sein?«, fragte Peter.

»Nein. So viel wäre nach über zehn Jahren nicht mehr von ihm übrig. Mir scheint die Leiche noch recht frisch zu sein.«

»Aber wenn er es nicht ist, wer soll es denn dann sein? Wir haben keine aktuellen Vermisstenanzeigen aus Kophusen und Umgebung.«

»Das muss nicht zwangsläufig etwas bedeuten«, wandte Goldberg ein.

»Ist mir schon klar. Aber diesen Ort kennen nur Einheimische.«

»Und die Schatzsucher.«

»Mag sein. Aber die stellen doch nicht beim Geocaching fest, dass es der perfekte Ort ist, um eine Leiche zu verstecken, und bringen dann jemanden um.«

»Wie funktioniert das eigentlich genau?«

»Die Geocaches sind auf einer digitalen Karte markiert. Man fährt die einzelnen Punkte ab und sucht den Schatz. In der Regel ist das ein wasserdichter Behälter, in dem sich ein sogenanntes Logbuch befindet. Manchmal sind da auch verschiedene Tauschgegenstände drin. Man kann sich in das Logbuch eintragen, um zu zeigen, dass man das Ding auch wirklich gefunden hat. Anschließend legt man den Geocache wieder zurück. Man kann den Fund im Internet oder in der App kommentieren und Fotos hochladen. So kann jeder den Cache verfolgen. Gerade die Owner interessiert das.«

»Wer sind die Owner?«, wollte Goldberg wissen.

»Die, die den Schatz versteckt haben. Es gibt diverse Seiten im Netz, wo man sich eintragen kann.«

»Werden diese Leute überprüft?«

»Wieso? Glaubst du, da versteckt ein Owner eine Leiche als Schatz? Normalerweise will man eine Leiche verschwinden lassen und nicht zur öffentlichen Suche freigeben.«

»Auf jeden Fall würde ich das gerne ausschließen. Der Vater soll uns eine Liste erstellen, auf welchen Seiten er diese Catchings sucht.«

»Philip, das heißt Caches.«

»Du bist doch sonst gegen Anglizismen.«

»Ja, aber wenn du sie schon benutzt, dann wenigstens richtig. Sonst klingst du wie Lothar Matthäus.«

»Hast du seine E-Mail-Adresse?«

»Von Lothar Matthäus?«

Goldberg warf Peter einen mahnenden Blick zu. Sie mussten wirklich etwas gegen Haukes Einfluss tun.

Peter grinste. »Die E-Mail-Adresse habe ich, auch den Namen des Anbieters«, beschwichtigte er.

»Wie viele von diesen vermeintlichen Schätzen gibt es in Kophusen und Umgebung?«

»Keine Ahnung.« Peter runzelte die Stirn. »Aber du glaubst doch nicht ernsthaft, dass der Owner an jedem Cache eine Leiche versteckt hat.«

»Wenn uns jemand auf Schatzsuche schicken möchte, sollten wir besser sämtliche Verstecke desjenigen abfahren.«

»Wer sollte so etwas denn tun? Ich meine, mit welchem Ziel?«

»Ich will es nur rasch ausschließen.«

Peter schüttelte den Kopf. »Dieses Mal übertreibst du wirklich. Wir haben es hier nicht mit einem Serienmörder zu tun, der Kophusen als Massengrab benutzt. Das ist ein fürchterlicher Zufall. Der echte Cache wird hier sicher noch irgendwo versteckt sein.«

Auch wenn Goldberg nicht an Zufälle glaubte, die Theorie eines Serienmörders, der mit ihnen Katz und Maus spielte, fand er ebenso unwahrscheinlich wie sein Kollege. Aber das dilettantisch angelegte Grab ließ ihn aufmerksam werden. Falls es doch einen Zusammenhang gab, wollte er ihn nicht unentdeckt lassen.

»Ich vermute eher, dass es mit dem Haus zu tun hat. Mir kommt das schon die ganze Zeit spanisch vor. Warum tut sich hier nichts? Die Ehefrau lässt das Anwesen einfach vergammeln. Und das bei den Immobilienpreisen. Der Hof ist ein Vermögen wert, trotz des katastrophalen Zustands.«

»Vielleicht sollen die Kinder eines Tages davon profitieren.«

Peter ignorierte Goldbergs Einwand. »Als würde sie Angst haben, dass man ihr auf die Schliche käme, wenn hier Baumaßnahmen stattfänden.«

»Die ist zu frisch, glaube mir. Eine Leiche verwest ziemlich schnell.«

»Ja, aber das bedeutet nicht, dass Petersen nicht trotzdem ermordet worden ist.«

»Das hier ist er jedenfalls nicht.«

Ein Motorengeräusch erklang. Goldberg erhob sich mühsam. Seine Knie schmerzten. Vier uniformierte Beamte stiegen aus dem Streifenwagen, der vor dem Haus geparkt hatte. Niklas Weidenbach war nicht zu sehen. Peter nahm die Kollegen in Empfang. Er zeigte ihnen den Fundort, und es dauerte nicht lange, bis er von der Geschichte des Hofs erzählte. Der Kommissar wandte sich ab. Natürlich würden sie das überprüfen müssen, doch er glaubte nicht an einen Zusammenhang. Auch wenn das ganze Dorf davon überzeugt war, dass Henry Petersen gewaltsam zu Tode gekommen war. Zu gern hätte er die Folie geöffnet und nachgesehen, in welchem Zustand die Leiche war, aber Bruno Leiser, der Gerichtsmediziner aus Kiel, war ebenfalls unterwegs. Sein alter Freund würde ihm gehörig den Kopf waschen, wenn er die Leiche näher in Augenschein genommen und bewegt hätte.

Goldberg öffnete die Tür zu ihrem Streifenwagen. Gerrit Lange saß in der Mitte des Rücksitzes, seine beiden Töchter links und rechts im Arm. Das Bild von Muriel schob sich vor Goldbergs inneres Auge. Er hatte lange nicht mehr so intensiv an den Unfall denken müssen wie in den letzten beiden Tagen. Und Nächten. Goldberg verbannte die Erinnerungen und setzte sich auf den Beifahrersitz. Das Auto roch nach nasser Kleidung. Die Scheiben waren beschlagen.

»Dürfen wir endlich gehen?«, fragte Herr Lange, der sichtlich aufgewühlt war.

»Ich habe noch eine Frage.«

Der Mann sah ihn flehend an. Goldberg konnte die Sorge um seine Kinder sehr gut verstehen. Und dennoch hatte seine Emotionalität etwas Übertriebenes an sich.

»Was?«, fragte er ungeduldig.

»Haben Sie noch etwas anderes an der Stelle gefunden?«

»Sie meinen den Cache?«

Goldberg nickte.

»Nein. Nichts außer …« Er hatte den Kindern nicht erzählt, dass sie eine menschliche Leiche entdeckt hatten. Stattdessen hatte er von einem toten Tier gesprochen.

»Ist Ihnen heute auf der Suche sonst noch etwas Merkwürdiges aufgefallen?«

»Nein, das war unser erster Cache heute. Wir wollten die Suche hier beginnen.«

»Verstehe.«

»Können wir jetzt bitte nach Hause fahren?«

»Ja. Wenn wir noch Fragen haben, melden wir uns bei Ihnen.«

»Müssen wir schon los?«, wollte Marie wissen.

»Was für ein totes Tier ist es?«, fragte Lina den Kommissar.

Goldberg zwang sich, sie anzuschauen und zu lächeln. »Fahrt mit eurem Vater heim und genießt die Ferien.«

Marie wurde rot. Sie schien es zu bemerken und senkte rasch den Kopf.

»So, Abmarsch, ihr beiden. Für heute hatten wir genug Abenteuer.«

Goldberg blieb allein zurück und beobachtete, wie Gerrit Lange seine Töchter die Auffahrt hinunter lotste. Sie wichen dem alten Kombi aus, der ihnen entgegenkam. Goldberg hätte sich die zynischen Kommentare der beiden Kollegen der Spurensicherung, Frank Stötzner und Simon Bloch, gern erspart. Sie machten diesen Job einfach zu lange. Über die Jahre war sämtliche Empathie aus ihnen gewichen, wie aus einem altersschwachen Luftballon. Widerwillig öffnete Goldberg die Wagentür.

»Moin, Philip«, begrüßte Simon ihn, der gerade ausstieg. Er atmete tief ein. »Ach, die gute Landluft. Man merkt eurem Dorf den Schrecken nicht an. Es sieht so unschuldig aus.« Er lachte.

»Hallo, ihr beiden«, entgegnete Goldberg.

Frank öffnete den Kofferraum. Er zog zwei weiße Schutzanzüge aus einem großen Metallkoffer. Der dünne Stoff flatterte im Wind. »Hier waren wir schon einmal. Euch gehen langsam die Fundorte aus, was?« Mit seinem Grinsen machte er Hauke durchaus Konkurrenz.

»So groß ist Kophusen nun mal nicht«, erwiderte Simon. »Da müssen die Schurken schon improvisieren.«

»Ist das endlich die Leiche des Vermissten von damals?«, fragte Frank.

Goldberg schüttelte den Kopf.

»Oh, etwa Frischfleisch?«

Der Kommissar hob die rechte Augenbraue. »Ihr zwei seid unverbesserlich.«

»Wo ist Hauke? Suspendiert?« Simon lachte.

»Nein, der hat heute frei.«

»Na, zum Glück. Mit ihm würde Kophusen seinen ganzen Charme verlieren«, meinte Simon.

»Keine Sorge, morgen ist er wieder im Dienst.«

»Ist Bruno unterwegs?«, wollte Simon wissen.

Goldberg nickte.

»Guten Morgen, ihr beiden«, begrüßte Peter sie. »Die Kollegen sind schon da.

»Die haben ja auch den kürzeren Weg. Ihr könnt froh sein, dass wir gerade in der Nähe waren«, erklärte Frank. »Habt ihr wenigstens ein Zelt aufgebaut?«

»Die sind gerade dabei«, erwiderte Peter.

»Endlich habt ihr mal wieder eine Leiche am Stück. Mit den Kleinteilen vom letzten Mal konnte man ja nicht viel anfangen.«

»Kümmert ihr euch um die Spuren, Bruno macht dann den Rest«, meinte Goldberg, wandte sich ab und ging die Auffahrt Richtung Straße hinunter. Der landwirtschaftliche Spurweg bestand aus zwei Betonstreifen und führte links zur Landstraße. Von dort war Gerrit Lange gekommen. In der entgegengesetzten Richtung kam man nach Kophusen. Das nächste Haus war ungefähr dreißig Meter entfernt. Sie würden die Nachbarn befragen. Vielleicht hatte jemand einen Wagen gesehen oder etwas gehört. Kurz vor Ende kreuzte der Spurweg den Schwarzwasser, einen breiten Wasserlauf, der sich durch die Wiesen schlängelte, und endete an der Buskehre kurz vor dem Kophusener Ortsschild. Goldberg schätzte die Entfernung auf rund zwei Kilometer. Was hatte der Tote hier inmitten der Einöde gemacht? Hatte er sich mit jemandem getroffen? Oder war die Leiche hierhergebracht worden? Ohne Papiere würde es schwer werden, ihn zu identifizieren.

Ein weiterer Streifenwagen kam in Sichtweite. Es war sein Kollege Niklas Weidenbach, kommissarischer Leiter der Kriminalinspektion Itzehoe und designierter Nachfolger von Dietmar Klose. Goldberg winkte. Der Beamte am Steuer bremste ab und bog in die Auffahrt ein. Weidenbach saß auf dem Beifahrersitz und nickte ihm zu. Goldberg mochte den Mann nicht besonders. Sein übertriebener Ehrgeiz war ihm zuwider. Außerdem schien er ihn ins Visier genommen zu haben. Weidenbach hatte sich eine Bemerkung über ihre plötzliche Rehabilitation vor zwei Jahren nicht verkneifen können. Der Mann ahnte, dass Goldberg im Hintergrund ein paar Strippen gezogen hatte, um die interne Ermittlung gegen sie zu stoppen. Die Art, wie er ihn gemustert hatte, war Goldberg nicht entgangen. Vor dem musste man sich in Acht nehmen. Der schnappte zu, wenn man am wenigsten damit rechnete und sobald es für ihn am günstigsten war. Aber den Gefallen würde Goldberg ihm nicht tun. Dafür war er zu lange in diesem Beruf.

6

Hauke stapfte durch den Biergarten. Die meisten Tische waren besetzt. Die Sommerferien hatten gerade begonnen. Das Restaurant seiner Schwester Rosi, das sie mit ihrer Mutter Bärbel führte, war längst kein Geheimtipp mehr. Der Erfolg des Lokals blieb Hauke ein Rätsel. Sicher, sie hatten sich viel Mühe mit der Einrichtung gegeben und Rosis Kochkünste waren erstaunlich gut. Aber dass ein Gasthaus mit gehobenem Anspruch in einem Nest wie Kophusen derart beliebt war, war für Hauke noch immer nicht nachvollziehbar. Die zwei Frauen hatten es geschafft, aus Jaspers alter, verqualmter Bude eine echte Perle zu machen. Hauke war mächtig stolz auf sie. Und wenn er ehrlich war, auch ein wenig neidisch. Sie verdienten sehr viel mehr als er mit seinem mickrigen Beamtengehalt. Im Stillen überlegte er manchmal, ob er in das Familienunternehmen einsteigen sollte. Doch bisher hatte er davon Abstand genommen. Seine Mutter und er auf so engem Raum, das würde nicht lange gutgehen.

Der Umbau der Pension hatte sich ausgezahlt. Die neuen Zimmer waren richtig hübsch, fand Hauke. Geschmackvoll und schlicht. Die stetig steigende Zahl an Touristen, die durch Kophusen strömten, war der einzige

Nachteil an ihrem Lokal. Er hasste diese fremden Menschen, die im Sommer mit ihren Rädern kreuz und quer durch die Gegend fuhren und ihm die Stammplätze bei Rosi streitig machten.

Er nickte einigen Stammgästen aus der Umgebung zu und betrat den Gastraum. Außer zwei Männern, die am besten Tisch direkt am Fenster saßen, war es zum Glück leer. Die Massen zog es nach draußen.

»Moin«, begrüßte er Kenan und beugte sich über den Tresen.

Sie gaben sich die Hand. In den Ferien übernahm Kenan fast täglich die Tresenschicht. Rosi hatte damals in der Schule eine Schwäche für ihn gehabt. Durch einen schweren Motorradunfall waren seine Beine gelähmt. Seitdem war er auf einen Rollstuhl angewiesen. Haukes Schwester hatte weder Kosten noch Mühen gescheut, ihm einen adäquaten Arbeitsplatz zu ermöglichen. Sie hatte ein Herz aus Gold.

»Machst du mir ein Bier?«, fragte Hauke.

Kenan warf einen Blick auf seine Smartwatch, so ein modernes Teil, das Hauke missbilligend zur Kenntnis nahm. »Pünktlich wie die Maurer. Sechzehn Uhr eins. Respekt! Wie machst du das? Hast du die Zeit gestoppt, die du von deinem Haus zum Lokal brauchst?«

»Vielleicht? Oder ich bin einfach ein verflucht guter Polizist.«

Kenan lachte und nahm ein Bierglas von dem Regal, das extra für ihn in greifbare Nähe versetzt worden war.

»Was ist so komisch daran?«

Bevor Kenan antworten konnte, mischte sich der grauhaarige Mann vom Fenstertisch ein.

»Entschuldigen Sie bitte, wir wollten Ihr Gespräch nicht belauschen.«

Zu spät, dachte Hauke. Er sah zu Kenan und verdrehte die Augen. Sein alter Freund grinste. Er setzte sein bürgernahes Lächeln auf und drehte sich zu den beiden Männern.

»Aber es war unmöglich, es nicht zu hören. Sie sind Polizist?«, erkundigte sich der andere und erhob sich von der Sitzbank.

Sein Kopf war kahl und wohlgeformt. Nicht unattraktiv, stellte Hauke fest und überlegte, ob er es auch mal mit einer Glatze versuchen sollte. »Möchten Sie uns vielleicht Gesellschaft leisten?« Seine braun gebrannten Arme bedeuteten Hauke, sich zu ihnen zu setzen.

»Ja, machen Sie uns doch die Freude«, bekräftigte der andere.

Unschlüssig betrachtete er die beiden. Der Grauhaarige trug ein grünes kurzärmliges Poloshirt. Der andere im weißen Hemd schien der Jüngere von beiden zu sein. Ihre manikürten Hände fielen Hauke sofort ins Auge. Diese Herren hatten Geschmack bei der Auswahl ihrer Kleidung bewiesen und schienen auch das nötige Kleingeld dafür zu haben.

»Sie sind natürlich eingeladen«, setzte der Graue nach.

Das ließ Hauke sich nicht zweimal sagen. Außerdem würde es ihn von dem Ärger mit Olivia ablenken, die er noch immer nicht angerufen hatte. Er nickte Kenan zu, der sich das Grinsen verkniff, und setzte sich zu den Männern, die wie eine freundliche Version der beiden Alten aus der Muppet-Show wirkten. Es fehlte nur der Balkon.

Der Kahlköpfige nahm wieder Platz. »Ich heiße Leo Dressler und das ist mein Lebensgefährte Ansgar Ritscher. Unser Reisebus ist in ihrem hübschen Dorf gestrandet. Sicher haben Sie von der Panne gehört?«

»Nein, sollte ich?«, fragte Hauke irritiert.

Die beiden Männer wechselten einen Blick. »Nun, wir dachten, da Sie doch Polizist sind. Ihre Kollegen haben uns gestern gerettet«, erklärte Leo.

»Ich habe zwei Tage frei. Überstunden abfeiern«, erwiderte Hauke und wandte den Blick sicherheitshalber von dem perfekt geformten Schädel ab. Nur weil es mit Olivia schiefgelaufen war, musste er ja nicht gleich dem ganzen Geschlecht abschwören.

»Oh, wir verstehen. In Ihrem Beruf kommt da sicherlich ständig allerhand zusammen. Wir warten jetzt jedenfalls darauf, dass der Reiseveranstalter einen Ersatzbus schickt, damit wir endlich nach Sylt weiterfahren können«, erklärte Ritscher.

»Dein Bier«, rief Kenan und klopfte auf den Tresen.

Hauke stand auf und ging hinüber. »Wo ist meine Mutter?«

»Die ist mit einem der Pensionsgäste beschäftigt. Aber sie muss gleich wiederkommen. Hoffe ich zumindest, denn allein schaffe ich das nicht.« Er blickte hilflos in den Biergarten hinaus.

»Mach dir keinen Stress, sag ihr, ich will das halbe Hähnchen mit den Kartoffelspalten und Rosis roter Soße.« Hauke nahm das Glas vom Tresen und schlenderte zu seinen spendablen neuen Bekannten zurück.

Er hatte Kenans stille Bitte, ihm beim Service zu helfen, durchaus bemerkt, sich aber entschieden, sie zu ignorieren. Die beiden Männer waren ihm sympathisch und es versprach ein unterhaltsamer Nachmittag zu werden. Die Tür zur Küche schwang auf und Rosi schob ihren Kopf heraus.

»Kenan, wo bleibt Bärbel?«

»Ich weiß es nicht.«

Rosi entdeckte ihren Bruder am Tisch. Sie öffnete den Mund, doch in dem Moment betrat ihre Mutter den Gastraum.

»Entschuldigt, aber die Gäste machen mich wahnsinnig!« Sie erblickte ihren Sohn und lächelte. »Hauke-Maus, wie schön, dich zu sehen!« Sie eilte zu ihm und strich ihm liebevoll über die Wange. »Aber ich habe jetzt keine Zeit. Du siehst ja, was hier los ist.«

»Na, endlich«, raunte Rosi. »Das Essen für Tisch acht muss raus.« Sie verschwand in der Küche.

»Ja, ja. Immer diese Hektik. Wir könnten wirklich noch jemanden für den Service gebrauchen«, sagte Bärbel zu Kenan und stemmte das schwere Tablett mit der wartenden Getränke-Bestellung vom Tresen.

Hauke nahm einen großen Schluck aus dem Glas. Sein Einstieg ins Familienunternehmen würde warten müssen.

»Sie haben uns noch gar nicht Ihren Namen verraten.« Dressler lächelte.

»Hauke-Maus? Ihre Mutter, nehme ich an?«, fragte Ritscher. »Nur Mütter können so grausam sein.«

Der Mann hatte ja so recht. »Ja. Das macht sie extra. Ich heiße Hauke Thomsen. Und die Köchin ist meine Schwester.«

»Ich liebe das Landleben. Hier ist alles so familiär«, sagte Dressler begeistert.

»Wenn man's mag«, kommentierte Hauke und setzte zum zweiten Schluck an.

»Selbst die Katzen gehören zur Familie«, ergänzte Ritscher und warf einen Blick auf Hilde, die auf der Fensterbank lag und sich die Sonne auf den faulen Pelz scheinen ließ. »In Düsseldorf haben wir auch so etwas. Ein Katzen-Café. Wunderbare Tiere.«

Der Mann rückte mit seinem Stuhl näher an Hauke heran, der instinktiv ein kleines Stück zurückwich.

»Sind Sie Kommissar?«, fragte Ritscher leise, als würde Hauke Staatsgeheimnisse preisgeben.

»Polizeihauptmeister. Meinen Chef haben Sie sicher gestern kennengelernt. Goldberg. Philip Goldberg. Und der andere war Peter Brandt. Mein Kollege.«

Dressler beugte sich über den Tisch. »Ermitteln Ihre Kollegen bereits?«

»Was? Wieso?«

»Na, wegen der Vorkommnisse gestern.«

»Ich denke, das war eine Panne?«, erwiderte Hauke.

»Ja, das hat man uns gesagt, um uns zu beruhigen«, wandte Ritscher ein und kam noch ein Stückchen näher.

»Damit wir nicht auf dumme Gedanken kommen«, bestätigte Dressler.

»Oder gar in Panik geraten.«

Hauke blickte irritiert vom einen zum anderen. Vielleicht war dieser Plausch doch keine so gute Idee gewesen. »Hören Sie, ich habe nicht die geringste Ahnung, wovon Sie reden«, versuchte er, diese Sache rasch zu beenden.

Ritscher nickte. »Verstehe, laufende Ermittlungen.« Er zwinkerte ihm verschwörerisch zu.

»Aber uns können Sie es ruhig anvertrauen«, flüsterte Dressler und beugte sich noch weiter vor. Jetzt berührten sich fast ihre Köpfe. »Wir können schweigen wie ein Grab.«

Hauke schlug der feuchte Atem der Männer ins Gesicht. Entweder waren die beiden zwei entlaufene Spinner oder aber selbst ernannte Hobbydetektive, die zu viele Krimiserien schauten. Womöglich beides. Am besten, er würde sie schnell wieder loswerden.

»Entschuldigen Sie bitte«, er zog sein Mobiltelefon aus der Hosentasche und warf einen hastigen Blick auf das unveränderte Display. »Da muss ich ran. Das Verbrechen schläft nicht, Sie verstehen?«

Die beiden Männer nickten. Er sprang auf und kehrte ihnen den Rücken zu. Kenans Grinsen war nicht zu übersehen. Hauke verzog das Gesicht zu einer vorwurfsvollen Miene.

»Sehr witzig. Du hättest mich ruhig warnen können«, zischte er und stürzte am Tresen vorbei ins Freie. Außer Sichtweite wählte er Peter aus den Kontakten aus und tippte auf den grünen Hörer.

»Hauke, verbringst du deinen freien Tag nicht mit Olivia?«, begrüßte sein bester Freund ihn.

»Nein, die muss arbeiten«, erwiderte er knapp. »Sag mal, was hat es mit dieser Buspanne gestern auf sich?«

»Woher weißt du denn das schon wieder?«

»Ich bin bei Rosi in die Falle von zwei Verrückten getappt.«

»O nein. Etwa Ansgar und Leo?«

»Genau die.«

»Mein Beileid. Die zwei gehören zu einer Reisegruppe aus Nordrhein-Westfalen. Nach der Panne warten sie auf ein Ersatzfahrzeug. Der kaputte Bus steht bei Sören. Der sagt, an dem Motor ist nichts zu machen. Totalschaden.«

»Und die zwei Irren? Sind die irgendwo ausgebrochen oder spielen die in ihrer Freizeit Sherlock Holmes?«

»Keine Ahnung. Mich haben die gestern auch schon an den Rand des Wahnsinns gebracht.«

»Na, toll. Und ich gehe denen auch noch auf den Leim. Wie komme ich jetzt an mein halbes Hähnchen, ohne noch einmal in deren Fänge zu geraten?«

»Du bist doch sonst nicht so zimperlich, wenn es um Höflichkeit geht. Tja, was die Liebe so mit einem macht, nicht wahr? Olivia wirkt wirklich Wunder bei dir. Und? Alles okay bei euch?«

Peters Stimme klang wie die einer guten Fee, bei der er seine Wünsche erfolgreich eingelöst hatte. Hauke wollte ihm seinen Traum nicht zerstören. Aber früher oder später würde er Peters Seifenblase platzen lassen müssen.

»Habt ihr eigentlich am Wochenende schon etwas vor? Wir könnten zu viert ins Kino gehen. Oder besser noch zu sechst. Magda und Philip kommen bestimmt gerne mit.«

»Ich ... äh ... glaube, Olivia hat Dienst.«

»Schade.«

»Höre ich da Simon im Hintergrund lachen?«

»Du kennst die beiden ja. Immer einen blöden Spruch auf den Lippen.«

»Wo seid ihr denn?«

»Auf Petersens Hof.«

»Und was macht ihr da?«

»Wir haben eine Leiche.«

»Was? Und das erzählst du mir nicht?«

»Tue ich doch gerade.«

Hauke schnaubte.

»Warum hast du denn so eine miese Laune?«, fragte Peter.

»Ist er es?«

»Negativ. Die Leiche liegt noch nicht so lange hier.«

»Ich komme rum.«

»Quatsch. Genieße deinen freien Tag!«

»Sehr witzig.«

»Bis morgen.« Peter unterbrach die Verbindung.

Hauke starrte auf das Telefon. Der Mann war auch schon mal mitteilsamer gewesen. Greta und Sohanraj schienen eine miese Kombi zu sein, dachte er und ließ das Handy zurück in seine Hosentasche gleiten. Seitdem Peter mit Greta zusammen war, gingen sie gemeinsam zum Kophusener Yogi Sohanraj. Auf Greta färbte die ruhige Art des Yogafritzen positiv ab, aber sein Kollege wurde immer tiefenentspannter und damit auch weniger impulsiv. Hauke vermisste ihre teils heftigen Auseinandersetzungen und vor allem fehlte ihm Peters Tratschsucht.

»Hauke-Maus, willst du dein Hähnchen mitnehmen?«, hörte er Bärbel von der Tür zum Biergarten rufen.

»Ja, pack es mir ein. Ich muss los.«

»Dauert noch einen Moment, Hauke-Maus.«

Hauke rollte mit den Augen, bevor er laut schnaubend, vorbei an den grinsenden Gästen, den Rückweg in die Gaststube antrat.

7

Aus seinem Lieblingsbecher mit der Aufschrift Kein Bier vor vier dampfte der Kaffee. Er konnte sich zwar etwas Netteres vorstellen, als vor Dienstbeginn hier zu sitzen, aber es lenkte ihn ab. Die halbe Nacht war er schlaflos durch das Haus getigert. Er hatte hin und her überlegt, wie er Olivia und – noch schlimmer – Peter möglichst schonend beibrachte, dass es zwischen ihnen aus war. Um halb fünf hatte er diese Qual beendet und war zur Station gefahren. Die aufgeschlagene Akte lag vor ihm auf dem Schreibtisch. Der Hof von Henry Petersen war ein klassischer Lost Place in einem Cold Case. Hauke grinste. Auf seine alten Tage wurde er noch ein englischer Poet.

Peter hatte damals eine ausführliche Recherche betrieben. Das Unglück passierte 2011. Henry Petersen war Landwirt gewesen. Den Milchviehbetrieb führte er bereits in der dritten Generation. Petersen zog auch einige Bullenkälber auf. Bislang waren sie davon ausgegangen, dass er auf der Weide von einem seiner Jungbullen angegriffen und getötet worden war. Allerdings hatten sie seinen Leichnam nie gefunden. Sie hatten nicht nur den Hof durchsucht, die ganze Gegend hatten sie auf den Kopf gestellt. Viele Kophusener hatten sich an der Suchaktion beteiligt. Sogar eine Hundestaffel war zum Einsatz gekommen. Doch außer einem winzigen Fetzen seiner Arbeitshose hatten sie nichts gefunden. Henry blieb spurlos verschwunden. Ihr damaliger Dienststellenleiter Alfred Wilke hatte ein Gewaltverbrechen nicht ausgeschlossen. Die Kripo Itzehoe übernahm den Fall, doch die Ermittlungen waren ohne Ergebnis eingestellt worden. Henrys Frau hatte ihn zuletzt gesehen. Er war nach dem Mittagessen aus der Tür gegangen und nie wieder zurückgekehrt. Der Kleidungsfetzen, den sie auf der Weide bei den fünf Jungbullen entdeckt hatten, wies keinerlei Fremd-DNA auf. Es war, als hätte sich der Milchbauer in Luft aufgelöst. Über Monate war sein Verschwinden das Gesprächsthema Nummer eins gewesen.

Seine Frau hatte mit den beiden Kindern Kophusen verlassen. Damals war es den Beamten äußerst verdächtig vorgekommen, dass sie den Umzug bereits nach wenigen Wochen vollzog. Zumal sie den Hof weder verpachtet noch verkauft hatte. Nur für die Tiere hatte sie einen neuen Besitzer gesucht. Seitdem stand der Hof leer und verfiel. Niemand kümmerte sich darum. Inzwischen rankten sich zahlreiche Geheimnisse um das Haus. Angeblich spukte Henrys Geist dort herum. Einige wollten nachts Lichter gesehen haben. Aber an Gespenstergeschichten glaubte Hauke nicht. Es war schade um das schöne Anwesen. Als Versteck für eine Leiche war es durchaus plausibel. Der Täter musste sich in Kophusen auskennen.

Das Geräusch von Philips Saab ließ Hauke aufhorchen. Es dauerte nicht lange und sein Chef betrat zusammen mit Peter gut gelaunt die Polizeistation.

»Moin, Hauke. So früh?«, fragte Peter sichtlich erstaunt.

»Lebt ihr jetzt in einer Pärchen-WG oder warum kommt ihr zusammen?«

»Mein Auto ist in der Werkstatt«, erwiderte Peter.

»Schon wieder? Wird Zeit, dass du dir ein neues kaufst«, bemerkte Hauke.

»Sagt gerade der Richtige. Dein Jetta gehört in ein Museum, aber nicht mehr auf die Straße.«

»Vorsicht, ja? Dieses Ampelgrün kriegst du heute gar nicht mehr. Das ist ein Schmuckstück.«

Kopfschüttelnd ging Peter in die Küche. Philip ließ sich derweil auf den ockerfarbenen Tresen nieder. Der Stammplatz seines Chefs. Ihre Station war ein Relikt aus den Siebzigern. Es gab kein Budget für Modernisierungen. Sie konnten froh sein, dass man ihren Standort nicht längst wegrationalisiert hatte.

»Also, was ist da gestern genau passiert?«, fragte Hauke.

»Wir haben eine Leiche«, begann Philip. »Männlich, ca. fünfzig bis sechzig Jahre alt. Vermutlich erdrosselt. Das Opfer weist Würgemale am Hals auf. Bruno gibt uns Bescheid, sobald er fertig ist.«

»Wissen wir, wer es ist?«

»Er hatte nichts bei sich, das ihn identifizieren könnte«, erklärte Philip.

»Auch kein Handy?«, fragte Hauke.

»Nein. Entweder hat der Täter es ihm abgenommen oder er hat keins besessen«, sagte Peter in der Küchentür.

»Dann wohl eher abgenommen. Wer hat denn heutzutage kein Handy?«, mutmaßte Hauke.

»Außerdem weist sein Gesicht zahlreiche Verletzungen auf. Durch die Schwellungen und blauen Flecke ist es fast bis zur Unkenntlichkeit entstellt.«

»Also, mir kommt der nicht bekannt vor«, sagte Peter auf dem Weg zu seinem Schreibtisch, den Kaffeebecher in der Hand.

»Ein Fremder?«, fragte Hauke.

»Sieht so aus«, erwiderte Philip.

»Und sein Gesicht ist …?«

»Ein grausiger Anblick, sage ich dir«, unterbrach Peter angewidert. »Der Mann wurde brutal zusammengeschlagen. Das Gesicht ist eine einzige Prellung. Ganz zu schweigen von den Schnittwunden. Außerdem sind Abwehrspuren zu erkennen. Es muss einen Kampf gegeben haben.«

»Auf dem Hof?«

»Nee, wahrscheinlich ist das nur der Fundort. Es gibt Reifenspuren, und an der Stelle, wo der Wagen geparkt haben muss, haben die Kollegen Blutspuren entdeckt, die zur Sandkiste führen«, erklärte Peter.

»Sandkiste?« Hauke runzelte die Stirn.

»Ja, die Leiche war im Sand vergraben.«

»Wer hat ihn gefunden?«

Peter schlug sein Dossier auf, das er gestern mit Sicherheit akribisch angelegt hatte. »Sein Name ist Gerrit Lange. Er und seine beiden Töchter machen regelmäßig Geocaching-Ausflüge. Dieses Mal war Kophusen dran.«

»Autsch.«

»Das kannst du laut sagen. Zum Glück haben die Kinder die Leiche nicht gesehen. Die war in schwarze Plastikfolie gewickelt. Der Vater hat ziemlich schnell geschaltet. Wusstest du, dass der Hof ein Geocache-Hotspot ist?« Peter sah Hauke fragend an.

»Woher soll ich das wissen? Glaubst du, ich wühle im Dreck nach irgendwelchen Kackzetteln, auf denen diese Nerds sich Nachrichten schreiben?«

»Ganz so schlimm ist es nun auch wieder nicht.«

»Na, dann frag mal Familie Lange.«

Peter nickte traurig.

»Und, was habt ihr bisher?«, erkundigte sich Hauke.

»Peter hat sich den Geocatch-Anbieter vorgenommen«, begann Philip.

»Das heißt Cache nicht Catch. So viel weiß ich ja sogar«, monierte Hauke.

»Ist das wichtig?«

»Wenn du dich nicht wie ein Vollhonk anhören willst, schon, Herr Dienststellenleiter.« Hauke fing Peters Blick auf. Sie grinsten. »Ich dachte immer, wir sind die Hinterwäldler. Berlin ist offenbar auch nicht mehr das, was es mal war.«

»Darf ich jetzt weitermachen?«, fragte Philip.

Hauke hob die Hand und erteilte ihm großzügig das Wort.

»Die Langes machen dieses Geocatching immer über denselben Anbieter.« Philip ließ sich nicht belehren. Hauke und Peter wechselten einen kurzen Blick. »Auf dem gesamten Grundstück sind mehrere von diesen Schätzen versteckt. Wir haben den Hof abgesucht. Und alle gefunden, bis auf den, wo die Leiche lag. Das

Interessante dabei ist, dass dieser Catch erst am Montag eingetragen worden ist. Also gestern früh. Der Owner nennt sich cacheoftheday. Laut Profil ist er erst seit letzten Freitag registriert.«

Hauke brauchte einen Augenblick, um das Gesagte zu verarbeiten. »Moment mal. Ihr glaubt, jemand hat die Leiche dort vergraben und sie als Geocache eingetragen?«

»Philip glaubt das. Ich nicht«, bemerkte Peter. »Meiner Meinung nach ist das nur ein Zufall.

Hauke sah zu Philip hinüber. »Und du denkst, dass es noch mehr Leichen gibt?«

»Ich will nur alle Eventualitäten ausschließen«, gab Philip zu bedenken. »Peter hat sich einen Benutzeraccount angelegt. Wir werden dem Owner eine unverfängliche Nachricht schreiben, in der Hoffnung, dass er Kontakt mit uns aufnimmt.«

»Das kann man nur in der App, hat der Vater mir erklärt. Die lade ich mir gleich mal runter und kümmere mich darum«, sagte Peter.

»Gerrit Lange hat uns das auf seinem Smartphone gezeigt. Von cacheoftheday gibt es insgesamt drei Catches. Die zwei anderen sind von gestern Abend. Nur ein paar Stunden später.«

»Du willst das nicht lernen, oder?«, fragte Hauke. »Das sind Caches. Ohne ,t'. Das kommt nicht von catch wie fangen, sondern von Cache wie Versteck.«

»Nun, geht das aber los. Olivia scheint ja einen richtig guten Einfluss auf dich zu haben.« Peter blickte ihn an, als wäre er das Ergebnis eines gelungenen Experiments.

»Was soll das bitte heißen? Dass ich dumm wie Stroh bin und eine Frau brauche, um Fremdsprachen zu verstehen?«

»Nein, ich meine doch nur …«

»Ich weiß genau, was du meinst. Spar es dir!«

Peter zuckte sichtlich zusammen. »Was ist dir denn heute Morgen für eine fette Laus über die Leber gelaufen? Habt ihr etwa Stress?« Er warf ihm einen vorwurfsvollen Blick zu. »Was hast du angestellt?«

Hauke biss sich auf die Lippe. Nicht jetzt und nicht hier. Zum Glück kam Philip ihm zu Hilfe.

»Können wir uns bitte auf unsere Arbeit konzentrieren?«

Peter nickte entschuldigend, warf Hauke allerdings einen Blick zu, der ihm unmissverständlich bedeutete, dass dieses Thema noch nicht vom Tisch war. Hauke wandte sich dankbar seinem Chef zu, der fast unmerklich nickte. Wie machte der das? Philip Goldberg war ein Wunderknabe, ein Seismograf, wenn es um menschliche Beziehungen ging. Und ebenso verschwiegen.

»Peter, du überprüfst die nächstgrößeren Anbieter, ob sich unser mysteriöser Owner auch noch woanders angemeldet hat.«

»Ja, mach ich.«

»Und was tun wir zwei Hübschen?«, fragte Hauke, der bereits ahnte, was jetzt kommen würde.

»Wir nehmen uns die beiden anderen Schätze von cacheoftheday vor.« Goldberg betonte den Namen.

»Geht doch.«

Peter nahm sich einen Haferkeks vom Teller und schob sich das Ding in den Mund. Obwohl diese staubtrockenen Biester seit Tagen auf dem Teller lagen, verzog er keine Miene.

»Und Peter, versuch, den Betreiber der Internetseite zu kontaktieren, und frag ihn nach den Personalien von cacheoftheday«, ergänzte Philip, während er sich vom Tresen schwang. »Wenn er tatsächlich etwas mit dem Mord zu tun haben sollte, wird er uns sicher nicht seinen Namen und seine Anschrift nennen.«

»Wenn er tatsächlich der Mörder ist, wird er sich wohl kaum mit seinen echten Meldedaten registriert haben«, sagte Hauke. »Wahrscheinlich ist das Max Mustermann, wohnhaft in der Musterstraße oder so ein Nonsens.«

»Versuch es trotzdem.«

Peter nickte nur.

Hauke erhob sich und seufzte laut. »Peter, schickst du mir einen Screenshot von der Karte?«

»Wird gemacht.«

»Ach ja, und falls du die Akte über Petersens Hof suchst, sie liegt auf meinem Schreibtisch.«

»Die nehme ich mir als Nächstes vor.«

Peter lud sich die entsprechende App auf sein Diensthandy und loggte sich mit seinen Benutzerdaten ein. In der gestrigen Aufregung war er nicht mehr dazu gekommen. Er rief sich die Caches von *cacheoftheday* auf und schickte Hauke ein Bildschirmfoto der beiden anderen Schätze. Peter war erstaunt, wie detailliert die Karte war. Den echten Cache hätten sie finden müssen. Es sei denn, der Täter hatte beim Vergraben der Leiche den echten Cache aus Versehen entfernt. Das wäre eine mögliche Erklärung dafür, warum sie ihn nicht entdeckt hatten. Obwohl er zugeben musste, dass es schon ein riesiger Zufall sein müsste, dass der Täter eine Leiche ausgerechnet auf den Koordinaten eines Geocaches vergrub. Der Hof war schließlich riesig. Aber so ein Zufall erschien ihm immer noch plausibler als Philips Theorie. Die Leiche als Geocache ins Internet zu setzen wäre viel zu riskant, überlegte er. Sonderlich gut kannte er sich auf dem Gebiet nicht aus. Doch er wusste, dass die Kollegen für Cyber-Kriminalität inzwischen ziemlich gut aufgestellt waren und sicher die IP-Adresse ausfindig machen könnten, die *cacheoftheda*y benutzt hatte.

Cacheoftheday war Premium-Mitglied, das bedeutete, dass er eine Nutzer-Gebühr für den Dienst zahlte. Wenn sie Glück hatten, hatte er seine eigene Kreditkarte genutzt. Allerdings dauerte es erfahrungsgemäß sehr lange, bis die Geldinstitute die Informationen rausrückten. Die jetzige Beweislage würde sicher nicht ausreichen, aber er machte sich eine Notiz. Peter hatte einen kostenlosen Account angelegt. Deshalb hatte er leider nicht auf alle Funktionen Zugriff. Er hoffte, der Anbieter der Seite würde sich schnellstmöglich bei ihnen melden. Er rief sich den Fund auf Henrys Hof auf. Unter der Schaltfläche Aktivität waren keine Nachrichten. Offenbar hatte noch niemand außer den Langes den Cache entdeckt. Vermutlich war Kophusen nicht gerade ein hochfrequentiertes Gebiet für Geocacher. Er fand weder Fotos noch sonstige Hinweise. Der Name des Caches lautete Hofleben. Wenn er tatsächlich der Mörder war, verfügte er über einen makabren Sinn für Humor. Peter tippte auf Kontakt. Hier konnte er eine Nachricht und sogar ein Foto senden. Er beschloss, sich vorerst nicht zu erkennen zu geben.

Hallo cacheoftheday,
ich habe deinen Cache leider nicht finden können. Hast du einen Hinweis für mich? Liebe Grüße Tiffy

Als Nickname war ihm auf die Schnelle nur der Name eines von Gretas Wellensittichen eingefallen. Er schickte die Nachricht ab. Im Anschluss schrieb er dem Kundendienst eine offizielle E-Mail, um Zugriff auf die Benutzerdaten zu erhalten. Danach streifte er durch sämtliche in Deutschland verfügbare Seiten. Bei den größten Anbietern richtete er sich ebenfalls ein Benutzerkonto ein. Er rief sich jedes Mal die Caches rund um Kophusen auf, aber niemand hatte unter dem Nutzernamen *cacheoftheday* etwas eingetragen. Peter hielt es für eine absurde Idee, dass jemand Leichen vergrub und sie als Cache in der Landschaft versteckte wie Ostereier. Er verzog das Gesicht. Eine grausame Vorstellung. Wer vergrub einen toten Menschen und mutete den Fund einem ahnungslosen Geocacher zu? Die Wahrscheinlichkeit, dass ein Kind die Leiche entdecken würde, war nicht gering. Die bekamen doch einen Schaden fürs Leben. Wer konnte so skrupellos sein? Und was bezweckte man damit? Wer den Cache finden würde, war nicht zu beeinflussen. Wenn Philip also wider Erwarten mit der absurden Theorie richtig liegen sollte, hatte es der Täter darauf abgesehen, dass man die Leiche fand. Und das wiederum bedeutete, dass er oder sie die Aufmerksamkeit der Polizei auf sich lenken wollte. War es möglich, dass jemand mit ihnen Katz und Maus spielte? Peter konnte sich das kaum vorstellen. Das musste schon ein sehr kranker Mensch sein, der so ein perfides Spiel trieb. Obwohl er zugeben musste, dass die Leiche nicht besonders gut versteckt worden war. Entweder war der Täter in Eile gewesen, oder er hatte Angst gehabt, auf frischer Tat ertappt zu werden. Den echten Cache von *cacheoftheday* hatten sie nur noch nicht finden können, dachte er. Ihr Mörder hatte nicht ahnen können, dass er sein Opfer ausgerechnet auf einem Geocache-Hotspot vergrub. Trotzdem hatte Philip natürlich recht. Der Vollständigkeit halber mussten sie dieser Spur nachgehen. Der Leichenfund und die Registrierung des Owners lagen zeitlich verdächtig nah beieinander. Der Cache auf dem Hof war Montagfrüh erstellt und die Leiche nur einige Stunden später entdeckt worden. Aufgrund der Blutspuren gingen sie davon aus, dass der Fundort nicht der Tatort war. Das sprach für seine Theorie, fand Peter. Der Täter wollte die Leiche verschwinden lassen und nicht als Köder auslegen. Außerdem musste er sich in Kophusen auskennen. Petersens Hof lag nicht an der Hauptstraße. Man musste wissen, dass es ihn gab. Früher oder später würden sie herausfinden, wer sich hinter dem Pseudonym verbarg. Parallel mussten sie schnellstmöglich den Tatort ermitteln.

Peter kontrollierte seine E-Mails, aber er hatte noch keine Antwort auf seine Anfrage erhalten. Hoffentlich beeilten die sich. Alles andere wäre nur unnötige Zeitverschwendung.

Peter füllte seinen Becher in der Küche mit Kaffee auf. Mit der Akte von Haukes Schreibtisch setzte er sich zurück an seinen Platz und genehmigte sich einen zweiten Haferkeks. Gestern hatte er keine Zeit mehr gehabt, sich den Cold Case genauer in Erinnerung zu rufen. Der Leichenfund hatte ihre gesamte Aufmerksamkeit gefordert.

In all den Jahren hatte es nie ein Lebenszeichen von Henry Petersen gegeben. Peter war felsenfest davon überzeugt, dass der Mann tot war und Kophusen nie verlassen hatte. Noch heute ertappte er sich manchmal dabei, dass er bei einem Spaziergang einen heimlichen Blick in die Büsche warf. Henrys vermeintlicher Unfall lag elf Jahre zurück. Peter erinnerte sich noch genau an den Tag. Seine Frau Elfie hatte ihn erst drei Tage später als vermisst gemeldet. Nach einem Aufruf in der örtlichen Presse hatte ein Zeuge angerufen, der Henry auf der Wiese mit den Jungbullen gesehen haben wollte. Daraufhin hatten sie den Fetzen seiner Arbeitshose auf der Weide gefunden. Elfie hatte das Verschwinden ihres Mannes auffallend kalt gelassen. Die Ehe hatte nur noch auf dem Papier existiert, behauptete sie. Ihr Weggang überraschte daher niemanden im Dorf. Sie hatte nie einen Hehl daraus gemacht, dass sie Kophusen und das Landleben verabscheute. Warum sie dann ausgerechnet einen Landwirt geheiratet hatte, blieb ihnen ein Rätsel. Die Geschwindigkeit, mit der sie den Verkauf der Tiere abgewickelt und sämtliche Zelte abgebrochen hatte, war für alle dennoch ein Schock gewesen. Die Kophusener fühlten sich vor den Kopf gestoßen. Vermutlich erklärte das das Entstehen von Gerüchten. Elfie wurde zur Persona non grata erklärt. Es dauerte nicht lange und einige behaupteten sogar, sie habe Henry ermordet und beiseitegeschafft. Peter hielt das für Geschwätz. Dennoch blieb die Frage, warum sie den Hof behielt. Er war wie ein Mahnmal, das an Henrys mysteriöses Verschwinden erinnerte und dafür sorgte, dass niemand in der Gegend es vergaß.

Ersten Schätzungen zufolge hatte die aktuelle Leiche nur ein bis zwei Tage dort gelegen. Also schied Henry als Opfer aus. Außerdem war der Landwirt wesentlich älter gewesen. Wenn die Fingerabdrücke des Toten nicht in der Datenbank waren, würde es schwierig werden, ihn zu identifizieren.

Peter studierte die dünne Akte von vorne bis hinten, doch das erhoffte Echo in seinem Kopf blieb aus. Keine neue Spur tat sich auf, nichts, was den Toten mit Henry und seiner Familie in Verbindung brachte. Das Telefon klingelte.

»Polizeistation Kophusen. Polizeiobermeister Brandt.«

»Guten Tag, Herr Brandt, wie schön, dass wir Sie erwischen.«

Peter erkannte die Stimme und schloss die Augen. »Was kann ich für Sie tun, Herr Ritscher?«

»Unsere Weiterfahrt wird sich noch verzögern. Der Reiseveranstalter kann keinen Bus zur Verfügung stellen. Eine Reparatur des Fahrzeuges kommt auch nicht infrage.«

Peter unterdrückte ein Stöhnen »Verstehe.«

»Sehr unangenehm für uns.«

Und für mich erst, dachte Peter.

»Wir halten das für einen Akt von Sabotage.«

»Das sagten Sie bereits.«

»Aber Sie glauben uns nicht«, hörte er Dressler im Hintergrund. Der Mann schien direkt neben seinem Partner zu stehen.

»Wir haben neue Erkenntnisse, die wir Ihnen gerne eröffnen würden. Könnten Sie in das Restaurant kommen?«, fragte Ritscher.

»Ich bin mitten in einer Ermittlung, das geht leider nicht.« Das Wort »leider« hätte er sich auch sparen können, dachte Peter.

»Wir haben gestern Abend im Lokal zufällig ein Gespräch mitgehört. Sie haben eine Leiche gefunden«, flüsterte der Mann. »Wir glauben, wir wissen, wer das getan hat.«

Auch das noch! Nicht genug, dass die beiden Männer sich für ausgebuffte Detektive hielten und überall ein Verbrechen witterten. Jetzt bekamen sie auch noch ein echtes auf dem silbernen Tablett serviert. Sie hätten die beiden lieber auf dem Ferienhof unterbringen sollen statt ausgerechnet bei Rosi, Kophusens Epizentrum, wenn es um Klatsch und Tratsch ging.

»Herr Ritscher, ich glaube kaum, dass die beiden Ereignisse in einem Zusammenhang stehen. Oder fehlt jemand aus Ihrer Reisegruppe?«, hörte Peter sich sagen und bereute es im selben Augenblick.

»Nein, das nicht, aber es gibt jemanden in unseren Reihen, der sich äußerst verdächtig verhält.«

»Und zwar schon seit Fahrtantritt«, redete Dressler dazwischen.

»Warum sagen Sie mir nicht einfach, was Sie entdeckt haben wollen?«, versuchte Peter, das Gespräch zu verkürzen.

»Das geht nicht am Telefon.«

»Doch, das glaube ich schon.«

Schweigen. Die beiden Männer beratschlagten sich flüsternd, sodass Peter nichts verstehen konnte. Ungeduldig leerte er seinen Becher.

»Na gut. Der Mann heißt Ulrich Wagner. Er ist auf dem Ferienhof untergebracht.«

»Ebenso wie unsere Reiseleiterin, Frau Nørgaard«, erklang Dresslers Stimme erneut.

Peter atmete tief ein und wartete.

»Also, Herr Wagner ist auffällig viel unterwegs. Frau Nørgaard berichtete uns, dass er am Sonntagabend erst spät zurückkam«, erklärte Ritscher ihm.

»Das ist kein Verbrechen.«

»Ja, das ist uns durchaus bewusst, aber es passt doch auffällig gut zu Ihrer Leiche, oder?«

»Wenn wir es richtig verstanden haben, haben Sie sie gestern entdeckt«, schob Dressler nach.

Die beiden waren auffällig gut informiert, ging es Peter durch den Kopf. Irgendjemand musste bei Rosi von ihrem gestrigen Einsatz erzählt haben. Das war nicht weiter verwunderlich, bei dem Großaufgebot. Die Presse hatte ebenfalls nicht lange auf sich warten lassen. Um dem unliebsamen Gespräch ein Ende zu bereiten, entschied Peter, sie zu besänftigen. »Wir werden uns der Sache annehmen und Herrn Wagner einen Besuch abstatten. Vielen Dank für diesen wertvollen Hinweis.«

»Großartig. Wir freuen uns, dass wir helfen konnten. Wenn uns noch etwas …«

»Ja, dann melden Sie sich gern. Vielen Dank und auf Wiedersehen.« Er legte auf.

Peter hoffte inständig, dass so schnell nicht noch etwas passierte und der Reiseveranstalter endlich für einen fahrtüchtigen Bus sorgte.

8

Goldberg parkte den Streifenwagen auf der schmalen Lichtung in dem einzigen Waldstück, das es in Kophusen gab. Umringt von Wiesen und Feldern. Die Bilder der verletzten Tiere, die er vor gar nicht allzu langer Zeit hier gefunden hatte, schob er beiseite. In diesem kleinen Ort lauerten überall Erinnerungen.

Hauke stieg aus. Er starrte auf sein Telefon. »Ich geh vor.«

»Wie genau sind die GPS-Daten?«, fragte Goldberg.

»Ziemlich genau.«

Die beiden Beamten folgten dem kleinen Pfad, der direkt zum Hochsitz führte. Das morsche Holzgestell kam in Sichtweite. Die dunkelgrüne Farbe war über die Jahre zu einem schwachen Pastellton verblasst.

»Ziel erreicht«, sagte Hauke und blickte nach oben, als sie vor dem Hochsitz standen.

»Gehst du?«, bat Goldberg.

»Meinetwegen. Aber wenn ich mir die Haxen breche, bist du schuld.«

Hauke schob das Handy in die Brusttasche seiner Uniform und zog sich wie aus dem polizeilichen Lehrbuch ein paar Einweghandschuhe über. Dann erst begann er mit dem Aufstieg. Das Holz knackte unter seinen Füßen.

»Wir sollten das Scheißding abreißen lassen. Das ist lebensgefährlich.«

»Und?«, fragte Goldberg, als Hauke oben angelangt war.

»Nichts als gähnende Leere.«

Hauke war nach außen hin zwar ein grober Klotz, aber seine raue Schale verbarg einen feinsinnigen Kern. Er nahm seine Arbeit als Polizist sehr ernst, auch wenn sein loses Mundwerk das Gegenteil suggerierte. Dementsprechend nahm er sich Zeit und untersuchte den Ansitz genau. Goldberg wandte sich wohlwollend ab und nahm sich den unteren Teil sowie den Boden vor. Peter hatte erzählt, dass diese Caches auch vergraben sein konnten. Goldberg hatte wenig Lust, sich durch das gesamte Erdreich zu wühlen.

»Ich hab's!«, rief Hauke.

Goldberg sah auf. Sein Kollege schaute aus dem Hochsitz, einen Arm in die Höhe gereckt. Goldberg musste lächeln.

»Eine Steinattrappe. Aus Plastik. Warte mal, das Ding lässt sich öffnen.«

»Was ist drin?«

»Ein Schlumpf.« Mit einem breiten Grinsen hielt Hauke Goldberg die Figur vor die Nase. »Schlumpfine hat ganz schon scharfe Kurven für ein Kinderspielzeug.«

»Ziemlich dürftig, oder?«

»Ich sage ja, ich habe keinen Schimmer, warum Leute für solche lausigen Funde ihre kostbare Freizeit opfern.«

»Ist da auch ein Logbuch drin?«, fragte Goldberg.

Hauke schüttelte den Kopf.

»Leg sie zurück.«

»Glaubst du etwa, ich nehme die mit? Was soll ich mit einer verkackten Schlumpffigur? Wenn es wenigstens eine Flasche Bier wäre.«

Auf der Geocacheseite war in diesem Waldstück nur ein Cache verzeichnet. Hinter *cacheoftheday* schien sich doch bloß ein harmloser Geocacher zu verstecken, der offenbar nichts mit ihrem Leichenfund auf dem Hof zu tun hatte. Der Kommissar war erleichtert und enttäuscht zugleich.

Hauke hangelte sich nach unten. Gemeinsam gingen sie zurück zum Streifenwagen, als ein Klappen sie aufschrecken ließ. Goldbergs Körper straffte sich. Die Männer blieben stehen und lauschten. Hauke warf ihm einen fragenden Blick zu. Das Geräusch erklang erneut. Offenbar waren sie nicht allein.

»Runter«, flüsterte Goldberg und drückte Hauke in die Hocke.

»Siehst du was?«, fragte Hauke leise.

»Nein.« Das Geäst war zu dicht. »Das kommt von der anderen Seite.« Goldberg klatschte in die Hände.

»Was zum Teufel soll das?«, stieß Hauke hervor.

»Wenn es ein Tier ist, würde es weglaufen.«

»Und das hilft uns, weil …?«

»Es war eine spontane Idee.«

Hauke verzog das Gesicht. »Das war eine Autotür und kein Reh. Seit wann fahren Rehe Auto?«

Sein Kollege erhob sich und marschierte in die Richtung, aus der das Geräusch gekommen war.

Goldberg folgte ihm. Als sie das Ende des Pfades fast erreicht hatten, blieb Hauke abrupt stehen.

»Da. Ein weißer Kastenwagen. Vielleicht Jäger?«, schlug Hauke vor.

»Nein, das sind keine Jäger. Jedenfalls keine, die auf Tiere aus sind«, erwiderte Goldberg und ignorierte den irritierten Blick seines Kollegen.

»Wovon redest du bitte?«

Goldberg legte den Zeigefinger auf die Lippen und bedeutete ihm, still zu sein. In der Nähe des Wagens war niemand zu sehen. Und trotzdem fühlte Goldberg sich beobachtet. Der Wind fuhr durch die Äste. Für einen kurzen Moment herrschte Stille. Dann wurden die Hintertüren des Kastenwagens geöffnet. Ein Mann sprang heraus. Er trug einen Kapuzenpullover und eine Schirmmütze, die er tief in die Stirn gezogen hatte. Goldberg konnte nicht erkennen, ob es sich um denselben Fahrer handelte, den er am Sonntag in dem Kastenwagen angehalten hatte.

»Hey, Sie da!«, rief Hauke und stapfte durch das Unterholz.

Der Mann blickte in ihre Richtung. Hastig schob er sich die Kapuze über das Cap. Die Zweige verdeckten Goldbergs Sicht. Es waren ungefähr zwanzig Meter bis zum Wagen. Plötzlich hastete der Mann zur Fahrertür. Goldberg begann ebenfalls zu rennen.

»Bleiben Sie stehen! Wir wollen doch nur mit Ihnen reden!«, versuchte Hauke ihn aufzuhalten.

Doch den Fremden interessierte das nicht. Hastig schwang er die Autotür auf und sprang hinters Lenkrad. Der Motor wurde gestartet.

»Der will abhauen!« Jetzt war Hauke hörbar sauer.

Die Beamten beschleunigten ihr Tempo. Aber auf dem unwegsamen Grund kamen sie nur langsam voran. Der Fahrer legte hörbar den Rückwärtsgang ein und der Motor heulte auf.

Goldberg blieb stehen. Sein Atem ging stoßweise. Das würden sie nicht schaffen. Hauke rannte laut fluchend weiter, doch es half nichts. Der Kastenwagen rumpelte das kurze Stück über den Waldweg. Sobald er die Landstraße erreicht hatte, fuhr er mit quietschenden Reifen davon.

»Verfluchte Scheiße!« Hauke kam zum Stehen und japste nach Luft. »Hast du das Kennzeichen?«

»Ich kenne den Wagen.«

Hauke drehte sich zu ihm. »Was?«

»Ja, es ist derselbe, der am Sonntag bei dem liegengebliebenen Bus an uns vorbeifuhr. Ich habe mich kurz mit dem Mann unterhalten.«

»Dann wissen wir, wer das ist?«

Goldberg schüttelte den Kopf. »Der Wagen ist am Samstag als gestohlen gemeldet worden. Peter hat das gestern überprüft.«

»Kannst du mich bitte mal aufklären? Was ist denn am Sonntag noch alles passiert? Da ist man mal einen Tag nicht da und schon …«

»Ich erkläre es dir auf dem Weg. Komm.«

Hauke ließ sich auf den Beifahrersitz sinken und lauschte Goldbergs Bericht. Ob es sich um denselben Mann handelte, konnte der Kommissar nicht mit Bestimmtheit

sagen, aber es war definitiv derselbe Wagen mit Dortmunder Kennzeichen. Die unbekannte Leiche war nur
einen Tag nach dem Eintreffen des Busses gefunden
worden. Sobald Bruno den Todeszeitpunkt bestimmt
hatte, würden sie mehr wissen. Aber was konnte eine
Düsseldorfer Reisegruppe, die scheinbar zufällig liegen-
geblieben war, mit ihrer Leiche zu tun haben? Es sei
denn, die Panne war kein Zufall. Von den Reisegästen
war niemand als vermisst gemeldet worden. Wer
konnte der Tote dann sein? Er hoffte, Bruno würde
sich beeilen und bald Ergebnisse liefern, die ihnen
weiterhalfen.

»Und du bist sicher, dass es derselbe Wagen ist?«
Goldberg nickte.

»Vielleicht bloß einer von diesen Gaffern, die bei
einem Unfall auf die Bremse drücken, um nichts zu
verpassen. Du kennst doch diese Spinner.«

»Möglich, aber was macht der jetzt ausgerechnet
hier bei einem Schatz von cacheoftheday? Und warum flüchtet er vor der Polizei?«

»Wenn ich mit einem gestohlenen Wagen durch
die Gegend fahren würde, würde ich mich auch aus
dem Staub machen, wenn die Bullen plötzlich aufkreuzen.«

»Schon, aber das kann kein Zufall sein. Wir müssen
die Reifenprofile mit denen vom Fundort abgleichen.
Vielleicht ist das unser Täter. Falls die Leiche tatsächlich nur einen Tag alt ist, passt das zeitlich sehr gut zum
Eintreffen der Reisegruppe, findest du nicht?«

»Na ja, aber was kann die Buspanne mit unserem
Mord zu tun haben?«

»Erstens kommen beide Fahrzeuge aus NRW. Zweitens war das Interesse des Kastenwagenfahrers an dem verunfallten Bus mehr als auffällig.«

»Und der Cache?«

Goldberg zuckte mit den Schultern. »Wir werden den Owner auf jeden Fall überprüfen. Ruf die Spurensicherung an, die sollen den Reifenabdruck nehmen. Unterdessen fahren wir zum dritten Fund.«

»Vielleicht ist unser Kastenwagenfahrer ja cacheoftheday, der ganz unschuldig seine Verstecke überprüft.«

»Das Fahrzeug ist in Dortmund als gestohlen gemeldet worden. Warum sollte er in Kophusen Schätze verstecken?«

»Hast recht. Ich gebe zu, das ist verdächtig.«

»Wo geht es hin?« Goldberg startete den Motor.

Hauke lotste sie über die Landstraße 431 Richtung Brokdorf. Der dritte und bisher letzte Eintrag von *cacheoftheday* lag außerhalb von Kophusen. Sie brauchten gute zwanzig Minuten, bis sie am Störsperrwerk in Wewelsfleth ankamen. Das Wrack eines alten Ruderbootes, das bei Niedrigwasser besonders gut zu sehen war, kam in Sichtweite. Es lag im Watt des Störlochs, ein alter Arm an der Mündung zur Elbe. Es bestand aus einfachen Holzbohlen und ließ Goldberg immer an das fleischlose Gerippe eines gestrandeten und verwesten Wals denken. Der alte Störarm diente inzwischen als Hafen für kleinere Boote und Segelschiffe. In den Siebzigern war das Sperrwerk errichtet und der Mündungsverlauf des Flusses nach der Fertigstellung verlegt worden. Anschließend hatte man den Altarm abgedämmt. Würde ihnen nicht gerade ein zweiter Leichenfund drohen, Goldberg hätte ihren Ausflug durchaus genossen.

»Ich hoffe, dieses Mal behältst du deine Hose an«, sagte Hauke und grinste zu ihm rüber.

Goldberg versuchte die Anspielung auf sein kurzes Intermezzo am Krückausperrwerk zu ignorieren, aber Hauke gab nicht so schnell auf.

»Nicht, dass es am Ende noch eine Art Fetisch bei dir ist. Sobald du ein Sperrwerk siehst, musst du die Hüllen fallen lassen.« Sein Grinsen wurde breiter. »Wenn doch, fahr zum Eidersperrwerk, da hast du wenigstens genug Publikum für dein exhibitionistisches Verhalten.«

Goldberg hatte geahnt, dass ihm sein Kollege die spontane Badeaktion in der Krückau auf ewig vorhalten würde. Doch der Kommissar wusste sich zu wehren. »Hauke, wann wirst du Peter sagen, dass du mit Olivia schlussmachen willst?«

Abrupt veränderte sich die Miene seines Kollegen. »Woher weißt du so etwas immer? Du bist ein Psycho. Gib es zu, du kannst heimlich in meinen Kopf reingucken.«

»Weiß sie es wenigstens schon?«

»Nein. Die Frau macht mich wahnsinnig, Philip. Es ist so, als wäre ich mit mir selbst zusammen. Und du weißt, wie ich sein kann.«

»Ja, nur zu gut.«

»Entweder wird sie am Boden zerstört sein oder sich an mich klammern wie eine verfluchte Klette.«

»Wenn sie so ist wie du, wird dir beides nicht erspart bleiben. Hab ein Auge auf die Kanzel in der Kirche.«

»Sehr witzig.«

»Hauke, bring es bald hinter dich. Je länger du wartest, desto schwieriger wird es. Höchstwahrscheinlich geht es ihr ähnlich wie dir. Dann ist es eine Erlösung für euch beide.«

Hauke brummte etwas Unverständliches.

Goldberg fuhr über die Klappbrücke. Sie konnte jederzeit von den Brückenwärtern geöffnet werden. Weil die Bundeswasserstraße Stör älter war als die Bundesfernstraße auf dem Deich, hatten die Schiffe Vorfahrt. Schon häufig war es Goldberg passiert, dass er an der Ampel warten musste, bis die Schiffe durch die offene Brücke hindurchgefahren waren. Ein beeindruckendes Schauspiel. Am Ende der Brücke bog er links auf den Besucherparkplatz ab und fuhr die Sperrwerk-Erhöhung hinunter.

»Es ist an der Treppe«, sagte Hauke, der von seinem Handy-Display aufsah.

Rechts begann der Deich, der an der Stör entlanglief. Als die Beamten ausstiegen, hoben einige Schafe neugierig den Kopf. Unter den misstrauischen Blicken der blökenden Tiere gingen die Beamten zu der Treppe, die wieder auf die Straße hinaufführte.

»Hier soll es versteckt sein.« Hauke blieb vor der untersten Stufe stehen.

»So genau ist die Karte?«, fragte Goldberg und Hauke ließ ihn einen Blick auf sein Smartphone werfen.

»Der Cache ist ziemlich weit weg von den anderen«, bemerkte Hauke.

Sie begannen mit der Suche. Hauke tastete die Handläufe des Treppengeländers zu beiden Seiten ab, während Goldberg die Stufen unter die Lupe nahm.

Allerdings boten sie nur wenig Spielraum für ein Versteck.

»Ich glaube, ich habe es«, sagte Hauke und zog sich wieder gewissenhaft Einweghandschuhe über.

Links von der Treppe stand ein Baum. *Cacheoftheday* schien eine Vorliebe für Attrappen zu haben. Goldberg blickte auf ein pilzartiges Gebilde von ungefähr dreißig Zentimetern, das direkt am Stamm zu wachsen schien.

»Willst du?«, fragte Hauke.

Goldberg schüttelte den Kopf und ließ seinem Kollegen den Vortritt. »Bist du sicher, dass es nicht echt ist?« Der Kommissar folgte Haukes Beispiel und streifte sich ebenfalls Handschuhe über.

Hauke schnippte mit dem Finger dagegen. Instinktiv zog Goldberg den Kopf ein. Sein Kollege grinste.

»Hast du etwa Angst vor einem Pilz?«

»Es war ein Reflex«, verteidigte Goldberg sich.

»Dieses Ding ist aus reinem Plastik.« Hauke reichte ihm sein Handy. »Halt mal.« Mit beiden Händen zog der Kollege an der Attrappe. Nach einigen Versuchen ließ sich das Ding nach oben hin abziehen. Der Haken war in den Stamm geschlagen worden und der unechte Pilz damit befestigt. Unter der Pilzattrappe befand sich eine Öffnung, die mit einem runden Stöpsel verschlossen war. Hauke zog ihn heraus.

»Was haben wir denn da?«

»Warte!« Goldberg fotografierte das Ding mit Haukes Smartphone.

Sein Kollege klemmte sich den Pilz unter den rechten Arm und zog das obligatorische Logbuch hervor. Aber das war noch nicht alles. Zwei Playmobil-Figuren leisteten dem schmalen Notizheft Gesellschaft. Eine von ihnen war ein Polizist. Die andere war in ein kleines Stück schwarzes Plastik gehüllt.

»Nachtigall, ick hör dir trapsen«, entfuhr es Goldberg und er betätigte den Auslöser der Handykamera.

»Was zum Teufel ist hier los?«, fragte Hauke.

»Pack sie aus.«

Hauke reichte ihm den Pilz und wickelte die Figur aus. Zum Vorschein kam ein Pirat mit Augenklappe.

»War die Leiche etwa als Seeräuber verkleidet?«, fragte Hauke.

Goldberg schüttelte den Kopf. »Steht etwas im Log-buch?«

Hauke schlug das Heft auf. »Leer.«

Goldberg blickte auf den kleinen Kunststoff-Kollegen in grüner Uniform. Führte der Täter sie an der Nase herum? Oder handelte es sich um eine Botschaft? Wenn ja, was hatte sie zu bedeuten? Und wer hatte sie hinterlegt?

9

Ein kalter Schauer lief Peter über den Rücken, als er durch die Fotos auf Haukes Smartphone scrollte. Es bestand kein Zweifel daran, dass die Playmobil-Figuren ihren gestrigen Leichenfund dokumentieren sollten. Hatte sie der Täter dabei beobachtet und erlaubte sich nun einen Spaß mit ihnen? Verstört legte er das Telefon zur Seite.

»Wenn ihr mich fragt, hat das nichts mit unserer Leiche zu tun«, sagte Hauke, der Kaffee trinkend an seinem Schreibtisch saß.

»Und warum nicht?«, wollte Philip vom Tresen aus wissen.

»Wieso sollte der Täter in der Weltgeschichte herumfahren und idiotische Botschaften hinterlegen? Für uns? Der wird doch wohl kaum ein Interesse daran haben, uns auf seine Fährte zu lotsen. Normalerweise geht es doch immer darum, eine Straftat zu vertuschen, um nicht entdeckt zu werden.«

»Vielleicht will uns jemand an der Nase herumzuführen?«, mutmaßte Peter.

»Und noch einmal: Wieso? Das ergibt doch alles keinen Sinn.«

Darüber hatte Peter auch nachgedacht. Bisher war ihm kein plausibler Grund eingefallen. »Vielleicht hat es doch etwas mit Henry Petersen zu tun?«, schlug er vor.

»Glaubst du, der alte Petersen bringt jemanden um, vergräbt die Leiche auf seinem Hof und schickt uns dann kryptische Nachrichten?«

»Möglich, dass er sich an uns rächen will, weil wir die Suche damals so schnell aufgegeben haben.« Peter verwarf den Gedanken. Er wusste, wie absurd das klang.

»Vergiss Petersen, der hat die Nase voll von seiner Familie gehabt und ist abgehauen. Der genießt sein Leben jetzt irgendwo ganz entspannt allein und ohne die Plackerei auf dem Hof.«

»Aber du musst doch zugeben, dass dieser Cache auffallend gut zu unserer Leiche passt. Warum sonst hat jemand eine Playmobil-Figur in Plastikfolie eingewickelt und einen Polizisten dazugelegt?«, insistierte Peter.

»Wenn das tatsächlich mit dem Mord zu tun hat, wen soll dann bitte Schlumpfine darstellen?«

»Vielleicht haben wir es mit einer Täterin zu tun«, überlegte Peter.

»Und die hat die Leiche ganz allein erdrosselt, in ein Auto gezerrt und eigenhändig vergraben? Das glaubst du doch wohl selbst nicht. Ich sage euch, das ist alles purer Zufall. Ein schräger, das gebe ich zu, aber alles andere wäre ja noch verrückter.«

»Wenn es nicht die Leiche ist, wo ist dann bitte der echte Cache, der in der Sandkiste hätte sein sollen?«, fragte Peter.

»Den hat unser Totengräber wahrscheinlich beim Vergraben weggeschmissen.«

»Und die Playmobil-Figuren?«

»Entweder hat er sie seinen Kindern gemopst oder er ist ein Sammler. Auf jeden Fall ist das einer von diesen harmlosen Spinnern, die Spaß daran haben, auf Pseudo-Schatzsuche zu gehen.«

»Und wie erklärst du dir das zweimalige Auftauchen des Kastenwagens? Auch nur ein Zufall?«, mischte sich Philip ein.

»Das eine muss ja nicht zwangsläufig mit dem anderen zu tun haben. Vielleicht war der nur pissen und hat sich beim Anblick der Polizei erschreckt und ist abgehauen.«

»Ach übrigens, ich habe mit dem Halter des Kastenwagens gesprochen«, fiel Peter ein. »Der junge Mann hatte das Fahrzeug auf einem Parkplatz in der Nähe des Dortmunder Hauptbahnhofs abgestellt und war im Kino. Als er zurückkam, war es nicht mehr da.«

Die Beamten schwiegen einen Augenblick. Solange sie nicht wussten, wer der Tote war, konnten sie nur spekulieren. Eine ratlose Stille breitete sich aus.

»Und nu'?«, fragte Hauke in die Runde.

»Wir nehmen uns vorsorglich die Reisegruppe vor«, entschied Philip.

»Das ist doch Zeitverschwendung«, maulte Hauke.

Peter wusste nicht, was er davon halten sollte. Aber die Tatsache, dass der Wagen ausgerechnet an dem verunfallten Bus aufgetaucht war und nun auch an einem ihrer Caches, war schon verdächtig. Möglicherweise war es der Täter, der sich noch immer in Kophusen aufhielt. Trotzdem bedeutete das nicht zwangsläufig, dass er in Verbindung zu der Reisegruppe stand.

»Ach, bevor ich es vergesse«, warf Peter ein. »Ansgar Ritscher rief vorhin an. Die beiden Männer wissen von unserer Leiche, und sie sagten, wir sollten uns einen gewissen Ulrich Wagner vorknöpfen. Der gehört zu ihrer Reisegruppe.«

»Bitte? Woher wissen die schon von dem Toten?«, entfuhr es Hauke.

»Du vergisst, dass sie bei deiner Schwester untergebracht sind.«

Hauke schnaubte. »Und jetzt bezichtigen die einen aus ihrer Truppe des Mordes?« Er schüttelte ungläubig den Kopf. »Die haben sie doch nicht alle.«

»Letzteres mit Sicherheit. Ich bin dem Hinweis noch nicht nachgegangen. Aber wenn die beiden recht haben, sollten wir uns beeilen und sie befragen, solange sie noch in Kophusen sind.«

Hauke stöhnte. »Bitte nicht ich! Das halten meine Nerven nicht aus.«

»Wir können ja knobeln«, schlug Peter vor.

»Haben wir die Kontaktdaten von cacheoftheday?«, wechselte Philip das Thema.

Peter seufzte. »Der Kundendienst hat sich bisher nicht gemeldet.«

»Dieses Scheiß-Internet! Fluch und Segen zugleich.«

Peter warf Hauke einen besorgten Blick zu. Was war denn heute mit seinem Freund los? Er hoffte, dass er sich nicht mit Olivia gestritten hatte. Heimlich plante Peter bereits einen Kurzurlaub zu viert oder vielleicht sogar zu sechst, wenn er Philip und Magda für diese Ideen begeistern konnte. Allerdings wusste er noch nicht, wie das dienstplantechnisch umzusetzen wäre. Schließlich konnten sie die Station nicht einfach für ein paar Tage schließen.

»Wo ist denn der Rest unserer Reisegruppe untergebracht?«, fragte Hauke.

»Auf dem Ferienhof, wo Philip Magda im Sturm erobert hat.«

Sie sahen ihren Chef grinsend an.

»Das war der einzige Platz mit genügend freien Zimmern«, fühlte Philip sich genötigt, seine Auswahl zu verteidigen.

»Ach, das war ja so romantisch!« Peter seufzte und dachte an die künstliche Schneelandschaft zurück, die sie damals gezaubert hatten. Den Schnee hinterher wieder zu entfernen, war allerdings alles andere als zauberhaft gewesen.

»Nun, krieg dich mal wieder ein. Ich mache das nicht noch einmal mit. Für keinen von euch beiden. Das war eine Scheißarbeit. Allein diese Plastikflocken! Wo die sich überall festgesetzt haben. Noch Tage danach habe ich die an Stellen meines Körpers gefunden, an die nie Licht kommt.«

Philip hob angewidert seine rechte Augenbraue.

»Ih, du bist geschmacklos«, brach es aus Peter heraus, der einen Moment gebraucht hatte, um es zu verstehen.

»Was denn? Ich rede von meinen Achseln. Nicht von meinem A …«

»Schluss damit«, ging Philip dazwischen. »Nimm deine Mütze und komm.«

Ihr Chef sprang vom Tresen. »Peter, mach dem Verein Druck und ruf bei Bruno an.«

Peter nickte und mied Haukes Anblick. Das Bild von künstlichen Schneeflocken in dessen Allerwertestem würde er so schnell nicht loswerden.

Der Resthof lag etwas abseits der Landstraße ungefähr einen Kilometer vom Ortskern entfernt. Es war ein Refugium der Erholung geworden. Das riesige Reet-dachhaus war entkernt und in einzelne Appartements aufgeteilt worden. Eigentümer dieses Kleinods war ein Immobilienmakler aus Hamburg, der weder Kosten noch Mühen gescheut hatte. Goldberg wusste nicht, ob seine Rechnung aufgegangen war. In jedem Fall hatte er Geschmack bewiesen.

Die Beamten gingen den schmalen Pfad entlang, der vom Gästeparkplatz zum Haus führte. In den Nebenge-bäuden, die früher als Stall gedient hatten, waren eben-falls Wohnungen entstanden. Es war ein Dreiseitenhof. Im Innenhof stand den Gästen eine großzügig gestaltete Sitzecke mit Grillmöglichkeit zur Verfügung. Goldberg blieb an der ersten Tür auf der rechten Seite stehen und klopfte. Die Reiseleiterin Nørgaard öffnete ihnen. Ihre blonden Haare hatte sie zu einem losen Dutt zusam-mengebunden.

»Guten Morgen«, sagte sie und lächelte.

Goldberg musste plötzlich an die kleine, blonde Schlumpffigur aus dem Hochsitz denken. Konnte damit Freija Nørgaard gemeint sein? Sollte die blaue Spielfigur sie zur Reiseleiterin der Gruppe führen? Ehe er sich darüber klar werden konnte, unterbrach Hauke seinen Gedanken.

»Guten Morgen, ich glaube, wir kennen uns noch nicht. Mein Name ist Hauke Thomsen.«

Eigentlich wusste Hauke, dass er sich bei Befragungen zurückzuhalten hatte, vor allem wenn es sich um das weibliche Geschlecht handelte. Doch offenbar hatte sein Kollege beschlossen, diese Anweisung zu missachten. Haukes Arm schnellte nach vorne, und ehe Goldberg eingreifen konnte, hatte Hauke sich an ihm vorbeigedrängelt. Der Kommissar sah, wie Nørgaard freudig die ausgestreckte Hand seines Kollegen ergriff.

»Sehr erfreut. Ich heiße Freija Nørgaard.«

»Die Freude ist ganz auf meiner Seite, Frau Nørgaard. Die Kollegen haben mir nicht gesagt, dass Sie so attraktiv sind.« Hauke sah zu seinem Chef. »Du hättest mich ruhig vorwarnen können.«

Goldberg verkniff sich eine Bemerkung. Stattdessen setzte er ein freundliches Lächeln auf. Nørgaard schien das Kompliment zu gefallen. Hauke konnte charmant sein. Wenn man ihn so erlebte, wunderte man sich nicht, weshalb er einen Schlag bei Frauen hatte. Allerdings dauerte die Magie meistens nicht lange an. Gutes Aussehen war eben doch nicht alles.

»Kommen Sie herein.« Sie zog die Tür auf.

Die Beamten betraten das große, helle Wohnzimmer, das gleichzeitig Essecke und Küche war. Zweckmäßig, aber stilvoll. Goldberg blickte aus dem Panoramafenster in den Innenhof. Er erkannte das Pärchen, das sich am Sonntag lautstark über die ungeplante Unterbrechung der Reise beschwert hatte. Im Schutz der großen Kastanie hatte er sie vor der Tür nicht sehen können. Ihre Trainingsanzüge hatten sie durch reichlich knappe Badebekleidung ersetzt. Ihre weißen Körper rekelten sich in stylishen Vintage-Spaghetti-Liegestühlen, die an die Siebzigerjahre erinnerten. Wider Erwarten schienen sie die Pause zu genießen.

»Was kann ich für Sie tun?«, fragte Nørgaard und setzte sich auf einen der Drehsessel aus hellbraunem Lederimitat.

Goldberg wandte sich zu ihr, doch Hauke kam ihm schon wieder zuvor. Den Unmut über dessen Dreistigkeit konnte er nur mühsam verbergen.

»Wir ermitteln in einem Mordfall«, erklärte Hauke.

Die Reiseleiterin riss die Augen auf.

»Frau Nørgaard, fehlt jemand aus Ihrer Reisegruppe?«, setzte sein Kollege nach.

Goldberg sah, wie sie die Stirn runzelte und entsetzt von einem zum anderen blickte. Das reichte. »Was mein Kollege zu sagen versucht, ist, dass wir eine männliche Leiche gefunden haben. Bisher haben wir sie nicht identifizieren können.« Goldberg warf Hauke einen warnenden Blick zu. Sein Kollege zog sich reflexhaft einen Schritt zurück. »Wir gehen davon aus, dass der Tote erst vor wenigen Tagen ums Leben kam. Zum gegenwärtigen Zeitpunkt können wir ein Gewaltverbrechen nicht ausschließen. Wir versuchen mögliche Zusammenhänge zu überprüfen.«

Die Erklärung schien sie zu beruhigen. »Wir sind vollzählig.«

»Ist Ihnen während Ihrer Reise etwas Ungewöhnliches aufgefallen? War etwas anders als üblich?«

»Einige Reisegäste sind schon speziell, aber die gibt

es auf jeder Tour.« Sie nickte vielsagend in Richtung Innenhof.

»Was meinen Sie damit?«, hakte Goldberg nach.

»Die beiden zum Beispiel.« Sie deutete auf das Paar im Garten. »Sie haben sie ja selbst erlebt. Oder aber die Schlaumeier, die alles besser wissen. Und diejenigen, denen nichts gut genug ist und die eine First-Class-Behandlung erwarten.«

»Verstehe.« Goldberg nickte mitfühlend.

»Sie müssen Nerven aus Stahl haben. Für mich wäre das nichts.« Hauke machte ein Geräusch, das eine Mischung aus Lachen und einem Schnalzen war. Goldberg kannte diese Töne nur zu gut. Er wollte ihr gefallen.

»Mit der Zeit bekommt man Übung darin, diese Leute im Zaum zu halten,« erklärte sie und lächelte.

Hauke öffnete den Mund, doch Goldberg kam ihm zuvor. »Hat jemand von Ihren Reisegästen etwas geäußert, dass Ihnen merkwürdig vorkam?«

Nørgaard schien zu überlegen. »Nein.«

»Ist Ihnen in Kophusen ein weißer Kastenwagen aufgefallen?«, fragte der Kommissar.

Aus dem Augenwinkel sah Goldberg, wie Hauke sie beobachtete. Der Mann konnte einfach nicht anders. Er hatte Witterung aufgenommen, und das, obwohl er offiziell noch liiert war.

»Jetzt, wo Sie es sagen«, meinte die Reiseleiterin nachdenklich.

»Jedes Detail könnte uns weiterhelfen, auch wenn es in Ihren Augen unbedeutend erscheinen mag.«

»Auf dem letzten Rastplatz vor Hamburg stand so ein Wagen auf dem Parkplatz neben der Tankstelle. Als ich an ihm vorbei auf die Toilette ging, stieg ein Mann aus und sprach mich an.«

»Was wollte er von Ihnen?«

»Sie glauben nicht, wie oft man auf Reisen angesprochen wird. So ein Bus übt eine magische Anziehungskraft auf bestimmte Leute aus. Deshalb habe ich mir nichts dabei gedacht. Er fragte, wohin die Reise gehen würde.«

»Haben Sie es ihm gesagt?«

»Nein, ich bleibe bei so etwas immer vage. Ich erklärte ihm, wir seien auf dem Weg in den Norden, und habe mich verabschiedet.«

»Ist Ihnen der Wagen danach noch einmal begegnet?«

Sie schüttelte den Kopf.

»Haben Sie das Kennzeichen?«, fragte Hauke.

»Ich erinnere mich, dass er aus Dortmund kam. Wenn man viele Stunden auf der Autobahn verbringt, ist es ein Zeitvertreib, auf die Nummernschilder zu achten.«

»Können Sie den Mann beschreiben?«, fragte Goldberg.

»Er war größer als ich. Schwarze Haare. Und er trug einen blauen Overall.«

»Würden Sie ihn wiedererkennen?«, wollte Hauke wissen.

»Ja, ich denke schon.«

Goldberg hatte den Mann in dem Kastenwagen nur sitzend gesehen. Schwer zu schätzen, wie groß er war. Er hatte eine Schirmmütze getragen, aber Goldberg meinte sich zu erinnern, dass er dunkle Haare gesehen hatte. Das blaue Hemd konnte er über den Overall gezogen haben. Der Fahrer hatte ein Auto geklaut und war dem Bus von Düsseldorf bis hierher gefolgt. Dafür musste er einen dringenden Grund gehabt haben.

»Als Sie die Toilette wieder verließen, stand er da noch dort?«

»Nein, das Auto war weg.«

Am Sonntag war ihr der Wagen offenbar nicht aufgefallen. Das war nicht weiter verwunderlich. Sie war vollauf damit beschäftigt, ihr streitlustiges Pärchen zu besänftigen.

»Wie lange bleiben Sie?«, hörte Goldberg seinen Kollegen fragen.

»Das weiß ich leider nicht. Alle Reisebusse sind im Einsatz. Meine Chefin versucht, einen anderen Bus zu chartern.« Sie machte eine kurze Pause, bevor sie fragte: »Glauben Sie, jemand von uns ist in Gefahr?«

»Machen Sie sich keine Sorgen, Frau Nørgaard. Bis jetzt gibt es dafür keinerlei Beweise.«

Sie nickte.

»Wenn Ihnen langweilig wird, zeige ich Ihnen gerne unser hübsches Dorf«, kam es von hinten.

Goldberg verbot sich die gepfefferte Zurechtweisung, die ihm bereits seit Beginn des Gesprächs auf der Zunge lag.

»Sie wissen ja, die Polizei dein Freund und Helfer«, fügte Hauke gurrend hinzu.

»Frau Nørgaard, vielen Dank.« Goldberg reichte ihr seine Visitenkarte. »Wenn Ihnen etwas auffällt, rufen Sie mich an.«

»Ja, das mache ich.« Sie nahm die Karte, doch ihr Blick war auf Hauke geheftet. Die Reiseleiterin schien das Angebot seines Kollegen ernsthaft in Erwägung zu ziehen.

»Komm.« Goldberg drehte seinen balzenden Kollegen zur Tür und schob ihn unsanft aus dem Appartement.

»Was sollte denn das?«, empörte sich Hauke, sobald Goldberg die Tür hinter ihnen zugezogen hatte. »Wie stehe ich denn jetzt da? Wie ein dummer Junge, der von seinem Chef herumkommandiert wird.«

»Benimm dich wie ein erwachsener Polizeibeamter und ich behandle dich auch so«, zischte Goldberg.

Hauke zupfte seine Uniform zurecht. »Hast du ihre Augen gesehen? Mann, in dem strahlenden Blau kannst du versinken.«

»Komm jetzt, Romeo.«

»Wo willst du hin?«

»Wir befragen die restliche Gruppe.«

»Ist sie Dänin?«

Goldberg ignorierte die Frage und steuerte auf den Kastanienbaum zu. Das Pärchen lag immer noch ausgestreckt auf den Liegen, wie zwei Raubtiere, die nach erfolgreicher Jagd im Schatten dösten.

»Guten Tag, die Herrschaften. Sie erinnern sich vielleicht an mich. Goldberg. Philip Goldberg.«

Die beiden richteten sich auf. Die Plastikriemen hatten tiefe Abdrücke in der Haut hinterlassen.

»Sie sind doch der Polizist«, sagte der Mann.

»Richtig. Und das ist mein Kollege Hauke Thomsen.«

»Norbert Kant. Meine Frau Silke.« Er setzte die Beine auf dem Boden ab. »Sie ermitteln nun gegen das Reiseunternehmen?« Das Raubtier erhob sich und machte sich bereit für den Angriff.

»Sollten wir?«

»Fahrlässigkeit«, schoss es aus ihm heraus. »Die Bremsen haben versagt, wir könnten alle tot sein.«

»Mein Mann kennt sich da aus«, bekräftigte seine Frau, die sich ebenfalls kampflustig aus der Liege erhob.

Goldberg schätzte das Paar auf Ende fünfzig oder Anfang sechzig. »Nein, wir sind wegen einer anderen Sache hier. Haben Sie kurz Zeit?«

»Die Busfahrer kamen mir gleich verdächtig vor«, raunte er seiner Frau zu, die ihre Zustimmung durch ein heftiges Nicken signalisierte.

»Ist Ihnen auf dieser Reise ein weißer Kastenwagen aufgefallen?«, fragte Goldberg.

Das Ehepaar wechselte einen kurzen Blick. Mit einer derartigen Frage hatte es nicht gerechnet.

»Nein«, sagte der Mann. »Dir?«

Seine Frau schüttelte den Kopf.

»Sollten wir ausgeraubt werden?«, erkundigte sich der Mann. »Ist das eine ausländische Bande?«

»Nein«, erwiderte Goldberg und überhörte Haukes leises Schnauben. »Wir suchen den Fahrer eines gestohlenen Wagens.«

»Sag ich ja, eine Bande.«

»Hören Sie …«, begann Hauke, doch Goldberg stoppte ihn, indem er eine Hand auf seiner Schulter platzierte.

»Ist Ihnen während der Fahrt etwas Ungewöhnliches aufgefallen?«

»Sie meinen außer dem desaströsen Dilettantismus dieses Busunternehmens? Nein. Wissen Sie, meine Frau und ich verreisen viel. Und wir haben auch schon viel erlebt. Aber das hier, leck mich inne Täsch!«

Während der Mann sich über vergangene Reisen ausließ, ging der Kommissar die Reisegruppe gedanklich durch. Wirklich verdächtig hatte sich bisher niemand verhalten. Auf den ersten Blick wirkte keiner der Reisegäste wie jemand, der etwas zu verbergen hatte. Aber es musste eine Verbindung zum Kastenwagen geben. Warum hatte der Fahrer die Reisegruppe sonst bis nach Kophusen verfolgt? Und was konnte das mit ihrem Toten zu tun haben? Vielleicht sollten sie den Hinweis der beiden Hobby-Detektive doch ernst nehmen, dachte er. In jedem Fall mussten sie sie fragen, warum sie den Toten sofort mit ihrer Reise in Verbindung gebracht hatten. Möglicherweise war es mehr als die pure Lust am Detektivspielen. Goldberg ging davon aus, dass der Kastenwagen, den Nørgaard auf der Raststätte gesehen hatte, derselbe war, der in Kophusen umherfuhr. Vielleicht hatte der Fahrer es auf einen der Passagiere abgesehen. Konnte es ein heimlicher Verehrer der Nørgaard sein, der seiner Schlumpfine folgte? Goldberg speicherte den Gedanken ab.

»Alles in allem eine Riesenenttäuschung«, beendete der Mann seinen Redefluss.

Goldberg nickte mitfühlend. »Vielen Dank für Ihre Hilfe. Falls Ihnen ein weißer Kastenwagen begegnen sollte, melden Sie sich bitte.« Er reichte Kant seine Visitenkarte.

»Wir halten die Augen offen, nicht wahr, Schätzelein?«

»Natürlich«, bestätigte seine Frau.

Goldberg schob die Vorstellung von Norbert Kant, der in seiner knappen roten Badehose durch Kophusen schlich, beiseite und bedankte sich nochmals für die Mithilfe. Im Weggehen hörte er, wie der Mann drohte, seinen Anwalt einzuschalten, wenn sie nicht bald nach Sylt und damit aus dieser Gefahrenzone gebracht wurden.

»Was für ein Idiot«, raunte Hauke neben ihm. »Die arme Freija muss sich mit so einem Typen und seiner Alten rumschlagen.«

»Ich glaube, sie weiß sich zu wehren.«

»Trotzdem. Ein bisschen Ablenkung würde ihr sicher guttun.«

»Natürlich in deiner Gesellschaft.«

»Ja, klar. Sie ist ja keine Verdächtige oder so.«

»Wie hieß noch gleich deine Freundin?«

Hauke stieß seinen Chef an. »Nicht so laut, Mann! Das regle ich schon noch rechtzeitig.«

»Bei der nächsten attraktiven Frau hältst du dich gefälligst zurück.«

»Gibt es noch mehr von der Sorte hier? Die Nørgaard sieht atemberaubend aus. Das musst selbst du bemerkt haben.«

»Das ist nicht relevant.« Damit war das Thema für Goldberg erledigt.

Als Nächstes suchten sie eine ältere Dame auf, die mit ihrer Enkelin reiste. Das Mädchen war zwölf Jahre alt und vergötterte ihre Großmutter. Goldberg unterbrach ihre Partie Halma nur ungern. Die beiden hatten weder den Kastenwagen noch sonst irgendetwas Sonderbares bemerkt. Nebenan wohnte ein allein reisender Mann mittleren Alters, der gerade dabei war, sich für eine Exkursion fertig zu machen. Ausgerüstet mit Kamera und Fernglas, öffnete er ihnen die Tür zu seinem Appartement. Er stellte sich als Ulrich Wagner vor und Goldberg musste sofort an ihr Detektiv-Duo denken.

»Dürfen wir kurz reinkommen?«, fragte er.

»Natürlich. Ist etwas passiert?«

»Nicht direkt. Wir haben nur ein paar routinemäßige Fragen«, erklärte Goldberg und trat ein. »Was beobachten Sie?«

»Vögel«, erwiderte Wagner und schloss die Tür hinter ihnen. »Ich bin Hobby-Ornithologe oder Birder, wie man heute sagt.«

»Sie beobachten Vögel?«, fragte Hauke skeptisch.

»Ja, ich weiß, viele finden das langweilig. Aber ich interessiere mich sehr für unsere gefiederten Freunde. Auf Sylt finden sie das artenreichste Seevogelschutzgebiet der deutschen Küste.«

»Herr Wagner, wir suchen ein Fahrzeug, das als gestohlen gemeldet worden ist. Ist Ihnen in den letzten Tagen ein weißer Kastenwagen aufgefallen?«

Wagner schien zu überlegen. Die Kamera hing seitlich an seinem Körper und das Fernglas baumelte vor seinem Brustkorb. Seine Beine steckten in einer langen Trekkinghose. Darüber trug er ein kariertes Hemd. Die dunkle Brille mit dem breiten Rand saß leicht schief auf der Nase. Er hatte etwas Exzentrisches an sich. Goldberg verstand, warum den beiden Möchtegern-Detektiven seine Erscheinung suspekt war.

»Nein, nicht dass ich wüsste«, erwiderte Wagner.

»Verhält sich jemand Ihrer Mitreisenden in irgendeiner Form sonderbar?«, fragte Goldberg.

»Wie meinen Sie das? Was hat das mit einem gestohlenen Wagen zu tun?«

»Vermutlich gar nichts. Reine Routine.«

Wagner schien nicht überzeugt. »Also mir ist nichts aufgefallen. Die sind zwar alle auf ihre Art seltsam, aber ich schätze, das ist normal.«

»Sie verreisen öfter?«

»Ja. Durch mein Hobby komme ich ziemlich herum.«

»Immer allein?«

»Man trifft meistens andere Birder. Eigentlich ist man nie allein.«

»Nur aus Neugier, was ist die seltenste Vogelart, die Ihnen begegnet ist?«, fragte Goldberg.

»Trottellummen. Sehen aus wie Pinguine, sind aber kleiner. Sie brüten auf Helgoland.«

»Sind Sie viel in Norddeutschland unterwegs?«

Er nickte stolz.

»Und was gibt es hier in Kophusen zu beobachten?«

»Nichts Außergewöhnliches bisher. Aber ich gebe nicht auf. Solange wir hier festsitzen, mache ich meine Streifzüge.«

»Falls Sie auf Ihren Erkundungstouren einen weißen Sprinter entdecken, melden Sie sich bitte, ja?« Goldberg reichte ihm seine Karte und sie verabschiedeten sich.

»Der ist auch nicht ganz koscher, wenn du mich fragst«, kommentierte Hauke draußen vor der Tür.

»Irgendetwas stimmt hier nicht«, sagte Goldberg mehr zu sich selbst als zu seinem Kollegen.

»Dein Bauchgefühl?«

Goldberg nickte und ging voraus. Sie klapperten alle restlichen Mitreisenden ab. Niemand hatte den Kastenwagen bemerkt oder konnte sonst etwas von Interesse beitragen. Zum Schluss wurden sie bei den beiden Busfahrern vorstellig. Sie teilten sich das kleinste Appartement. Die Decke auf dem Bettsofa war zerwühlt. Durch die offene Tür sah man in das winzige Schlafzimmer nebenan. Auch das Bett war ungemacht. Auf dem Tisch in der Wohnküche stapelten sich Verpackungen diverser Fertigpizzen.

»Ja, den Kastenwagen haben wir gesehen«, entgegnete Dimitri Petrov, der Ältere der beiden, auf Goldbergs Frage.

Kramer nickte zustimmend. Sie berichteten, dass sie sich zuerst nichts dabei gedacht hätten. Als Berufsfahrer kannte man das. Es war nicht selten, dass man Fahrzeugen auf der Strecke mehrmals begegnete. Doch als sie sahen, wie der Wagen während der Panne an ihnen vorbeifuhr, kam es ihnen für einen kurzen Moment seltsam vor. Die beiden Männer hatten zwar darüber gesprochen, es jedoch in dem ganzen Ärger um den defekten Bus wieder vergessen. Ihre Beschreibung des Fahrers glich der von Freija Nørgaard und war ähnlich vage. Trotzdem war Goldberg sicher, dass es derselbe Mann war, den er am Sonntag gebeten hatte, weiterzufahren.

»Was ist mit Ihren Reisegästen? Ist Ihnen etwas aufgefallen?«, fragte Hauke.

Die beiden Busfahrer tauschten einen kurzen Blick. Sie grinsten.

»Was ist?«

Petrov senkte seine Stimme. »Die meisten sind nett. Aber dieses Mal haben wir ziemlich viele Verrückte dabei.«

»Ja, das stimmt. Die beiden Männer in ihren schicken Klamotten haben uns auch schon nach dem weißen Kastenwagen gefragt«, sagte Kramer.

»Ach nee«, entfuhr es Hauke.

»Die sind harmlos«, beschwichtigte Petrov.

»Aber der Vogeltyp, der schießt den Vogel ab.« Kramer lachte über sein eigenes Wortspiel. »Der braucht die Vögel nicht zu suchen. Der hat selbst einen.« Er tippte sich gegen die Stirn.

Goldberg sah, wie Hauke sich ein Grinsen verkniff.

»Hat der Fahrer des Kastenwagens versucht, zu jemandem aus Ihrer Gruppe Kontakt aufzunehmen?«, fragte der Kommissar.

Die Männer schüttelten den Kopf.

»Was ist mit Frau Nørgaard? Sind Sie öfter mit ihr unterwegs?«

Goldberg traute seinen Ohren nicht. Hauke besaß wirklich keinerlei Schamgefühl.

»Meistens«, erwiderte Kramer. »Mit ihr gibt es immer viel Trinkgeld. Gerade von den Männern.« Er stieß seinen Kollegen in die Seite.

»Wissen Sie, ob sie Single ist?«

»Vielen Dank für Ihre Zeit«, ging Goldberg dazwischen. Nun war das Ende der Fahnenstange erreicht.

Er gab den Männern seine Karte und sie verabschiedeten sich.

Schweigend kehrten die Beamten zum Streifenwagen zurück. Kaum hatten sie die Türen geschlossen, platzte Goldberg der Kragen. »Hauke, du musst damit aufhören. Sonst bin ich gezwungen, ernsthaft etwas zu unternehmen.«

»Ja, schon gut. Tut mir leid. Es rutschte mir einfach so raus.«

»Du bist Polizist. Dir rutscht nicht einfach etwas raus. Weder aus deinem Mund noch aus deiner Hose.«

»Was soll das denn jetzt?«

»Du weißt genau, wovon ich rede. Ich sage dir das jetzt ein letztes Mal im Guten. Das ist eine Verwarnung.« Goldbergs Blick durchbohrte Hauke, der die Augen verschämt zu Boden wandte. »Wenn so etwas noch einmal vorkommt, werde ich auf unsere Freundschaft keine Rücksicht mehr nehmen. Haben wir uns verstanden?«

Hauke nickte.

»Was ist denn bloß los mit dir?« Goldbergs Ton wurde sanfter.

»Ich weiß auch nicht. Das mit Olivia macht mich völlig fertig.«

»Du bist doch sonst nicht so zimperlich, wenn es darum geht, eine Beziehung zu beenden.«

»Das mit ihr ist anders. Wir wohnen ja schon fast zusammen. Es war ernst. Und dann noch Peter. Wenn ich mit Olivia Schluss mache, breche ich zwei Herzen.«

»Hauke, es ist dein Leben, nicht Peters und nicht Olivias. Du musst glücklich sein, niemand sonst.«

»Das sagt sich so einfach. Hast du das Strahlen in Peters Gesicht gesehen? Ich kann ihn doch nicht enttäuschen.«

»Seit wann das denn?«

»Du weißt, was ich meine. Er liebt diese Pärchenabende. Heimlich plant er sogar schon einen gemeinsamen Urlaub. Glaube ja nicht, ich hätte das nicht mitgekriegt.«

»Oh, es wird ernst zwischen euch vieren!«

»Das ist nicht witzig, Philip!«

»Doch, Hauke, das ist es.«

»Du hast gut reden. Du hast dir deine Freundin selbst aussuchen dürfen.«

Kopfschüttelnd startete Goldberg den Motor. In diesem Zustand ließ er Hauke besser nicht ans Steuer. »Wir fahren jetzt zu Rosi.«

»Kannst du nicht mit ihm reden?«

Goldberg widerstand dem Impuls, seinem Kollegen eine kräftige Ohrfeige zu verpassen.

»Bitte. Ich kann das nicht. Er ist mein bester Freund. Ich will ihm nicht wehtun.«

»Hauke, hast du schon einmal über eine Verhaltenstherapie nachgedacht?«

Das wirkte. Hauke sah ihn entsetzt an. »Spinnst du jetzt?«

»Ich kann dir die Nummer von Jens geben.« Goldbergs ehemaliger Therapeut aus Berlin war inzwischen sein bester Freund, den er allerdings lange nicht mehr besucht hatte. »Ich bringe dich hin. Zwei Fliegen mit einer Klappe.«

»Sehr witzig«, war alles, was Hauke dazu einfiel.

»Entweder das oder du beendest die Geschichte mit Olivia. Die beiden werden das schon verkraften.«

Den Rest der Fahrt schwiegen sie. Hauke saß mit verschränkten Armen auf dem Beifahrersitz und starrte schmollend aus dem Seitenfenster, bis sie ihr Ziel erreicht hatten.

Hauke verzog schmerzhaft das Gesicht, als sie die Herren Ritscher und Dressler im Gastraum entdeckten, jeder einen Cappuccino vor sich. Ansgar Ritscher trug ein akkurat gebügeltes Hemd, darüber einen leichten gelben Pullunder. Leo Dresslers rosafarbenes Polohemd mit dem grünen Krokodil-Aufdruck unterstrich seinen trainierten Körper. Seine rot-blau karierte Hose hätte allerdings besser in den Sylter Golfklub gepasst, als in das dörfliche Ambiente von Kophusen.

Ritscher, der mit dem Gesicht zur Tür saß, erblickte sie zuerst. Sofort erhob er sich und begrüßte sie im Stehen. Seine rot-weiß gestreifte Hose zierte eine Bügelfalte. »Herr Goldberg, wie schön, dass Sie es einrichten konnten.«

Dressler stand ebenfalls auf. »Herr Thomsen, wie ich sehe, sind Sie wieder im Dienst. Sehr fesch.«

Hauke nickte stumm. Er wollte offenbar ein weiteres Desaster vermeiden, um nicht doch eine Abmahnung zu riskieren. Goldberg war das sehr recht und er nahm die Einladung, sich zu den beiden zu setzen, an. Der Kommissar kam direkt auf den Punkt und fragte nach dem Kastenwagen. Sie bestätigten, dass sie sich bei den beiden Busfahrern erkundigt hatten, weil er ihnen ebenfalls aufgefallen war. Nachdem sie ihn auf der Raststätte

Harburger Berge West bemerkt hatten, war es ihnen komisch vorgekommen, ihn bei der Buspanne in Kophusen wiederzusehen. Die Beschreibung des Fahrers fiel ein bisschen anders aus. Dunkelbraunes Haar und blaue Augen. Nur der Overall stimmte überein.

»Hätten wir auf dem Rastplatz gewusst, dass uns der Mann bis nach Kophusen folgt, wären wir aufmerksamer gewesen. Das können Sie uns glauben, Herr Kommissar«, erklärte Ritscher.

»Haben Sie mit Herrn Wagner gesprochen?«, erkundigte sich Dressler in gedämpftem Ton.

Goldberg hätte ihnen am liebsten jegliche Einmischung verboten, aber das würde sicher genau das Gegenteil bewirken.

»Eine kuriose Erscheinung«, erwiderte Goldberg diplomatisch.

»Eine nette Umschreibung, aber das trifft es nicht im Entferntesten«, kommentierte Dressler.

»Hören Sie auf uns, der Mann benimmt sich sehr verdächtig«, fügte Ritscher hinzu.

»Inwiefern?«, wollte Goldberg wissen.

»Wagner ist uns schon bei der Abfahrt aufgefallen. Der Mann warf mit Vogelnamen nur so um sich«, begann Dressler.

»Als gäbe es auf der Welt nichts anderes als Vögel.«

»Aber nur wenn man ihn ansprach.«

»Stimmt, ansonsten war er sehr schweigsam«, bestätigte Ritscher.

»Und immer dieses Fernglas um seinen Hals. Als müsse er jeden davon überzeugen, dass es seine Passion sei. Wenn er das mal nicht nur vorspielt. Als Tarnung.«

»Und er hat immerzu Fotos aus dem Busfenster her-aus gemacht. Wie auf einer Safari. Auf der Autobahn, ich bitte Sie!«

»Aber am auffälligsten benahm er sich mit seinem Gepäck«, flüsterte Dressler.

Goldberg horchte auf. »Was war damit?«

»Er wollte es partout nicht unten im Gepäckraum verstauen.«

»Außerdem hatte er nur einen Koffer dabei«, sagte Ritscher. »Für eine zweiwöchige Reise erschien uns das sehr wenig.«

»Er ließ ihn nicht aus den Augen.«

»Fehlte nur noch, dass er ihn mitnimmt, wenn er auf die Toilette ging.«

»Aber da bat er uns, darauf aufzupassen. Angeblich sei da wertvolle Ausrüstung drin, die er für die Erkun-dungen brauche. Wer's glaubt.« Dressler schüttelte den Kopf.

Die beiden waren ein eingespieltes Team. Auch Goldberg hatte bemerkt, dass Wagner seinen Koffer nicht aus der Hand gelassen hatte. Entweder war die Ausrüstung tatsächlich so wertvoll oder aber der Mann verbarg etwas. War es vielleicht das, hinter dem ihr Kastenwagenfahrer her war? »Sie haben eine gute Beobachtungsgabe«, lobte Goldberg und meinte das durchaus ehrlich. »Aber warum glauben Sie, dass er etwas mit dem Leichenfund zu tun haben könnte?«

Die beiden Männer warfen sich einen Blick zu, den Goldberg nicht ganz zu deuten wusste.

»Wir haben ein Gespür für Menschen«, erklärte Rit-scher. »Mit diesem angeblichen Hobby-Ornithologen stimmt etwas nicht. Dann dieser ominöse Kastenwagen, der uns verfolgte.«

»Es erschien uns alles sehr verdächtig.«

»Und gestern haben wir dann von dem Toten erfahren.«

»In so einem kleinen Dorf gibt es sicher nicht viele Morde. Da haben wir uns überlegt, dass es doch alles zusammenhängen könnte«, bekräftigte Dressler.

Ritscher beugte sich vor. »Wissen Sie schon, wer der Tote ist?«

Die Frage hatte Goldberg erwartet. »Wie haben Sie eigentlich von der Leiche erfahren?«, antwortete er mit einer Gegenfrage.

Dressler lächelte und machte eine ausladende Geste. »Das war nicht schwer. Diese Gaststätte ist ein gefundenes Fressen, wenn es um Informationen geht.«

Hauke schnaubte zustimmend.

»Und? Wer ist der Tote?«, wiederholte Ritscher.

»Ich muss Sie leider enttäuschen. Zum einen sind wir nicht die ermittelnden Beamten; das sind die Kollegen aus Itzehoe. Und zum anderen dürfte ich Ihnen gar nichts sagen, selbst wenn ich wollte.«

»Das haben wir uns schon gedacht.« Ritscher sank enttäuscht auf die Bank zurück.

»Haben Sie Ihre Mitreisenden heute schon gesehen?«, erkundigte sich Goldberg.

»Die sind zusammen unterwegs. Als wir zum Frühstück kamen, sind sie gerade aufgebrochen.«

Die dreiköpfige Familie und die beiden Frauen hatten sich offenbar angefreundet und nutzten die Zeit, die ihnen aufgezwungen worden war. Erleichtert, das kleine Mädchen nicht wiedersehen zu müssen, erhob sich der Kommissar.

Auf der kurzen Fahrt zurück zur Station hing Goldberg seinen Gedanken nach. Sie hatten zu viele lose Enden. Ein Mann, der in einem Sprinter einen Bus von Düsseldorf bis nach Kophusen verfolgte. Einen Vogelkundler, der seinen Koffer nicht aus der Hand gab, ein Pärchen, das sich wie Miss Marple und Mr. Stringer benahm, Geocaches, die nur als Anspielung auf ihre polizeilichen Ermittlungen verstanden werden konnten, und nicht zuletzt eine nicht identifizierte Leiche, deren Fund auffällig gut zum Zeitplan des Busses zu passen schien. Wie hing das alles zusammen? War der Bus möglicherweise manipuliert worden? Sobald sie auf der Polizeistation waren, würde er in der Werkstatt anrufen. Vielleicht gab es Hinweise darauf, dass der Bus absichtlich beschädigt worden war. Aber hätte das nicht jemand bemerken müssen?

»Ich werde jedenfalls keine Busreise unternehmen. Auf solch durchgeknallte Leute kann ich gut verzichten.«

»Sie wirken wie eine Theatertruppe, findest du nicht? Jeder spielt seine Rolle, wie in einer Inszenierung.«

»Ziemlich überzogen, wenn du mich fragst.«

Hauke hatte recht. Goldberg dachte an Arno Menzinger, einen Regisseur, der vor Jahren in ihrem Ort sein Comeback mit dem Kophusener Jedermann geplant hatte. Es war sehr traurig ausgegangen. Goldberg spürte, dass hier etwas vor sich ging. Und es hatte mit ihrer bunt zusammengewürfelten Reisegruppe zu tun. Da war er sich inzwischen sicher. Sie mussten sich beeilen. Sobald der Ersatzbus eintreffen würde, wären sie auf und davon.

Haukes Telefon klingelte. Sein Kollege stellte das Gespräch auf Lautsprecher.

»Peter hier. Wir wissen, wer die Leiche ist.«

10

»Haltet euch fest«, begann Peter. »Die Kollegen haben
angerufen. Sie haben den Leichnam identifizieren können. Sein Name ist Lennart Spitzer. Vierundfünfzig Jahre
alt. Geschieden, keine Kinder. Wohnhaft in Düsseldorf.
Niemand hat ihn als vermisst gemeldet.«

»Was hat er verbrochen, dass er in der Kartei ist?«,
fragte Hauke.

»Körperverletzung. Eine Auseinandersetzung in einer
Kneipe. Der Verletzte hat seine Anzeige später zurückgezogen.«

»Wann war das?«, wollte Philip wissen.

»Das ist ebenso seltsam. Die Anzeige ist gerade mal
vier Wochen alt.«

»Finde heraus, was genau vorgefallen ist. Vielleicht
steht es mit dem Mord in Zusammenhang. Weißt du
schon etwas über die Todesursache?«, fragte Philip.

»Spitzer ist offenbar erdrosselt worden. Täter und
Opfer müssen wohl heftig miteinander gekämpft haben,
den Verletzungen nach zu urteilen.«

»Und der Tatort?«, wollte Hauke wissen.

»Der Fundort ist nicht der Tatort. Die Leiche wurde
dorthin transportiert. Die Reifenabdrücke werden noch

untersucht und mit denen am Waldstück verglichen. Außerdem haben sie Schleifspuren gefunden.«

»Weiß man, was der Typ in Kophusen gemacht hat?«, fragte Hauke.

Peter schüttelte den Kopf. »Nein. Itzehoe hat Kontakt mit den Düsseldorfer Kollegen aufgenommen.«

»Wer ist der Typ und was zum Teufel wollte er hier?«, fragte Hauke.

»Hat Bruno den Todeszeitpunkt eingrenzen können?«, fragte Philip.

»Ja, und er passt auffällig gut zur Ankunft unserer Reisegruppe. In der Nacht zum Montag zwischen 22:00 und 01:00 Uhr, schätzt Bruno.«

»Aber wenn er nicht Teil der Truppe ist, was hat der dann mit denen zu tun? Ist der Mörder unter den Reisenden?«, fragte Hauke.

»Vielleicht waren sie zu zweit in dem Kastenwagen unterwegs«, schlug Philip vor. »Ein Streit zwischen den Männern eskaliert und nun ist einer tot.«

»Aber alle, die das Fahrzeug gesehen haben, haben nur von einem Mann gesprochen«, wandte Hauke ein.

»Möglicherweise wollten sie genau diesen Eindruck erwecken. Die Ladefläche würde jedenfalls genug Platz für eine zweite Person bieten«, sagte Philip.

Für einen Moment herrschte Stille. Wenn ihr Chef recht hatte, blieb trotzdem die Frage, ob die Tat mit der Reisegruppe zusammenhing, und wenn ja, wie?

»Bruno soll ein Foto des Toten schicken. Eines, auf dem man ihn erkennen kann«, bestimmte Philip.

Peter machte sich eine Notiz.

»Trotzdem können wir noch immer nicht ausschließen, dass der Mord weder mit unserer munteren Truppe noch mit dem Kastenwagen etwas zu tun hat. Manchmal passieren Dinge auch rein zufällig. Schließlich sind alle Teilnehmer noch da«, sagte Hauke. »Niemand hat sich aus dem Staub gemacht.«

»Du vergisst den Fahrer des Kastenwagens und die Caches.« Peter sah erwartungsvoll in die Runde.

»Auch auf die Gefahr hin, gehängt zu werden, auch das kann ein Zufall gewesen sein«, sagte Hauke.

Noch vor wenigen Stunden hätte Peter seinem Kollegen zugestimmt. Doch das alles erschien ihm angesichts der Fakten eine Spur zu zufällig. Die Caches waren exakt zum gleichen Zeitpunkt aufgetaucht wie ihre gestrandeten Gäste und die Leiche. Selbst wenn der Kastenwagen nichts mit dem Mord zu tun hatte, warum tauchte der Fahrer dann ausgerechnet an den Koordinaten des Caches auf? Außerdem war der Wagen gestohlen und der Fahrer war vor ihnen getürmt. Nein, der Fahrer hatte etwas zu verbergen oder zumindest wollte er bei etwas nicht ertappt werden.

»Gehen wir davon aus, dass der Fahrer des Kastenwagens den Bus tatsächlich verfolgt hat«, begann Philip. »Irgendetwas oder irgendwer muss sich darin befinden, das oder der für ihn von großem Interesse ist.«

»Und warum klaut er ein Auto für seine Verfolgung?«, fragte Hauke.

»Entweder kennt ihn jemand aus unserer Reisegruppe und damit möglicherweise auch das Fahrzeug oder aber er möchte, dass seine Verfolgung nicht mit ihm in Verbindung gebracht wird«, überlegte Philip.

»Vielleicht beides«, meinte Peter.

»Und was hat unsere Leiche damit zu tun?«

»Eins nach dem anderen«, sagte Philip. »Der Fahrer verfolgt den Bus. Wenn es um einen Reisegast geht, haben die sich am Sonntagabend möglicherweise getroffen. Es kommt zum Streit und einer muss sterben.«

»Aber denen fehlt ja niemand und unser Fahrer fährt auch noch quicklebendig durch Kophusen«, gab Hauke zu bedenken.

»Es sei denn, sie waren wirklich zu zweit und einer von beiden ist jetzt tot«, erklärte Peter.

»Und wieso sollte der verbliebene Fahrer kleine dämliche Plastikfiguren verstecken, die offenbar ein Hinweis für uns sein sollen? Warum haut der nicht sofort nach dem Mord ab?«

»Gute Frage«, sagte Peter resigniert.

»Möglich, dass er und der Reisegast noch nicht fertig sind. Oder der Fahrer das Gesuchte noch nicht gefunden hat«, schlug Philip vor.

»Das muss etwas sehr Wertvolles sein.«

Philip nickte. »Peter, ich möchte, dass du sämtliche Reisegäste genau unter die Lupe nimmst. Checke alle Namen. Auch die Fahrer und die Reiseleiterin.«

»Mache ich.«

»Und was ist, wenn der neue Bus morgen kommt? Dann sind unsere vermeintlich Verdächtigen mit einem Schlag alle weg«, stellte Hauke fest.

»Ruf das Busunternehmen an«, wandte sich Philip an Peter. »Frag, ob das Ersatzfahrzeug bereits unterwegs ist. Und wenn du schon mal dabei bist, erkundige dich, ob jemand die Reise kurzfristig abgesagt oder gebucht hat.«

»Gute Idee!«, rief Peter und ergänzte seine Liste.

»Wir können sie nicht gegen ihren Willen hier festsetzen, solange wir keine Beweise haben«, erklärte Philip.

»Zur Not hat eben auch der zweite Bus eine Panne.« Peter machte eine vage Geste.

»Was willst du tun? Die Bremsleitungen durchschneiden?«, stieß Hauke entsetzt hervor.

»Da fällt mir schon etwas weniger Drastisches ein.«

»Was könnte Spitzer mit einer Reisegruppe zu tun haben?«, fragte Philip. »Welches Geheimnis hat ihn das Leben gekostet?«

»Wir sollten uns den Bus vornehmen. Vielleicht ist dort etwas versteckt. Schmuggelware? Drogen?«, schlug Hauke vor.

»Nach Sylt?« Peter konnte sich das nicht vorstellen.

»Dort gibt es doch garantiert genug reiche Säcke, die Nachschub brauchen. Vor allem jetzt in der Hochsaison.«

»Überzeugt mich irgendwie nicht. Ich mache mich jetzt mal an die Arbeit.« Peter wandte sich seinem Rechner zu. »Wir müssen einen Zahn zulegen, wenn wir dieses Verbrechen noch aufklären wollen, bevor unsere Reisegruppe Kophusen wieder verlässt.«

Goldberg saß in seinem Büro und grübelte über den Notizen, die Peter während des Gesprächs mit den Düsseldorfer Kollegen gemacht hatte. Vor ihm stand eine Tasse Espresso. Er hatte sich endlich eine einzelne Kochplatte besorgt und mitsamt seiner alten Bialetti zur

Station gebracht. Seitdem erlaubte er sich hin und wieder eine Tasse extra.

Offiziell waren sie für Mord zwar nicht zuständig, aber Weidenbach, der ermittelnde Beamte aus Itzehoe, hatte sie um Amtshilfe ersucht. Das würde er auf seine Kappe nehmen. Von den rheinländischen Beamten erfuhr Goldberg, dass Spitzer allein gelebt hatte. Seine Eltern waren tot. Außer einer jüngeren Schwester hatte er keine Angehörigen. Anne Spitzer war bisher noch nicht erreicht worden. Goldberg hatte Weidenbach gebeten, einen Durchsuchungsbeschluss für den Bus zu bekommen, doch der Kollege hatte ihm wenig Hoffnung gemacht. Auch die Unterkünfte der Reisegruppe würden unangetastet bleiben, solange sie nicht wenigstens einen begründeten Anfangsverdacht vorweisen konnten. Goldberg hatte an Ulrich Wagner und seinen Koffer denken müssen. Nur zu gern hätte der Kommissar einen Blick auf die Ausrüstung des Hobby-Ornithologen geworfen. Um den Bus würden sie sich ohne viel Aufsehen kümmern. Sören, der Kfz-Meister, war ein alter Schulfreund Haukes. Der Streifenwagen brauchte dringend einen Ölwechsel …

Die Idee, dass des Rätsels Lösung im Bus zu finden sei, war gar nicht dumm. Im Gegenteil. Möglicherweise fanden sie etwas, wonach Spitzer und ihr Kastenwagenfahrer gesucht hatten. Gab es tatsächlich zwei Fahrer oder war er allein nach Kophusen gekommen? Aber wer saß dann jetzt nach Spitzers Tod am Steuer des Sprinters? Vielleicht gab es noch jemanden, der dem Bus gefolgt war? Jemanden, der nicht entdeckt worden war. War das, wonach die Männer suchten, so wertvoll, dass es gleich mehrere anlockte?

Goldberg schaute auf die Liste der Reiseteilnehmer, die Peter ihm kopiert hatte. Niemand hatte auf ihn besonders ängstlich oder nervös gewirkt. Aber das musste nichts heißen. Es gab eine Verbindung, die sie nicht kannten, da war er sich ziemlich sicher. Die Kollegen aus NRW hatten den Fall der Körperverletzung kurz skizziert. Unspektakulär. Spitzer hatte sich zu einem Feierabendbier in einer Sportsbar in der Düsseldorfer Innenstadt eingefunden, um ein Fußballspiel anzusehen. Laut Zeugenaussagen hatten er und ein anderer Gast schnell angefangen zu streiten. Es endete in einer handfesten Prügelei. Spitzer hatte ausgesagt, dass sie sich wegen einer Schiedsrichterentscheidung in die Haare bekommen hätten. Sie seien beide nicht mehr ganz nüchtern gewesen. Tatsächlich wies Spitzers Alkoholspiegel im Blut gerade mal 0,2 Promille auf. Der andere Mann hieß Arnold Kowalski und war mit 0,4 auch nicht übermäßig alkoholisiert gewesen. Die gerufene Streife hatte die beiden Streithähne mit auf die Wache genommen. Kowalski hatte Anzeige wegen Körperverletzung erstattet, die er wenige Tage später zurückgezogen hatte. Er hatte erhebliche Verletzungen davongetragen. Ähnlich wie Spitzer es nun selbst erfahren hatte. War es möglich, dass Kowalski ihm nach Kophusen gefolgt war? Immerhin lag der Vorfall nur wenige Wochen zurück. Aber wer verfolgte hier wen? Und was hatte das alles mit *cacheoftheday* zu tun? Waren die Verstecke ein geheimer Code, gar nicht bestimmt für die Geocache-Gemeinde?

»Philip?«

Peters Ruf riss ihn aus seinen Überlegungen. Goldberg stand auf und öffnete die Tür. »Was gibt es?«

»Der Geocache-Anbieter hat sich gemeldet.«

»Und?«

»Cacheoftheday ist der Benutzername für ein neuangelegtes Profil. Die Daten sind erwartungsgemäß nicht zu gebrauchen: Daniel Düsentrieb.«

»Verfluchtes Internet«, stöhnte Hauke im Hintergrund.

»Aber?« Goldberg spürte, dass Peter noch nicht fertig war.

»Der Account wurde am Freitagabend um 21:45 Uhr eingerichtet.«

»Einen Tag, bevor der Wagen in Dortmund gestohlen wurde«, überlegte Goldberg laut. War der Kastenwagenfahrer *cacheoftheday*?

»Ja, und nun kommt es: Vor einer Stunde ist er gelöscht worden.«

»Was!«, rief Hauke aus der Küche.

»Das ist aber immer noch nicht alles. Daniel Düsentrieb hat kurz vor der Löschung einen weiteren Cache angelegt. Und zwar heute um kurz vor neun. Die Koordinaten sind noch online gegangen.«

»Wo?«, fragte Philip.

»Am Freibad in Lägerdorf.«

»Der streut seine Caches aber ziemlich weit«, sagte Hauke.

Peter nickte vielsagend. »Die Koordinaten haben sie mitgeschickt.« Er reichte Goldberg den Ausdruck.

Hauke kam herbei und sah ihm über die Schulter.

»Das ist der Parkplatz, an der neuen Kreideabbaustätte im Gebiet Moorwiese/Moorstücken. Ich schicke dir einen Screenshot aufs Handy«, erklärte Peter.

Goldberg leerte sein Tässchen. Den kostbaren Espresso wollte er nicht verschwenden.

11

Hauke lenkte den Wagen über die schmale Straße zum Freibad. Vorbei an den parkenden Autos und der leerstehenden Gaststätte, die einmal der Mittelpunkt Lägerdorfs gewesen sein musste. Jetzt bot sie einen traurigen Anblick.

»Am Ende der Straße ist das Rohstoffsicherungsgebiet. Hier wird zukünftig Kreide abgebaut. Die anderen Gruben sind bis auf eine stillgelegt. Ab 2035 soll es weitergehen. Allerdings unterirdisch«, sagte Hauke.

»Ich war mit Magda mal am Aussichtspunkt Heidestraße. Sie hat erzählt, dass sie extra einen Wasserturm errichten mussten, weil durch den Abbau der Grundwasserspiegel absank.«

Hauke schnaubte. »Das ist Ausbeutung pur, wenn du mich fragst. Diese ganze Umgebung sieht aus wie Ork-City. Die Zementfabrik könnte genauso gut von Saruman betrieben werden.«

»Wer ist das?«

Hauke drehte den Kopf zu ihm. »Du bist mit einer Buchverkäuferin zusammen und weißt nicht, wer Saruman ist? Schon mal etwas vom Herrn der Ringe gehört?«

Philip nickte. »Ach so.«

Sie passierten das Freibad.

»Für eine sommerliche Abkühlung ist es ganz gut«, bemerkte Hauke.

»Ich bin nicht so der Freibad-Typ«, erwiderte Philip.

Hauke grinste. »Ach, ich vergaß. Du bist ja mehr so der Sperrwerk-Typ.«

Philip atmete hörbar ein und aus. Sie erreichten das Ende der Straße, die auf dem asphaltierten Parkplatz des Freibads mündete. Hinter der Grünfläche erhob sich ein Bauzaun, mit dem das zukünftige Abbaugebiet abgesperrt worden war. Hauke bog rechts ab. Als er das Fahrzeug am äußersten Rand entdeckte, trat er reflexartig auf die Bremse. Der Wagen kam mit einem kräftigen Ruck zum Stehen.

»Verfluchte Scheiße«, entfuhr es ihm.

»Glaubst du immer noch, dass das Zufall ist?«

Hauke schwieg. Im Schritttempo fuhr er weiter und parkte den Wagen in eine Lücke, zehn Meter vom Sprinter entfernt. »Der sonnt sich doch wohl nicht in aller Seelenruhe im Freibad, oder?«

»Das werden wir herausfinden.«

Hauke ließ den Blick über die parkenden Autos schweifen. »Ziemlich viel los. Wir sollten kein Aufsehen erregen.«

»Keine Sorge, ich habe keine wilde Schießerei geplant.«

Beim Aussteigen unterdrückte Hauke den Impuls, seine Dienstwaffe zu ziehen. Das Bad war durch einen Zaun und Buschwerk verdeckt. Nur die Freudenschreie und das Wasserplanschen drangen zu ihnen. Momentan ließ sich niemand auf dem Parkplatz blicken.

Die Beamten gingen an den parkenden Autos vorbei, bis sie den Kastenwagen erreicht hatten. Vorsichtig lugten sie in den Fahrerbereich.

»Da ist niemand«, kommentierte Hauke das Offensichtliche.

»Der Schlüssel steckt.«

»Was hat das zu bedeuten?«

Neben ihm zog Philip sich ein Paar Einweg-Handschuhe über, die in seiner Sakkotasche gesteckt hatten. Er öffnete die Fahrertür und nahm den Zündschlüssel an sich.

»Schauen wir mal, was unser ominöser Wagen geladen hat«, sagte er.

»Ich hoffe, das ist nicht wie bei diesen riesigen Torten auf einer Junggesellenparty«, murmelte Hauke.

»Wieso? Eine leicht bekleidete Dame, die aus einem Karton springt, ist doch genau deine Kragenweite.«

Hauke verdrehte die Augen. »Tickt das Ding?«

»Hast du Angst, dass der Wagen explodiert?«

»Wer weiß.«

Die Tür klemmte. Mit einem kräftigen Ruck gab sie den Widerstand auf. Vorsichtig lugten sie hinein.

»Leer.« Sein Chef klang enttäuscht.

»Da verarscht uns doch jemand! Warum steht der Wagen hier?«, raunte Hauke.

Philip kletterte auf die Ladefläche. Hauke blieb draußen an der Tür stehen.

»Hier ist Blut.«

»Was?« Hauke blickte auf einige Blutspuren am Boden.

»Mit diesem Wagen ist Spitzer transportiert worden. Ich wette, die Reifenspuren werden das bestätigen.«

»Welcher Täter stellt das Fahrzeug als Geocache einfach so in der Landschaft ab?«

»Unser cacheoftheday hinterlässt geheime Botschaften für jemanden«, bemerkte Philip.

»Das ist doch Quatsch. Die sind nicht geheim. Jeder, der die Seite besucht und ausschwärmt, kann die Scheißfiguren finden.«

»Das stimmt, aber niemanden wird es kümmern, weil keiner die Nachrichten versteht. Sie bleiben an Ort und Stelle, bis der richtige Empfänger sie möglicherweise entfernt.«

»Und wer soll das sein? Ein Sammler von alten Playmobil-Figuren?«

»Das sind nicht einfach nur Figuren. Das ist eine Art Geheimcode. Der Wagen soll entsorgt werden. Warum sonst, steckt der Schlüssel?«

»Der Account ist gelöscht, schon vergessen?«

»Vielleicht ist etwas schiefgelaufen? Deshalb ist er auch noch nicht abgeholt worden.«

»Schon mal was von Telekommunikation gehört? Warum telefonieren die nicht einfach?«

»Ich weiß, in Zeiten von E-Mails und Messenger-Diensten wirkt es umständlich und übertrieben, aber es ist doch ziemlich clever. Handyverbindungen hinterlassen Spuren und können ermittelt werden. Das hier ist nur ein harmloser Geocacher. Und wären Gerrit Lange und seine Töchter nicht auf die Leiche gestoßen, hätten wir sie vermutlich gar nicht entdeckt.«

»Wenn das stimmt, heißt das aber auch, dass noch

jemand darin verwickelt ist. Nämlich der Empfänger dieser angeblichen Nachrichten. Wo ist der bitte? Und wenn der schon hier ist, dann können die sich doch auch heimlich treffen, oder? Da müssen die ja nicht so einen Firlefanz aufführen.«

»Bei einem Treffen kann man gesehen werden. Das hier ist völlig unverfänglich und nicht zurückzuverfolgen.«

Hauke erschien diese Theorie völlig absurd. Wer veranstaltete bitte so einen Aufwand? »Ich rufe die Kollegen.«

Hauke erreichte Simon auf dem Diensthandy. Er gab ihm den Standort durch und legte auf. Danach benachrichtigte er die Kripobeamten aus Itzehoe. Schließlich war es ihr Fall. Er holte das Absperrband aus dem Streifenwagen und sicherte den Bereich. Es würde nicht lange dauern und sie konnten das Fahrzeug den Kollegen überlassen.

»Vielleicht haben wir es mit einer Gruppe zu tun?«, sinnierte Philip.

Der Mann konnte es nicht lassen. Sein Gehirn arbeitete auf Hochtouren.

»Ja, warum nicht?«, ging Hauke ironisch auf die Idee ein. »Vielleicht steckt auch die ganze Reisegruppe dahinter. Mord im Sylter Busexpress.«

»Gar kein schlechter Gedanke«, erwiderte Philip.

»Du hast sie echt nicht mehr alle, weißt du das? Das war ein Spaß. Nørgaard ist niemals eine Mörderin.«

»Ach, darum geht es dir.«

»Nicht nur. Da sind Familien dabei, Kinder, Großmütter. Die bringen doch niemanden um.«

»Mehrere Täter würden die zahlreichen Schnittwunden in Spitzers Gesicht erklären.«

Sein Chef war schon immer etwas sonderbar gewesen, aber das hier ging eindeutig zu weit. Hauke beschloss, die Sache nicht weiter zu vertiefen. Demonstrativ wandte er sich ab, ging zum Streifenwagen zurück und rief Peter über Funk an.

In solchen Momenten wurmte es ihn, dass er bloß noch Dienststellenleiter war. Wäre er der leitende Ermittler, hätte er zwei Beamte zur Observierung abgestellt. Doch es lag nicht mehr in seinem Ermessen. Goldberg vermisste die kriminalpolizeiliche Arbeit. Mit den Jahren hatte der Frust zugenommen. Immer dann, wenn es interessant wurde, musste er die Ermittlung anderen überlassen. Er wusste nicht, wie lange er die Beschneidung seiner Kompetenz noch aushielt. Was ihm zu Beginn seiner Kophusener Zeit gutgetan und maßgeblich zu seiner Erholung beigetragen hatte, wurde ein immer größeres Problem für ihn. Er fühlte sich mitunter wie ein Hund mit Maulkorb. Nein, der Wagen war kein üblicher Geocache. Ebenso wenig wie die Playmobil-Figuren. Auch die Leiche war für jemanden versteckt worden, der sie finden sollte, was auch immer er damit zu tun hatte.

Missmutig starrte Goldberg auf den verwaisten Kastenwagen. Vielleicht hatte der Fahrer seine DNA aus Versehen hinterlassen. Oder irgendeine Kleinigkeit, die sie in diesem verworrenen Fall weiterbrachte. Er duckte sich unter dem rot-weiß gestreiften Flatterband hindurch, das Hauke sorgfältig ausgerollt hatte. Goldberg öffnete die Fahrertür und setzte sich hinters Steuer. Prüfend blickte er auf das Cockpit. Das Handschuhfach war leer. Die mittlere Konsole ebenfalls. Hier hatte jemand gründlich aufgeräumt, bevor er das Fahrzeug abgestellt hatte. Goldberg hoffte, dass sie wenigstens Fingerabdrücke fanden. Ansonsten wäre es ziemlich ausweglos. Hinter den Sonnenblenden fand er auch nichts.

»Ich weiß, dass dir das schwerfällt«, sagte sein Kollege, der an der offenen Tür stand.

Hauke wirkte nach außen wie ein Banause, der keinerlei Einfühlungsvermögen oder Empathie besaß. Aber das stimmte nicht. Er wusste es nur sehr gut zu verbergen, um unangenehmen Situationen aus dem Weg zu gehen. Und um erhöhte Erwartungen möglichst im Keim zu ersticken. So ersparte er sich seiner Meinung nach Ärger und unnötige Schererei-en. Doch wenn man sich die Zeit nahm, ihn besser kennenzulernen, blickte man sehr schnell auf den weichen, zarten Kern, der hinter der groben Fassade verborgen war.

»Weiß Magda davon?«, fragte er.

Und es kam vor, dass dieser Mann einen über-raschte. Nicht oft, aber wenn, dann richtig. Als könne er Gedanken lesen.

»Nein.«

»Hast du schon ein Versetzungsgesuch eingereicht?«

»Nein. «

»Spielst du mit dem Gedanken?«

»Nicht ernsthaft.«

»Aber es nervt dich, das sehe ich.«

»Es wird jedenfalls nicht leichter.«

»Willst du zurück nach Berlin?«

»Hauke, ich habe darüber noch nicht nachgedacht.«

»Betonung auf noch nicht.«

»Du drehst mir das Wort im Mund rum.«

»Nein, ich höre nur auf die Zwischentöne.«

»Falls ich jemals anfangen sollte, ernsthaft darüber nachzudenken, erfährst du es als Zweiter.«

»Versprochen? Keine heimlichen Abgänge?«

»Ehrenwort.«

Goldberg musste an Axel denken. Mit seiner Hilfe hatte er ihre Polizeistation vor zwei Jahren retten können. Die beiden verband ein Geheimnis. Vor einer halben Ewigkeit hatte Goldberg zugunsten eines gemeinsamen Freundes Beweismittel unterschlagen. Er hatte es für einen guten Zweck getan, doch das würde ihm nicht helfen. Wenn das jemals rauskäme, würde er seinen Dienst quittieren müssen. Außer seinem besten Freund Jens hatte er das niemandem erzählt. Axel würde ebenfalls den Mund halten. Der Mann hatte Karriere gemacht, die er nicht aufs Spiel setzen würde. Mit der Rettung der Kophusener Station hatte er von Axel einen längst überfälligen Gefallen eingefordert.

Allerdings war das Wiedersehen nicht harmonisch verlaufen. Es hatte mit einer Drohung geendet, die Goldberg immer noch schwer im Magen lag. Wenn er sich jemals dafür entscheiden würde, wieder für die Kripo zu arbeiten, würde er sich erneut in die Schusslinie bringen. Axel hatte gute Kontakte innerhalb der Polizei und zum Innenministerium. Er würde ihn sicher nicht aus den Augen lassen. Sein Ex-Kollege war wie eine Spinne, die wartete, bis sich jemand in den Fäden ihres Netzes verhedderte. Und Goldberg hatte nicht vor, sein nächstes Opfer zu werden.

12

Ihr Toter war alles andere als ein armes, unschuldiges Opfer. Peter war zwar weit davon entfernt, Spitzers Tod als ausgleichende Gerechtigkeit zu betrachten, doch der Mann hatte Kowalski übel zugerichtet. Spitzer hatte außerordentlich brutal zugeschlagen. Bei den Beschreibungen des Opfers musste Peter an das Gesicht von Spitzer denken, das ähnliche Verletzungen davongetragen hatte. Peter bezweifelte, dass sie es hier mit einer üblichen Kneipenschlägerei unter betrunkenen Fußballfans zu tun hatten. Laut der Zeugenaussagen hatte der Gewaltausbruch plötzlich und ohne Vorwarnung begonnen. Die beiden Männer hätten an der Bar gesessen und sich intensiv unterhalten, bevor es zur Eskalation gekommen war. Interesse am Spiel hätten sie nicht gezeigt. Peter war davon überzeugt, dass es bei der Prügelei um etwas anderes gegangen war. Möglicherweise war Spitzer nebenberuflich Geldeintreiber für eine illegale Organisation gewesen, überlegte er. Das würde den überraschenden Rückzug des Opfers erklären. Hatte Spitzer in Kophusen einen neuen Auftrag erledigen sollen und war dabei selbst zum Opfer geworden? Eventuell hatte einer der Reisenden Schulden, die er nicht bezahlen konnte. Die Abwehrspuren des Toten sprachen für einen Kampf. Oder hatten sich Opfer und Täter gekannt? Ebenso war es möglich, dass Spitzer privat nach Kophusen gekommen war und er mit jemandem von hier eine Auseinandersetzung gehabt hatte. Die Panne des Reisebusses und ihre Leiche konnten immer noch ein ungewöhnlicher Zufall sein. Peter musste mehr über Spitzer herausfinden. Die Düsseldorfer Kollegen hatten die Schwester des Opfers heute Morgen nicht in ihrer Wohnung angetroffen. Sie waren dabei, ihren Arbeitgeber zu ermitteln und damit auch eine Telefonnummer. Man wusste nie, wie viel Zeit die Kollegen gerade erübrigen konnten, also versuchte Peter selbst sein Glück. Er gab ihren Namen in die ökologisch orientierte Suchmaschine *Ecosia* ein. Er wusste, dass die Frau in Köln gemeldet war. Doch die Suche ergab zu viele Treffer. Im Telefonbuch existierte kein Eintrag. Peter probierte es über ihre verdeckten Accounts in den sozialen Netzwerken. Ebenfalls ohne Ergebnis.

Die Recherche nach ihrem Bruder war erfolgreicher. Die Kollegen hatten bereits ermittelt, dass er in einem Düsseldorfer Forschungsinstitut tätig gewesen war. Peter wurde rasch fündig. Die Internetseite war auf Englisch. Sie war aufwändig und professionell gestaltet, aber wie so oft bei solchen Unternehmen wirkte sie ebenso steril und langweilig. Peter verstand nur die Hälfte von dem, was dort geschrieben war. Die Firma hatte einige namhafte Kunden und führte offenbar irgendwelche Tests durch. Er scrollte weiter nach unten, bis er auf den Abschnitt About gelangte. Die Mitarbeitenden waren mit Foto und ihren jeweiligen

Kontaktdaten aufgeführt. Lennart Spitzer lächelte ihn an. Ohne die Verletzungen sah er nett, sogar sympathisch aus. Jedenfalls für einen Kneipenschläger. Kurze, braune Haare und eine randlose Brille. In dem grauen Anzug wirkte er nicht gerade wie ein halbseidener Geldeintreiber. Hätte er nicht gewusst, dass das ihr Toter war, hätte Peter ihn nicht erkannt.

Er griff nach dem Telefon und wählte die Durchwahl. Es meldete sich eine Frau. Sie sagte ihm, Herr Spitzer habe Urlaub und sei erst in einer Woche wieder im Haus. Peter verzichtete darauf, ihr zu erklären, dass ihr Kollege nicht zurückkehren würde, verabschiedete sich höflich und versprach, sich erneut zu melden. Seine Identität hatte er nicht offenbart. Schlafende Hunde sollte man lieber nicht wecken. Einige Kollegen konnten es gar nicht leiden, wenn man in ihrem Revier wilderte.

Stattdessen druckte Peter das Porträtfoto Spitzers aus. Auf dem Weg zum Drucker überlegte er, wie das alles zusammenpassen konnte. Auf der Internetseite stand, dass Spitzer in der Buchhaltung zuständig war. Heutzutage hieß das Senior Financial Analyst, lief allerdings aufs Gleiche hinaus. Spitzer war für die Finanzen des Unternehmens tätig. Warum prügelte so ein Business-Typ einen anderen fast krankenhausreif? Und was hatte ihn ausgerechnet nach Kophusen geführt? Peter blickte auf das Foto. Der Mann sah gepflegt aus. Einige Falten um die Augen, aber keineswegs verlebt oder gar alkoholaffin. Natürlich konnten solche Fotos manipuliert worden sein. Mit dem richtigen Bearbeitungsprogramm war das kein Problem. Womöglich war der arme Buchhalter am

Ende nur zum Ausspannen hier gewesen und war in einen Streit geraten, der ihn das Leben gekostet hatte. Zum jetzigen Zeitpunkt durften sie nichts ausschließen. Peter seufzte. Den erweiterten Hintergrundcheck ihres Opfers musste er wohl oder übel den Kollegen vor Ort überlassen.

In der Küche genehmigte er sich einen frischen Kaffee. Zurück am Schreibtisch legte er das Foto in seinem Dossier ab. Der Teller mit den Haferkeksen war fast leer. Nach Feierabend würde er zum Demeter-Hofladen nach Horst fahren und Nachschub besorgen.

Gestärkt machte sich Peter wieder an die Arbeit. Zuerst rief er das Busunternehmen an. Die Dame am anderen Ende erklärte ihm, dass sich ein neuer Bus morgen früh auf den Weg nach Kophusen machen würde. Es habe etwas länger gedauert, da sie selbst einen hatten chartern müssen. Auf die Frage, ob ihre Busse versichert seien, reagierte sie leicht empört mit einem »Selbstverständlich, was glauben Sie denn?«. Als er sich nach den Buchungen und Stornierungen erkundigte, sagte sie ihm, das dauere etwas länger und sie würde sich bei ihm melden. Enttäuscht legte Peter auf.

Die Aussicht, dass ihre Reisegruppe sich schon morgen aus dem Staub machen würde, ärgerte ihn. Bei normaler Verkehrslage würde der neue Bus mittags in Kophusen eintreffen. So schnell würden sie diesen Mord sicherlich nicht aufklären können.

Unbeirrt rief er bei Sören an. Der alte Bus stand noch auf dem Hof. Er hatte den Auftrag des Busunternehmens bekommen, ihn zu entsorgen, und wartete nur noch auf die schriftliche Bestätigung und eine entsprechende Vorauszahlung. Peter kündigte ihm den Besuch seiner beiden Kollegen an. Wie immer sagte Sören nichts dazu. Er war ein Mann, der nicht viele Worte verlor. Dieses Mal war das ganz in Peters Sinn. Eilig legte er auf und widmete sich der Liste der Reisenden.

Er begann mit dem Team des Busunternehmens. Über die beiden Fahrer war so gut wie nichts in Erfahrung zu bringen. Offenbar waren beide keine Fans des digitalen Zeitalters. Bei der Nørgaard sah es schon besser aus. Im Netz stieß er auf ihren Reise-Blog, den sie sehr aktiv betrieb. Unter unzähligen Berichten, Reisetipps und nützlichen Lifehacks fanden sich entsprechende Buchungs-Links. Ganz unten stellte sich die Reiseleiterin kurz vor. In Dänemark geboren, war sie mit ihren Eltern in früher Kindheit bereits nach Deutschland ausgewandert. Mittlerweile lebte sie in Münster.

Peter klickte auf ihren Social-Media-Kanal. Eigentlich war er kein Freund von diesem sogenannten Influencertum, aber er musste zugeben, dass ihre Beiträge interessant waren. Außerdem war sie fotogen und wirkte sehr sympathisch. Nicht von Ungefähr hatte sie einige Zehntausend Follower. Offenbar arbeitete sie nicht nur für das Busunternehmen aus Düsseldorf, sondern auch für andere Reiseveranstalter. Den Posts zufolge kam sie in der ganzen Welt herum. Er scrollte durch ihr Profil, bis er an einem Foto hängenblieb.

Das Gebäude mit der eisernen Glocke über der Tür kannte er gut. Auch wenn Nørgaards Kopf die Ladentür verdeckte, bestand kein Zweifel. Ihre Reiseleiterin stand vor Kophusens inhabergeführtem Supermarkt. Zu dem

Bild hatte sie einen kleinen Beitrag geschrieben, in dem sie darauf hinwies, wie niedlich dieses kleine, unbekannte Dorf hinter dem Deich mit seinem originellen Tante-Emma-Laden sei. Peter überflog die vielen Kommentare und scrollte zurück zum Foto. Die Glocke war ein Überbleibsel aus alten Zeiten. Kalle, der Besitzer, hatte sie nie entfernt. Er führte den Laden bereits in der dritten Generation und saß mit seinen zweiundsiebzig Jahren immer noch jeden Tag hinter der Kasse. Vermutlich lag das nicht nur an den guten Genen, sondern auch an seiner deutlich jüngeren Frau, die ihm tatkräftig unter die Arme griff.

Der Post war im Mai vor drei Jahren veröffentlicht worden. Nørgaard lächelte ihn von dem Foto aus an. Er konnte sich nicht erinnern, dass sie ihren Aufenthalt erwähnt hatte. Der Gedanke, dass sie schon einmal hier gewesen war, beunruhigte ihn. Kophusen war nicht gerade eine Touristenattraktion. Die meisten Besucher machten in der Nähe Urlaub und erkundeten das Umland. Der Großteil, der im Sommer in ihr Dorf kam, bestand aus Tagesgästen.

Hatte Nørgaard eine Verbindung hierher? Kannte sie womöglich jemanden in Kophusen oder Umgebung? Bis zur dänischen Grenze waren es knapp zweihundert Kilometer. Vielleicht hatte sie auf dem Weg in ihre alte Heimat hier Rast gemacht? Allerdings war sie in Kopenhagen geboren. Von Münster aus lag Kophusen nicht gerade auf dem Weg. Peter machte einen Screenshot und druckte ihn aus.

In den übrigen Beiträgen fand er nichts Ungewöhnliches und ging zum Pseudo-Detektiv-Duo über.

Die beiden waren verheiratet und wohnten in Düsseldorf. Ihre Meldeadresse deutete darauf hin, dass sie nicht gerade arm waren. Auch sie führten ein aktives digitales Leben. In ihren Beiträgen waren hauptsächlich sie selbst zu sehen. Beim Essen, mit ihren zwei Hunden und auf ihren Reisen. Auf einem Selfie von der Buspanne in Kophusen schauten sie mit gespielt langen Gesichtern in die Kamera. Weiter unten stieß er auf einen Schnappschuss, der ihn ebenso beunruhigte wie der von Nørgaard.

Dieses Mal war es nicht Kalles Laden, sondern Kophusens Kirche, die abgelichtet war. Das Jahr war identisch. Wie die Nørgaard waren sie vor drei Jahren schon einmal hier gewesen. Er brauchte einen Augenblick, um diese neue Information zu verarbeiten. Keiner der drei hatte auch nur mit einer Silbe erwähnt, dass sie Kophusen bereits vor drei Jahren einen Besuch abgestattet hatten. Geschweige denn, dass sie sich kannten. Peter atmete tief ein und ließ die Luft langsam und kontrolliert wieder entweichen. Es konnte alles ganz harmlos sein. Bei der Buspanne hatten die beiden regelmäßige Sylt-Trips erwähnt und waren möglicherweise treue Anhänger der Reiseleiterin. Aber ausgerechnet Kophusen? Und schon zum zweiten Mal?

Peter griff zum Telefon und rief bei Rosi an.

»Na, Peter, was wollt ihr zu Mittag?«, fragte Haukes Mutter, die ihre Dienstnummern auswendig kannte.

»Deswegen rufe ich nicht an. Kannst du sprechen?«

»Ja. Was gibt es denn so Geheimnisvolles? Planst du schon ihre Hochzeit?«

»Hochzeit?«

»Na, von Hauke und Olivia. Ich hoffe doch, du wirst Trauzeuge.«

»Nein, Bärbel darum geht es nicht«, erwiderte Peter, obwohl ihm der Gedanke gefiel. Er war noch nie Trauzeuge gewesen. Rasch schüttelte er den Gedanken ab. »Sag mal, kommt dir das Männer-Pärchen aus dem Reisebus irgendwie bekannt vor?«

»Nee, sollten sie?«

Peter riss sich zusammen, um seine Enttäuschung zu verbergen. »Nein, ich habe nur ein altes Foto entdeckt. Ist Rosi da?«

»Ich gebe dich weiter. Bis dann.«

Rosi wartete mit derselben Antwort auf. Auch Haukes Schwester hatte die beiden noch nie gesehen. Peter bestellte ihr Mittagessen vor und sie beendeten das Gespräch. Außer dem Ferienhof gab es keine weitere Übernachtungsmöglichkeit in Kophusen. Womöglich waren sie nur auf der Durchreise gewesen. Wenn nicht mehr dahintersteckte …

Das Telefon riss ihn aus seinen Überlegungen. Bruno Leiser, Rechtsmediziner aus Kiel, war am Apparat.

»Wie geht es dir, mein Freund? Was macht die Liebe?«

»Alles im grünen Bereich. Und bei dir?«

»Du weißt, ich habe keine Zeit für romantische Anwandlungen. Und wie steht es um unseren Romeo?«

»Bei den beiden scheint es ganz gut zu laufen«, sagte Peter nicht ohne Stolz.

»Hast du gut hinbekommen. Gratuliere.«

»Hast du etwas Neues für uns?«

»Die Identität kennt ihr ja bereits. Ich bin so weit fertig und erwarte nur noch die Ergebnisse der toxikologischen Untersuchungen. Euer Mann ist definitiv erdrosselt worden. Die Male an Hals und Nackenpartie deuten auf ein Kabel hin. Die Leiche weist starke Abwehrspuren auf. Deshalb gehe ich von einem Mann als Täter aus. Zumal die Leiche erst post mortem an den Fundort geschafft worden ist. Spitzer war durchtrainiert. Das würde nur eine Frau mit großer Kraft schaffen.«

»Könnten es mehrere Täter gewesen sein?«

»Ja. Fremd-DNA konnten wir allerdings nicht sicherstellen.«

»Profis?«

»Eher unwahrscheinlich. Die Verletzungen im Gesicht stammen von einem Messer. Entweder hat man versucht, ihn auf dilettantische Art und Weise unkenntlich zu machen, oder da war jemand sehr wütend auf unser Opfer.«

»Kannst du uns ein Foto schicken?«

»Hast du neuerdings ein Sammelalbum?«, scherzte Bruno.

»Nein, ich möchte ein Foto, auf dem man ihn erkennen kann, zum Vergleich haben.«

»Meinetwegen.«

»Haben sich die Kollegen aus Düsseldorf bei dir gemeldet?«

»Ja, gerade eben. Seine Schwester kommt, um die Überführung zu organisieren. Sie ließ sich nicht davon abbringen, ihn sehen zu wollen. Das wird kein Spaziergang.«

»Wann?«

»Morgen Vormittag um zehn Uhr.«

»Hast du etwas dagegen, wenn wir dazukommen?«

»Sicher nicht. Dann sehen wir uns endlich mal wieder.«

»Na, wahrscheinlich werde ich nicht dabei sein. Einer muss ja schließlich die Stellung halten.«

»Was tun die bloß, wenn du nicht mehr da bist?«

»Das dauert ja nun noch'n büschen.«

»Ein Augenblinzeln und schon ist wieder ein Jahr um.«

»Auch wieder wahr. Kannst du etwas über den möglichen Tatort sagen?«

»Nein, wir haben weder Faser- noch Bodenspuren gefunden, die nicht zum Fundort passen.«

»Und das Kabel?«

»Den Abdrücken nach ziemlich schmal. Es könnte ein Ladekabel gewesen sein.«

»Das grenzt den Täterkreis nicht gerade ein. Und das Messer?«

»Glatte Klinge. Könnte ein Küchen- oder auch ein Taschenmesser gewesen sein.«

»Schade.«

»Mehr habe ich nicht.«

Nachdem sie aufgelegt hatten, blieb Peter ratlos zurück. Ein Ladekabel besaß heutzutage wohl fast jeder Mensch. Damit würden sie nichts anfangen können. Sie mussten herausfinden, wo Spitzer ermordet worden war. Wenn sie den Tatort hatten, würde das möglicherweise Rückschlüsse auf das Motiv und im besten Fall auf den Täter zulassen.

Peter sah auf die Uhr, die über der Eingangstür

hing. Es war Zeit, sich ums Mittagessen zu kümmern. Auf dem Weg rief er bei Greta an.

»Ist etwas passiert?«, fragte sie besorgt.

»Nein, alles gut. Ich hole gerade das Mittagessen. Ich wollte nur mal was anderes in den Kopf kriegen.«

»Der Mord?«

»Ja. Wir kommen nicht weiter.«

»Das tut mir leid. Soll ich heute Abend etwas Leckeres für uns kochen?«

»Eine gute Idee.«

»Frag doch Hauke, ob die beiden Lust haben mitzuessen.«

»Schlechter Zeitpunkt, der ist gar nicht gut drauf heute. Ich hoffe nicht, dass die sich gezofft haben.«

»Ach und wenn schon. Das kommt doch in jeder Beziehung vor.«

»Ja, aber mit Hauke streitet man lieber nicht.«

»Die beiden machen das schon.«

»Wenn nicht, bricht es mir das Herz.«

»Du übertreibst.«

Peter ließ die Bemerkung unkommentiert. Greta würde es nicht verstehen.

13

In der Station roch es nach frischgebackenem Hähnchen. Hauke saß an seinem Schreibtisch und verleibte sich das letzte Stück des halben Hahns ein, den Peter ihm mitgebracht hatte. Philip hatte sich wie Peter für die knusprig gebratene Scholle mit Rosis selbst gemachtem Kartoffel-Gurken-Salat entschieden. Inzwischen war es fast halb drei.

Das Geräusch einer eingehenden Nachricht lenkte Peters Aufmerksamkeit zurück auf den Bildschirm. Er schob sich den letzten Bissen in den Mund und wandte sich seinem E-Mail-Account zu.

»Das Foto von unserer Leiche ist eingetroffen. Jetzt sieht er auch mehr wie auf der Instituts-Homepage aus.«

Philip sprang vom Besuchertresen. Als er auf Peters Bildschirm schaute, stieß er einen überraschten Laut aus.

»Was ist los?«, fragte Hauke.

»Das ist unser Kastenwagenfahrer!«

»Wie bitte?« Peter schaute zu Philip hoch.

»Ja, das ist der Mann, der am Sonntag beim Bus angehalten hat.«

»Warte, ich habe das Foto von der Website des Instituts, in dem er arbeitet. Da sieht man ihn richtig.« Peter schob seinen Teller beiseite und zog das ausgedruckte Foto aus dem Dossier. »Bist du sicher?«, fragte er und reichte es Philip.

Der nickte. »Kein Zweifel.«

»Dann war Spitzer der Fahrer, der den Bus verfolgt hat«, dachte Peter laut.

»Das sieht ganz so aus«, stimmte Philip zu.

»Aber wer hat den Wagen dann nach seinem Tod gefahren? Wer war mit dem Kastenwagen bei den Geocaches?«, fragte Peter.

»Unser Mörder natürlich«, kommentierte Hauke, der sich mit der Serviette die fetttriefenden Finger abwischte.

»Aber aus welchem Grund bringt er Spitzer um, klaut seinen Wagen und fährt damit in der Gegend rum?« Peter erschien das nicht plausibel.

»Oder sie waren tatsächlich zu zweit unterwegs. Spitzer und jemand anderes«, sagte Philip. »Hauke, wir fahren gleich zu Sören in die Werkstatt und knöpfen uns den Bus vor. Wir müssen herausfinden, warum Spitzer unsere Reisegruppe verfolgt hat.«

»Es muss verdammt wichtig gewesen sein, wenn er dafür sein Leben lassen musste.«

»Bruno hat gesagt, dass die Wunden in Spitzers Gesicht auf Wut hindeuten könnten. Vielleicht ist das etwas Persönliches«, warf Peter ein.

»Was soll es denn sonst sein? Ein Mord ist immer etwas Persönliches.«

»Entschuldigen Sie bitte, Herr Thomsen, ich präzisiere meine Vermutung: Es deutet auf eine ausgeprägte Aggression hin.«

»Wenn nicht sogar Hass«, ergänzte Philip.

»Kowalski können wir wohl ausschließen, oder?«, fragte Hauke.

»Nicht so voreilig. Spitzer ist dem Bus mutmaßlich gefolgt. Das bedeutet nicht, dass der Mörder automatisch aus den Reihen der Reisegruppe stammt«, wandte ihr Chef ein. »Spitzer könnte im Auftrag gehandelt haben. Eine dritte Person, die im Hintergrund die Fäden zieht. Das würde die Cache-Nachrichten erklären. Die Verletzungen im Gesicht könnten eine Botschaft sein.« Philip hatte sich inzwischen wieder auf dem Tresen niedergelassen und pickte in den Resten seines Essens herum.

»Für den Schatzsucher mit seinen kleinen Töchtern war der tote Spitzer bestimmt nicht gedacht. Und warum ist der Account plötzlich gelöscht?« Hauke saugte geräuschvoll Fleischfasern aus seinen Zahnzwischenräumen.

»Spitzer ist tot und die Mission damit beendet?«, mutmaßte Peter.

»Deswegen den ganzen Aufwand mit den Geocaches?« Hauke nahm den kleinen Finger zu Hilfe, um einen hartnäckigen Essensrest im hinteren Mundbereich zu beseitigen. »Warum telefonieren die nicht einfach?«

»Hast du schon mal etwas von Funkzellenerfassung gehört?«

»Ja, mein Lieber, aber dafür muss man erst mal an die Nummern kommen. Außerdem, du Schlauberger, muss der Täter ein elektronisches Gerät genutzt haben, um sich auf der Plattform einzuloggen, um die Caches zu erstellen? Dabei hinterlässt er auch Spuren«, beharrte Hauke.

»Vielleicht hat er einen öffentlichen Computer benutzt? Ein Internetcafé?«, schlug Peter vor.

»Die gibt es doch gar nicht mehr. Heutzutage hat jeder Depp ein Smartphone und kann sich beliebig in Kneipen und Restaurants an dem freien W-Lan bedienen. Die Zeiten der Internetcafés sind vorbei.«

»Gute Idee, Peter«, lobte Philip unbeirrt. »Finde heraus, ob es noch eine Möglichkeit im näheren Umkreis gibt.«

»Streber«, kommentierte Hauke leise.

Peter streckte seinem Kollegen die Zunge raus. »Was ist mit Hotels?«

»Die abzuklappern kannst du dir nun wirklich sparen. Eine Übernachtungsmöglichkeit hat unser Mordopfer ja nicht gebraucht. War ja nur eine Stippvisite in unserem hübschen Dorf.«

Peter schüttelte missbilligend den Kopf. Wie Olivia es mit Hauke aushielt, war im schleierhaft. Aber vielleicht war gerade sein derber Humor der Grund für ihre Beziehungsprobleme.

»Spitzer muss sich mit seinem Mörder getroffen haben oder er wurde überrascht«, sagte Philip.

»Bei der Verfolgung des Busses hat er sich jedenfalls ziemlich amateurhaft angestellt.«

»Oder er wollte entdeckt werden«, wandte Peter ein.

»Du meinst, er wollte umgebracht werden? Wenn

das, was Spitzer verfolgt hat, so brisant ist, dann muss er doch mit Gegenwehr gerechnet haben«, sagte Hauke.

»Vielleicht war er sich der Risiken nicht bewusst oder er wurde absichtlich im Dunkeln gelassen«, schlug Philip vor.

»Das klingt mir alles eine Spur zu mysteriös. Sollen sich die Kollegen drum kümmern. Schließlich ist das deren Beritt«, winkte Hauke ab.

»Peter, verfolg die Sache mit den Internetcafés«, sagte Philip und sprang vom Tresen. »Kommst du?«

Stöhnend nahm Hauke die Dienstmütze vom Haken und folgte seinem Chef nach draußen.

Peter blickte auf das Geschirr, das seine Kollegen einfach stehengelassen hatten. Irgendwie blieb der Abwasch immer an ihm hängen. Und das, obwohl Hauke so ein Pedant in Sachen Hausputz war. In der nächsten Teamsitzung würde er das Thema zur Sprache bringen. Nur weil er gern auf der Station blieb, hieß das nicht, dass er damit automatisch den Aufräumdienst übernahm. Es war ja nicht so, dass er hier nur rumsaß und in der Nase bohrte. Seine Arbeit war genauso wichtig wie die seiner Kollegen.

Als er sich aufmachte, die Teller einzusammeln, klingelte das Telefon. Die Nummer kannte er inzwischen auswendig. Resigniert nahm er den Hörer ab.

»Herr Ritscher, was kann ich denn dieses Mal für Sie tun?«

Die Kfz-Werkstatt befand sich unterhalb des Strohdeichs. Der Bus stand etwas abseits und überragte die anderen Fahrzeuge. Der Hof war wie so oft überfüllt, doch Hauke lehnte es ab, ein paar Meter zu Fuß zu gehen. Stattdessen manövrierte er den Dienstwagen kunstvoll durch die dicht geparkten Autos bis direkt vor die Tür des kleinen Empfangsraums.

Goldberg hoffte, dass Sören keine Schwierigkeiten machte. Streng genommen war ihr Vorhaben nicht legal. Sören Meister hatte die Werkstatt von seinem Vater übernommen, der inzwischen an Parkinson erkrankt war und die Mitarbeit schweren Herzens hatte aufgeben müssen. Als Hauke schwungvoll die Tür aufstieß, hob Sören den Kopf.

»Moin.«

»Moin, Sören.«

»Dienstwagen?«

Hauke schüttelte den Kopf. »Nein, uns interessiert der Bus.«

Sören wartete geduldig.

»Wir müssen ihn uns mal etwas genauer anschauen«, erklärte Hauke.

»Brauchst du dazu nicht eine Genehmigung?«

Goldberg war kurz davor einzugreifen, doch sein Kollege war schneller.

»Ist meine Uniform nicht Genehmigung genug?«

Sören zuckte mit den Achseln, nahm den Schlüssel aus einer Schublade und kam hinter dem Tresen hervor. Schweigend ging er an ihnen vorbei. Hauke ließ Goldberg den Vortritt, nicht aus Respekt, sondern weil er ein anerkennendes Nicken von seinem Chef einholen wollte, was Goldberg ihm auch prompt gewährte.

Am Bus angekommen, öffnete der Mechaniker die vordere Tür, die zischend zur Seite glitt.

»Funktioniert doch einwandfrei«, sagte Hauke. »Und da soll das Schmuckstück gleich verschrottet werden?«

»Eine Reparatur lohnt sich wirklich nicht?«, erkundigte sich auch Goldberg.

Sören machte eine Geste, die unmissverständlich den Tod des Fahrzeugs bescheinigte.

»Hat da vielleicht jemand nachgeholfen?«, wollte Hauke wissen.

In dem ansonsten eher ausdruckslosen Gesicht des Kfz-Meisters regte sich zartes Interesse. Erwartungsvoll sah er Hauke an, als brauche er mehr Informationen, um seine Frage zu beantworten. Der verdeutlichte ihm in aller Ruhe, dass sie einen Mord aufzuklären hätten, der möglicherweise in Verbindung mit diesem Fahrzeug stand. Sören schien einen Augenblick zu überlegen, bevor er Hauke den Schlüssel überreichte.

»Ich schicke euch Willy«, sagte er.

Hauke nickte zustimmend und Sören ließ die beiden Beamten allein zurück.

»Wer ist Willy?«, fragte Goldberg.

»Keine Ahnung«, erwiderte Hauke.

»Das kann ja heiter werden. Du weißt, dass wir in Eile sind?«

»Sören mag wortkarg sein, aber dumm ist er nicht«, antwortete Hauke.

Goldberg warf seinem Kollegen ein paar Einweghandschuhe zu. Hauke fing sie auf und zog sie über.

Der Innenraum sah gepflegt aus. Die blau-grün gepolsterten Sitze waren sauber und intakt. Nichts wies auf eine mangelnde Instandhaltung hin.

»Moin«, erklang es hinter ihnen.

Goldberg drehte sich um und blickte auf einen Mann im ölverschmierten Overall. Seine Haare hatte er komplett eingebüßt und die faltige Haut ließ auf intensives Sonnenbaden schließen.

»Moin«, erwiderte Hauke. »Bist du Willy?«

Er nickte. »Sören sagt, ihr wollt etwas über den Motor wissen?«

Die Beamten setzten sich auf die vorderen Plätze. Willy blieb in der offenen Tür stehen und rieb sich die ölverschmierten Finger an einem ebenso ölverschmierten Handtuch ab.

»Hast du irgendetwas gefunden, was darauf hindeutet, dass die Bremsen manipuliert wurden?«, begann Hauke.

Willy überlegte. »Das kann ich mir nicht vorstellen.«

»Was war der Grund für die Panne?«

»Kolbenfresser. Die können froh sein, dass sie den Qualm so schnell bemerkt haben. Das hätte auch ins Auge gehen können.«

»Ist dir sonst irgendetwas aufgefallen?«, wollte Hauke wissen.

Willy schüttelte den Kopf.

»Der Busfahrer hat gesagt, dass die Bremsen versagt haben. Kann es dafür eine natürliche Erklärung geben?«, erkundigte sich Goldberg.

»Klar. Mangelnde Wartung. Der Wasseranteil in der Bremsflüssigkeit war zu hoch. Dadurch reduzieren sich der Siedepunkt im Bremssystem sowie der Druckaufbau. Bei hoher Beanspruchung fällt die Bremsleistung aus.«

»Was hat das Busunternehmen dazu gesagt?«, fragte der Kommissar.

»Wir sollen den stilllegen und verschrotten. Ist nicht ganz billig.«

»Ist das üblich?«

»Ein neuer Motor würde sich aufgrund des Alters nicht lohnen. Auch wenn er äußerlich gepflegt ist, hätte ich ihn schon viel früher in den Ruhestand geschickt.«

»Wir sehen uns noch ein bisschen um. Wenn wir fertig sind, bringen wir euch den Schlüssel zurück«, sagte Hauke.

Willy nickte gleichmütig und verzog sich.

Die Suche im Businneren war erfolglos. Die Müllbehälter enthielten nichts, das sie weiterbrachte. In den Ablagen über den Sitzen fanden sie einige Decken und Kissen. Die primitive Toilette überließ Hauke freundlicherweise seinem Chef. Nachdem Goldberg sich der unappetitlichen Sache angenommen hatte, brauchte er frische Luft.

»Der Bus steht dir«, kommentierte Goldberg, während Hauke diverse Fächer am Fahrersitz kontrollierte und kurz den Busfahrer mimte, indem er die Hände aufs Lenkrad legte.

»Fühlt sich auch gar nicht so übel an.«

»Irgendetwas, das Spitzers Verfolgung erklären würde?«

Hauke schüttelte den Kopf und verließ den Bus hinter Goldberg.

Der Schlüssel steckte neben dem Einstieg. Als er ihn abziehen wollte, entdeckte er die Kratzspuren an der Gepäckklappe direkt daneben.

»Hauke!«, rief er. »Da hat sich jemand offenbar gewaltsam Zugang verschafft.«

»Sieh mal einer an.«

Jemand hatte versucht, das Schloss zu knacken. Nachdem das nicht gelungen war, hatte die Person die Klappe aufgebrochen. Goldberg hob sie vorsichtig nach oben. Der Kommissar hatte damit gerechnet, auf gähnende Leere zu stoßen, doch zu seiner Überraschung lag links von ihm eine dunkelblaue Reisetasche.

»Ach, sieh mal einer an«, hörte er Hauke neben sich.

Goldberg beugte sich tief in den Hohlraum und griff nach dem Gepäckstück. Es war leichter als erwartet. Die weichen Ledergriffe schmiegten sich in seine Handfläche. Die Polizisten tauschten einen kurzen Blick. Hauke nickte. Goldberg spürte, wie sein Herzschlag sich beschleunigte. Langsam zog er den Reißverschluss auf. Beide Männer hielten instinktiv den Atem an. Obenauf lag ein gestreiftes Hemd. Darunter stieß Goldberg auf ein zusammengeknotetes Bettlaken. Vorsichtig hob der Kommissar es heraus.

»Mir schwant nichts Gutes«, flüsterte Hauke über Goldbergs Schulter hinweg.

Ihm war auch ein wenig mulmig zumute. Behutsam legte er das Knäuel auf der Tasche ab. »Bereit?«

»Ja, bringen wir es hinter uns.«

Goldberg löste den Knoten. Dann schlug er die Enden beiseite. In dem engelsgleichen Gesicht, das ihnen entgegenblickte, wirkte das schiefe Grinsen fehl am Platz. Fast verstörend. Ein bizarrer Anblick, den Goldberg nicht erwartet hatte.

14

»Scheiße, ist der hässlich! Warum zum Henker nimmt jemand so etwas mit auf eine Reise?« Hauke konnte seinen Blick nicht von dem Gesicht lösen, das unter der durchsichtigen Kuppel steckte. Die Augen wirkten seltsam verdreht. Das fast schon diabolische Grinsen schien den Heiligenschein auf seinem Kopf zu verhöhnen. Ein Teufel in Engelsgestalt, dachte Hauke. Als Glücksbringer taugte das jedenfalls nicht. Philip hatte sich als Erster aus der Schockstarre gelöst. Mit beiden Händen griff er nach der mit Wasser gefüllten Glaskugel und schüttelte sie vorsichtig. So ungewöhnlich die Miniatur im Inneren war, so gewöhnlich war das Wirbeln kleiner weißer Kunststoffpartikel.

»Ziemlich groß für eine Schneekugel«, meinte Hauke mit Kennermiene.

Als Kind hatte seine Schwester diese Dinger geliebt und auf jeder Ferienreise ein neues Stück erstanden. Das Regal in ihrem Zimmer platzte aus allen Nähten. Ob Rosi die Sammlung heute noch besaß, wusste er nicht. Vielleicht gammelte sie in irgendeinem Karton auf dem Dachboden vor sich hin.

»Du scheinst dich auszukennen«, sagte Philip.

»Rosi war früher ganz verrückt nach Schneekugeln.

In allen erdenklichen Ausführungen. Aber die hier ist die mit Abstand hässlichste, die ich je gesehen habe.« Hauke klopfte gegen die runde Hülle. »Kunststoff. Passt zum Rest.«

Der schwarze Sockel bestand ebenfalls aus Kunststoff. Die Kratzer an den Seiten waren nicht zu übersehen.

»Was meinst du, wem sie gehört?«

»Hoffentlich nicht der hübschen Reiseleiterin. So ein Hobby ist nicht gerade sexy.«

»Auf der Station öffnen wir sie«, beschloss Philip.

»Den Spuren nach zu urteilen, wären wir nicht die Ersten.« Hauke hätte das Ding gern auf dem Boden zerschmettert und diesem diabolisch grinsenden Engel den Garaus gemacht. Aber er musste sich zügeln. Diese heftige Reaktion erstaunte ihn. War ihm die Sammelleidenschaft seiner Schwester damals so sehr auf die Nerven gegangen?

Unterdessen durchsuchte Philip den restlichen Inhalt der Tasche. »Nur ein paar harmlose Kleidungsstücke. Es scheint die Tasche eines Mannes zu sein.« Philip hielt abrupt inne. »Moment.«

»Was ist?«

Statt zu antworten, zog sein Chef einen blauen Overall hervor.

»Und ihr meint, der gehört dem Toten?«, fragte Peter, den Blaumann in seinen behandschuhten Händen haltend.

Die Beamten hatten den Inhalt der Reisetasche sorgfältig inspiziert. Am Gepäckstück selbst war nichts

Ungewöhnliches zu entdecken. Keine eingenähten Geheimverstecke oder Ähnliches. Die Schneekugel stand auf dem Tresen. Der Engel schien sie mit seinem kranken Blick zu fixieren.

»Nørgaard hat ausgesagt, der Kastenwagenfahrer hat einen blauen Overall getragen, als er sie auf der Raststätte angesprochen hat«, erklärte Philip.

Wie der Mann sich immer an solche Details erinnern konnte, war Hauke schleierhaft. Obwohl er zugeben musste, dass er bei dem Gespräch mit der Reiseleiterin etwas abgelenkt gewesen war. Ihre Augen hatten ihn hypnotisiert. Er musste unbedingt eine Verabredung rausschlagen, bevor sie Kophusen verließ. Wenn es sein musste, würde er sogar eine Reise nach Sylt auf sich nehmen. Ein schweres Opfer, das er aber bereit war zu erbringen.

»Dann muss das Spitzer sein«, mutmaßte Peter. »Das heißt, dass unser Mörder unter der Reisegruppe zu finden ist und er die Tasche dort versteckt hat.«

»Oder den Verdacht auf einen Reiseteilnehmer lenken möchte«, erwiderte Philip.

»Und wer soll das sein?«, mischte sich Hauke ins Gespräch ein. Er musste sich konzentrieren. Den Gedanken an Nørgaard loswerden. Jedenfalls für den Moment.

»Spitzer ist in der Nacht von Sonntag auf Montag ermordet worden. Seit Sonntagnachmittag steht der Bus bei Sören«, teilte Philip seine Überlegungen mit. »Theoretisch könnte sogar Spitzer selbst die Tasche dort deponiert haben.«

»Demnach müsste er ja vor seinem Tod den Bus aufgebrochen haben. Und warum? Der Bus wäre nicht weitergefahren. Die Tasche wäre vermutlich entdeckt und einfach entsorgt worden, weil sie niemandem gehört hätte«, sagte Peter.

Hauke schoss ein Gedanke durch den Kopf. »Was ist, wenn genau das der Plan war?«

»Die Kugel verschwinden zu lassen?«, fragte Peter.

Hauke nickte und zog das Ding zu sich heran. »Vielleicht finden wir die Antwort in seinem Kopf.«

»Ich hole eine Schüssel.« Peter eilte in die Küche.

»Das ist doch nur Wasser. Wir können das über der Spüle machen.«

»Nein, Peter hat recht. Die Kugel muss unversehrt zur Spurensicherung. Ich will keinen Ärger riskieren«, sagte Philip.

»Meinetwegen.«

»Hier.« Peter stellte eine rote, mit bunten Blumen gemusterte Keramikschale vor Haukes Nase.

»Wo hast du die denn her?«

»Die steht im Schrank. Das war mal unsere Obstschale.«

»Seit wann haben wir eine Obstschale?«, fragte Philip.

»Seit wann haben wir Obst?«

»Das ist doch jetzt völlig egal, oder?« Peter sah sie ungeduldig an. »Also los, mach schon.«

Hauke wusste, dass man den Sockel abschrauben konnte. Das Wasser in der Kugel verdunstete mit der Zeit, sodass man es nach einer Weile nachfüllen musste. Er drehte die Kugel auf den Kopf. »Halt mal.« Er drückte Peter das Ding in die Hand. Dann umfasste er den Kunststoffsockel. »Fertig?«

Peter nickte. Der Sockel rührte sich nicht. Hauke

musste einiges an Kraft aufwenden. Entweder hatte er sich verkeilt oder es war Unterdruck entstanden.

»Das ist wie bei einem Glas Gurken. Die kriege ich auch nie auf.« Er erhöhte den Druck und endlich bewegte sich etwas. »Jetzt habe ich ihn.«

Vorsichtig drehte er den Sockel ab. Der Geruch von abgestandenem Wasser stieg ihnen in die Nase. Hauke verzog das Gesicht. Er kannte diesen Geruch nur zu gut. Das plötzliche Bild seiner kleinen Schwester, die in der Küche stand und ihre Schneekugeln sorgfältig wässerte, schob er beiseite.

»Das stinkt ja widerlich.« Auch Peter rümpfte die Nase.

»Halt still.« Hauke besah sich den Sockel. »So, und nun zu dir, du kranker Engel.«

Die Figur schätzte Hauke auf fünfzehn Zentimeter. Der Engel bestand aus einem Kopf und den beiden Armen, die sich auf eine Art Berg stützten. Ohne das Wasser drum herum wirkte das Gesicht noch hässlicher. Der Heiligenschein war mit einem dünnen Draht am Hinterkopf befestigt. Der Kunststoff war an einigen Stellen aufgeweicht. Die Farbe verblasst.

»Schlechte Qualität«, urteilte Hauke. »Nichts zu finden.«

Philip nahm den Engel entgegen.

»Wir können nur hoffen, dass die Spurensicherung Fingerabdrücke an dem Ding findet«, meinte Hauke.

»Wer nimmt eine Schneekugel mit in den Urlaub? Das ist doch eher andersherum, oder?«, fragte Peter nachdenklich.

»Jepp,« bestätigte Hauke aus eigener Erfahrung.

»Das ist eine Botschaft. Genau wie die Playmobil-Figuren und der Kastenwagen«, sagte Philip, als würde er mit sich selbst reden. Er war ganz in die Betrachtung des Engels vertieft.

»Und für wen soll die bitte schön sein? Wohl kaum für Willy.«

»Wer ist Willy?«, fragte Peter.

»Ein Mechaniker von Sören.«

»Ach, ist der neu?«

»Denke schon, ich habe den noch nie gesehen.«

»Und, ist er nett?«

»Ja, macht einen ganz passablen Eindruck. Schon ein etwas älteres Semester. Wenn du mich …«

Philip hob den Kopf. »Könntet ihr die Neuigkeiten vielleicht später austauschen?«

Peter räusperte sich. »Ja, entschuldige.«

»Was machen wir jetzt mit dem Ding?«, fragte Hauke.

»Wir benachrichtigen die Kollegen in Itzehoe und dann geht es nach Kiel. Ich spreche derweil mit Frau Nørgaard. Sie soll sich den Overall ansehen. Außerdem will ich wissen, was es mit ihrem vorherigen Besuch in Kophusen auf sich hat.«

Hauke hob begeistert den Kopf.

»Bevor du deine Flirtinstrumente wetzt, ich fahre allein zum Ferienhof. Ihr beiden befragt unsere Hobby-Detektive.«

»Das ist unfair«, protestierte Hauke, bevor er sich auf die Zunge biss.

»Das ist mir egal. Solange die Ermittlung läuft, hältst du dich von der Reiseleiterin fern.«

Hauke sah Peters überraschten Blick und verfluchte Philip. Wie sollte er Peter erklären, dass er ein Faible für Nørgaard hatte, wenn er doch in einer angeblich glücklichen Beziehung mit Olivia war? Die befürchtete Frage ließ nicht lange auf sich warten.

»Wieso interessierst du dich für Frau Nørgaard? Was ist mit Olivia? Habt ihr etwa Streit?«

Schöne Scheiße, dachte Hauke und bedachte Philip mit einem vorwurfsvollen Blick.

»Schieb das nicht mir in die Schuhe, Hauke! Das ist ganz allein auf deinem Mist gewachsen.«

Peters Gesichtsausdruck versetzte Hauke einen mächtigen Stich. Es fehlte nicht viel und der Mann brach in Tränen aus. Das würde noch schlimmer werden, als Hauke erwartet hatte.

»Und was ist mit unserem Trip?«, brachte Peter leise hervor.

Hauke hatte nicht gewollt, dass er es auf diese Art und Weise erfuhr. Wie konnte Philip so herzlos sein und Peter ohne jede Vorwarnung das Messer in den Rücken stoßen? Er war doch ihr Freund.

»Ich glaube, ihr beiden habt einiges zu bereden.« Philip griff nach der Reisetasche. »Ich nehme den Saab.«

Das Geräusch der ins Schloss fallenden Glastür hallte in Haukes Kopf nach. Dann atmete er tief ein. Peter starrte ihn noch immer an und wartete auf eine Erklärung.

»Peter, das mit Olivia und mir …« Er brach ab. Gott, das fühlte sich an, als müsse er mit ihm Schluss machen. »Ich weiß, du hast …« Verdammt, war das schwer. Konnte Peter ihm nicht wenigstens ein kleines Stück entgegenkommen?

»Ich habe was?«, fragte Peter.

Offensichtlich hatte sein bester Freund nicht vor, es ihm in irgendeiner Form leichter zu machen. Eigentlich hätte Olivia die Erste sein müssen, die es erfuhr. Nun war sie nicht einmal mehr die Zweite.

»Wir sind noch zusammen«, versuchte er Peters Schmerz zu lindern, doch es ging nach hinten los.

»Noch? Ihr wollt euch trennen? Aber was ist denn bloß passiert?«

Hauke unterdrückte einen Seufzer. Er biss sich auf die Unterlippe. »Peter, es war eine nette Idee, mich verkuppeln zu wollen. Und das rechne ich dir wirklich hoch an. Aber Olivia ist nicht die Richtige.« Jetzt war es raus. Hauke zog instinktiv den Kopf ein und wartete auf Peters Reaktion. Der starrte ins Leere und versuchte, den Schock zu verarbeiten.

»Aber …«, begann er stockend. »Aber es lief doch so gut.« Peter sah ihn fassungslos an. »Und unsere Vierer-Clique passte doch so wunderbar zusammen.«

Hauke zuckte leicht mit den Schultern.

»Was stört dich denn? Habe ich was falsch gemacht? War ich mit meinem Trip zu voreilig? Brauchst du mehr Zeit? Wir können das verschieben. Wir haben alle Zeit der Welt.«

»Nein, Peter, das ist es nicht.«

»Was ist es dann? Schnarcht sie?«

Bitte, lieber Gott, mach dass das aufhört, dachte Hauke. Doch weder der Herr im Himmel noch Peter zeigten Erbarmen.

»Schlaft einfach in getrennten Zimmern. Das hält die Liebe frisch.«

Olivia schnarchte tatsächlich, aber das ließ er in diesem Moment lieber unerwähnt. »Peter, es funktioniert nicht. Sie ist wie ich. Ich bin quasi mit mir selbst zusammen. Weißt du, wie schwer das ist, jeden Tag mit sich selbst in doppelter Ausführung zu leben? Ständig putzt sie hinter mir her. Sie ist streitsüchtig. Alles wird bewertet, bevor man es überhaupt ausprobieren kann. Und wenn es nicht nach ihrer Nase läuft, wird sie übellaunig. Ich halte das einfach nicht mehr aus.«

»Ich wusste ja nicht, dass du so unzufrieden bist. Warum hast du denn nichts gesagt?«

»Ich wollte dich nicht verletzen. Du warst so glücklich.«

»Ja, aber Hauke, ich habe dir doch keine Partnerin gesucht, damit ich zu viert in den Urlaub fahren kann. Ich will, dass du jemanden hast, mit dem du den Rest deines Lebens verbringen kannst.«

»Wer sagt dir eigentlich, dass ich das will?«

»Aber das will doch jeder.«

»Ach, und woher willst du das wissen? Kennst du jeden?«

»Na, das gehört doch dazu.«

»Peter, ich brauche keine Frau! Okay? Ich bin zufrieden, so wie es ist. Und falls ich mir das anders überlegen sollte, dann kümmere ich mich selbst darum.«

»Ich fand immer, dass du nach Hilke nie wieder richtig auf die Beine gekommen bist. Diese ganzen sinnlosen Affären. Das ist doch nix.«

»Peter, ich weiß, du meinst es gut. Aber darf ich das bitte selbst bestimmen?«

»Ja, natürlich. Ich dachte ja nur …«

»Hör auf, dir meinen Kopf zu zerbrechen. Wenn es so sein sollte, wird sie mir schon über den Weg laufen. Und wenn nicht, dann eben nicht. Das Leben ist kein Baukasten, den man beliebig zusammensetzt. Und man gewinnt am Ende auch nicht, wenn man alle vorgeschriebenen Teile beieinanderhat. Überhaupt, wer bestimmt, welche Bauteile zu einem glücklichen Leben gehören? Das kann ja wohl jeder für sich selbst, oder?«

»Ja, natürlich! Ich dachte nur, wer ist im Alter schon gern allein. Hauke, ich bin nicht ewig an deiner Seite. In ein paar Jahren gehe ich in Pension. Das mit mir und Greta fühlt sich gut an. Ich werde weniger Zeit für dich haben. Wir wollen reisen, etwas unternehmen, verstehst du?«

»Peter, hörst du mir eigentlich zu? Ich kann durchaus für mich selbst sorgen. Vielleicht werde ich morgen auf offener Straße erschossen oder Elsa kommt zurück und bindet mich auf einen Scheiterhaufen. Wer weiß denn, was morgen ist?«

»Ich dachte ja nur, wir zwei mit unseren Freundinnen am Elbstrand. Das wäre doch nett.«

»Du guckst zu viele romantische Komödien.«

»Schon gut, ich habe verstanden.«

»Gut, dann haben wir das geklärt?«

Peter nickte. »Weiß sie es schon?«

»Nein.«

»Soll ich dabei sein? Immerhin war ich es, der euch zusammengebracht hat.«

»Nein, ich bin schon groß. Das kann ich selbst«, sagte er mehr zu sich als zu seinem Freund.

»Okay, aber wenn du reden willst … Ich bin immer für dich da.«

»Danke. Ich komme darauf zurück. Und jetzt lass uns dieses Monstrum wieder zusammenbauen, sonst schickt uns der Chef noch ins Straflager.«

15

Der Kommissar traf Nørgaard auf der Gemeinschafts-
terrasse an. Sie saß in einem der Retrostühle. Eine
dunkle Sonnenbrille verdeckte ihre Augen, die Hauke
so wuschig machten. Als sie ihn kommen sah, schob sie
sich den breiten Sonnenschutz in die Stirn. Ihr blondes
Haar rahmte ihr Gesicht ein. Im Gegensatz zu seinem
Kollegen war Goldberg für derlei Reize unempfindlich.

»Herr Goldberg, wollen Sie zu mir?« Sie stand auf
und kam ihm ein paar Schritte entgegen.

»Ja.« Er blieb stehen. »Haben Sie einen Moment?«

»Um ehrlich zu sein, habe ich alle Zeit der Welt. Wo
ist denn Ihr netter Kollege?«

Offenbar hatte Hauke einen bleibenden Eindruck
hinterlassen. Und das ausnahmsweise sogar im positiven
Sinne, denn zu ihrem Lächeln mischte sich ein Hauch
von Bedauern.

»Der ist beschäftigt.«

Ihr Blick fiel auf die Reisetasche in seiner Hand.
»Wollen Sie sich uns anschließen? Wir haben noch einen
Platz frei. Sylt ist zu dieser Jahreszeit sehr schön.«

Goldberg lächelte. »Danke für die Einladung. Aber ich würde gerne wissen, ob Ihnen dieses Gepäckstück bekannt vorkommt.«

Nørgaard schien irritiert. »Haben wir es unterwegs verloren?«

Er musste improvisieren, wenn er ihr nicht sagen wollte, wie sie an die Reisetasche gelangt waren. »Nein, die Werkstatt hat uns angerufen. Jemand hat sie wohl im Gepäckfach vergessen. Und bevor sie mit dem Bus verschrottet wird, wollte ich sie lieber dem rechtmäßigen Eigentümer zurückgeben.«

»Ich übernehme das gern für Sie. Lassen Sie sie einfach hier.«

»Das geht leider nicht. Haben Sie die Tasche schon einmal gesehen?«, fragte er noch einmal.

Sie schüttelte den Kopf. »Ich merke mir so etwas nicht. Tut mir leid.«

Goldberg öffnete den Reißverschluss und zog den Overall heraus. »Kennen Sie den?«

»Ich weiß nicht. Sollte ich?«

»Könnte es derselbe sein, den der Kastenwagenfahrer getragen hat?«

Jetzt begriff sie. »Wenn Sie ihn umdrehen, kann ich es Ihnen ganz genau sagen. Am Hintern hatte er einen weißen Fleck.«

Goldberg tat wie geheißen.

»Ja, das ist er. Ganz sicher. Der Fleck ist mir aufgefallen, weil er wie eine Blüte geformt war.«

Der Kommissar blickte auf den hellen Klecks. Über das Motiv ließ sich streiten. Doch wenigstens wussten sie jetzt, dass es Spitzers Anzug war.

»Ist das die Reisetasche von dem Mann?«, fragte sie.

»Das wissen wir noch nicht.«

»Hat er uns denn bis hierher verfolgt? Ist er der Tote?«

»Dazu darf ich keine Auskunft erteilen. Aber mich interessiert noch etwas anderes. Kennen Sie die beiden Herren Ritscher und Dressler näher?«

Sie sah überrascht aus. »Nein. Wieso?«

»Sie sind also noch nie mit ihnen gereist?«

»Nicht, dass ich wüsste. An die beiden hätte ich mich sicherlich erinnert.«

»Aber Sie erinnern sich an Kophusen, oder?«

»Wie meinen Sie das?« Ihr irritierter Blick ließ Goldberg aufhorchen.

»Waren Sie nicht vor drei Jahren schon einmal hier?«

Sie stutzte einen Augenblick. »Wie kommen Sie denn darauf?«

»Wir sind auf Ihr Online-Profil gestoßen. Dort haben Sie ein Foto von sich vor unserem kleinen Supermarkt geteilt.«

Nørgaard lächelte verlegen und richtete den Blick zu Boden.

»Wissen Sie …« Sie sah sich kurz um, bevor sie flüsterte: »Um ehrlich zu sein, sind nicht alle Beiträge real. Manchmal muss ich mit meinem Content ein wenig nachhelfen. Sie verstehen?«

»Eine Fotomontage?«

Sie nickte. »Ich war noch nie in Kophusen. Das Foto stammt von einer Freundin. Ich habe mich einfach an ihrer Stelle vor den Laden retuschiert.«

»Sie haben eine Freundin in Kophusen?«

»Nein. Sie ist Dänin. Und war auf dem Weg nach Ribe.« Sie überlegte kurz. »Warum fragen Sie das eigentlich alles? Glauben Sie, jemand von uns hat den Verfolger getötet?«

Sie war scharfsinnig. Oder aber sie wusste mehr, als sie zugab.

»Ich kann Ihnen dazu nichts sagen. Das werden Sie vermutlich verstehen.«

»Sind wir in Gefahr?«

»Zum jetzigen Zeitpunkt gibt es keine Hinweise dafür. Sie müssen sich keine Sorgen machen, Frau Nørgaard.«

»Zum Glück soll es morgen weitergehen. Der Ersatzbus trifft endlich ein.«

»Ja, ich hörte davon.«

»Wissen Sie, wer der Tote ist?«

»Auch dazu kann ich keine Angaben machen.«

Sie nickte.

»Danke, Frau Nørgaard. Genießen Sie Ihren restlichen Aufenthalt.«

»Zum Glück habe ich immer zwei Bücher dabei, falls ich doch mal Zeit zum Lesen haben sollte.«

Sie gaben sich zum Abschied die Hand. Goldberg schritt durch den Garten. Wenn er schon einmal hier war, würde er Ulrich Wagner auch noch einen Besuch abstatten. Allerdings machte niemand auf. Er schien unterwegs zu sein. Stattdessen öffnete sich die Tür nebenan und der nörgelige Norbert Kant steckte seinen Kopf durch den Spalt.

»Der ist wieder auf Tour«, erklärte er ungefragt.

»Herr Wagner ist fast nie hier. Immer hat er nur diese

Vögel im Kopf«, ergänzte seine Frau, die neben ihm im Türrahmen auftauchte.

»Und Sie?«

»Was soll mit uns sein?«, fragte die Frau konsterniert zurück.

»Sie scheinen mir sehr gut Bescheid zu wissen. Würden Sie mir freundlicherweise behilflich sein? Ich brauche ein paar, na ja, sagen wir vertrauliche Informationen.«

Das Interesse der beiden war geweckt. Der Mann zog bereitwillig die Tür auf und bat Goldberg herein. »Wir helfen der Polizei natürlich, wo wir können. Das ist schließlich Bürgerpflicht.«

Goldberg lächelte und folgte der Einladung.

Das Appartement war das luxuriöseste der Anlage. Sicher hatten sie darauf bestanden, so wie er das Ehepaar einschätzte. Das Wohnzimmer badete in dem Sonnenlicht, das durch die raumbreite Fensterfront fiel. Die Treppe nach oben führte auf eine Galerie, wo das Gepäck der Kants stand.

»Setzen Sie sich, Herr Goldberg«, bat der Mann.

Der Kommissar entschied sich für einen der Stühle, die an dem großen runden Esstisch standen. Hier hatte sich nichts verändert. Er kannte dieses Appartement. Damals hatte Arno Menzinger in diesen Räumen gewohnt, bevor der Kophusener Jedermann ein tragisches Ende genommen hatte. Goldberg lenkte seine Aufmerksamkeit wieder auf das Ehepaar, das ihm gegenüber Platz genommen hatte. Wenn er etwas aus den beiden herauskitzeln wollte, dann nur mit einer Taktik.

Er begann damit, sein Bedauern auszudrücken, dass sie in Kophusen gestrandet waren. Nachdem sie sich genügend über das inkompetente Busunternehmen ausgelassen hatten, konnte er zum Angriff übergehen. Er zeigte ihnen die Reisetasche. Wie Nørgaard kam auch ihnen das Gepäckstück nicht bekannt vor. Jetzt war er sich ziemlich sicher, dass es Spitzers Tasche gewesen sein musste. Das Ehepaar beobachtete die Umwelt mit Argusaugen. Der Kommissar spielte den Ratlosen, der erleuchtet werden musste, und diese Aufgabe übernahmen die beiden nur zu gern. Ausschweifend berichteten sie von ihrer bisherigen Reise. Goldberg filterte das Unwichtige automatisch heraus. Über jeden hatten sie bereits ein Urteil gefällt. Silke Kant erzählte ihm von einer Unterhaltung, die sie mit Ritscher und Dressler geführt hatten. Die beiden Männer hatten eine Flasche Champagner spendiert und das Ehepaar Kant eingeladen mitzutrinken. Das hatten sich die beiden Eheleute nicht entgehen lassen. So war zwischen den vieren eine feucht-fröhliche Plauderei entstanden. In ihrer Begeisterung hatte Silke das Etikett des edlen Tropfens fotografiert und zeigte es Goldberg auf ihrem Smartphone.

»Das Weingut gehört ihnen«, erklärte Silke stolz, als würde der Reichtum der beiden Männer auf sie persönlich abfärben. »Sie wollen uns eine ganze Kiste schicken, sobald wir wieder zu Hause sind.«

»Sehr großzügig«, entgegnete Goldberg. »Darf ich mir das abschreiben? Meine Lebensgefährtin liebt guten Champagner und wir haben bald Jahrestag«, log er.

»Bitte, nur zu.«

Goldberg zückte einen Zettel aus der Sakkotasche und notierte den Namen des Weinguts und den Ort.

Warum er das tat, wusste er nicht genau. Im Laufe seiner Arbeit hatte er gelernt, seinem Bauchgefühl zu vertrauen.

»Ich glaube, die beiden sind stinkreich«, sagte Norbert Kant in einem leicht abschätzigen Ton. »Dem Ritscher gehört ein Institut in Düsseldorf, hat er erzählt. Damit scheffelt man eine Menge Kohle. Da wundert es einen nicht, wenn die sich ein Weingut in Frankreich leisten können.«

Goldberg horchte auf. »Ein Institut? Wissen Sie, worum es da geht?«

Kant schüttelte den Kopf.

»So, wie ich das verstanden habe, ist das wohl ein Testlabor«, erklärte seine Frau.

Endlich hatten sie die Verbindung zu ihrem Toten. Er musste seine Kollegen so schnell wie möglich warnen.

»Was zum Teufel ist denn los?«, fragte Hauke, als er mit Peter zusammen die Station betrat. »Wir waren gerade dabei, die beiden Schmalspurermittler in die Mangel zu nehmen.«

Sie fanden Philip in seinem Büro am Schreibtisch. Wenn ihr Chef auf dem Platz saß, hieß das meistens nichts Gutes.

»Deswegen habe ich euch zurückgeholt. Wir müssen vorsichtig sein. Seht euch das an.« Ihr Chef winkte sie zu sich heran.

Peter beugte sich über Philips linke Schulter, Hauke über die rechte. Jetzt wusste Peter, warum er so einen Wirbel gemacht und sie auf der Stelle zurückgepfiffen hatte. Auf dem Bildschirm vor ihrer Nase prangte ein

Foto, auf dem Leo Dressler zu sehen war. Es musste ein paar Jahre her sein. Neben ihm stand Ritscher. Beide lächelten in die Kamera. Das war nicht weiter bemerkenswert. Das Erstaunliche an dem Foto war der Mann, der in ihrer Mitte stand: Lennart Spitzer strahlte mit einem breiten Grinsen in die Kamera.

»Wo hast du das her?«, fragte Peter.

»Silke Kant, die Ehefrau des notorisch mäkelnden Paares. Sie hat mir erzählt, dass Ritscher und Dressler sie und ihren Mann im Bus auf ein Glas Champagner aus dem eigenen Weingut in Frankreich eingeladen haben. Sie haben sich als Hobby-Winzer ausgegeben.«

»Und weiter?«, drängte Hauke.

»Ich habe den Namen des Weinguts eingegeben und bin auf diese Seite gestoßen. Laut Impressum gehört das Weingut einer gewissen Françoise Gilbert und liegt in der Nähe von Reims, ca. hundertfünfzig Kilometer nordöstlich von Paris. Auf einem Foto ist sie mit unserem Duo abgelichtet.«

»Komm zum Punkt. Woher kennen die Spitzer?«, drängte Peter.

»Zu dem Weingut gehört eine kleine Pension. Lennart Spitzer war dort Stammgast.«

»Woher willst du das wissen?«, fragte Hauke.

»Es gibt eine kleine, aber feine Auswahl an Fotos auf der Seite.« Philip klickte sich durch die Galerie und zeigte ihn ein anderes. Die Bildunterschrift wies die Personen als Françoise Gilbert und ihren Stammgast Lennart Spitzer aus.

»Wir sollten dieser Frau einen Besuch abstatten.

Wenn ihr Champagner so schmeckt, wie sie aussieht, trinke ich sogar dieses Blubbergesöff«, meinte Hauke.

Philip ignorierte die Bemerkung. »Aber das ist nicht alles. Sie kennen sich vermutlich aus einem anderen Zusammenhang. Silke Kant hat mir berichtet, dass Ansgar Ritscher ein Testlabor in Düsseldorf betreibt.«

»Was?«, entfuhr es Peter. »Darüber habe ich nichts finden können, als ich die beiden durchleuchtet habe.«

»Und wie bist du Fuchs dann an diese Geheiminformation gekommen?«, hakte Hauke nach.

»Er hat es ihnen selbst erzählt.«

»Und? Ist es das Labor, in dem Spitzer arbeitet?«, fragte Peter, der es immer noch nicht fassen konnte, dass ihm diese Information entgangen war.

Philip nickte.

»Warum ist er denn auf der Internetseite nicht aufgeführt?«, fragte Peter.

»Ich habe mich beim Handelsregister erkundigt. Ansgar Ritscher gehört das Institut zur Hälfte. Sein Partner ist offiziell der Geschäftsführer, ein gewisser Professor Lothar Maria Graf«, erklärte Philip.

Peter klopfte ihm auf die Schulter. »Chapeau, mein Lieber! Vielleicht solltest du in Zukunft den Background-Check-up übernehmen.«

»Das ist ja ein Ding«, sagte Hauke. »Dann können wir unser Duo ja gleich verhaften.«

»Nicht so voreilig. Bisher beweist das nur, dass sie sich gekannt haben«, insistierte Philip.

»Das ist schon eine ganze Menge, wenn du mich fragst.«

»Kein Staatsanwalt der Welt stellt dir deswegen einen Haftbefehl aus.«

»Ich sage den Kollegen in Itzehoe Bescheid«, sagte Peter und verließ Philips Büro.

»Aber was ist das Motiv?«, warf Hauke ein, der Peter folgte und sich an seinem eigenen Schreibtisch niederließ.

»Ich wusste von Anfang an, dass die beiden nicht koscher sind.« Peter griff nach dem Hörer und wählte Weidenbachs Mobilnummer.

Philip schwang sich auf den Tresen. Weidenbach nahm nicht ab und Peter hinterließ eine Nachricht mit der Bitte um dringenden Rückruf. Dann rief er auf dem Revier an. Der Kollege versprach, Weidenbach Bescheid zu geben.

»So ein Pech. Was ist, wenn die beiden türmen?«

»Habt ihr ihnen von der Tasche erzählt?«, fragte Philip.

»Dazu sind wir ja gar nicht gekommen. Die beiden schwallern ja sofort drauflos. Jetzt ist mir auch klar, warum die sich bei uns so einschleimen.«

»Wir sollten sie festsetzen«, sagte Peter wildentschlossen.

»Die hauen nicht ab, keine Angst«, beschwichtigte sein Chef. »Solange sie nicht wissen, dass wir von ihrer Verbindung zu unserem Mordopfer Kenntnis haben.«

»Aber spätestens morgen kommt der Ersatzbus. Dann fahren die seelenruhig nach Sylt und machen fröhlich Urlaub«, warnte Peter.

»Die haben nicht in Rosis Gastraum von der Leiche erfahren, die wussten davon, weil sie Spitzer selbst erledigt haben!«, schlussfolgerte Hauke.

»Auf jeden Fall könnte die Verbindung zwischen

den Dreien ein Grund sein, warum Spitzer dem Bus gefolgt ist«, relativierte Peter die Euphorie seines Kollegen.

»Das denke ich auch. Aber das reicht nicht. Wir haben keine Hinweise dafür, dass sie die Täter sind. Es bleibt uns nichts anderes übrig, als auf die Kollegen zu warten.«

Peter ließ sich auf den Schreibtischstuhl sinken. »So eine verdammte Scheiße!« Er stieß einen Seufzer aus. »Der Bus fährt morgen früh in Düsseldorf los. Gegen Mittag ist der mit Sicherheit hier. Wenn Weidenbach bis dahin nichts unternommen hat, sperre ich die eigenhändig in der Pension ein.«

»Das ist Freiheitsberaubung«, sagte Hauke.

Sie schwiegen einen Augenblick. Peter starrte auf das Telefon. Da servierte man den Kollegen zwei Tatverdächtige auf dem silbernen Tablett und niemanden interessierte das. Nervös klopfte er mit den Fingern auf die Tischplatte.

»Warum musste Spitzer sterben?«, fragte Philip.

»Warum ist er den beiden überhaupt gefolgt?«, fragte Peter. »Und wieso verschweigen die uns, dass sie Spitzer kannten? Das ist doch höchst verdächtig.«

»In jedem Fall gab es einen heftigen Streit. Das passt zu den Messerspuren im Gesicht. Die müssen richtig sauer auf ihren Weinkumpel gewesen sein«, sagte Hauke.

»Ob der Streit etwas mit dem Labor zu tun hatte?«, fragte Peter.

»Es ging sicher nicht um die schöne Winzerin oder um die Traubenlese. Was treibt dieses Labor eigentlich?«, fragte Hauke.

»Die machen Tests für ganz unterschiedliche Auf-traggeber.« Peter wandte sich seinem Rechner zu.

»Gibt es in so einem Labor etwas, für das sich ein Mord lohnen würde?«, fragte Hauke.

»Und ob. Wenn die zum Beispiel Medikamente untersuchen und dem Hersteller das Ergebnis nicht passt«, erwiderte Peter. »Zack, bumm, und die Ergeb-nisse müssen verschwinden.«

Das Telefon klingelte. Weidenbach. Er versprach, sich sofort auf den Weg nach Kophusen zu machen.

16

Weidenbach hatte Ritscher und Dressler in den kleinen Salon neben dem Gastraum gebeten, wo sie ungestört reden konnten. Philip, Peter und Hauke blieben im Hintergrund stehen. Weidenbach hatte sich mit seinem Itzehoer Beamten den beiden Männern gegenübergesetzt.

»Ich bin Kriminalhauptkommissar Niklas Weidenbach, der leitende Beamte in dieser Ermittlung«, stellte er sich vor.

»Schön, Sie kennenzulernen«, entgegnete Ritscher freundlich.

»Haben Sie Neuigkeiten?«, erkundigte sich Dressler.

Weidenbach nickte. »Sie kannten das Mordopfer«, sagte er schlicht.

Goldberg ließ die beiden Tatverdächtigen nicht aus den Augen. Er sah, wie sie erstaunte Blicke tauschten.

»Wie meinen Sie das?«, wollte Ritscher wissen.

»So, wie ich es gesagt habe.«

»Wer ist es denn?«, fragte Dressler.

»Lennart Spitzer.«

Ritscher riss die Augen auf. »Das ist doch nicht möglich!« Er sah hilfesuchend zu seinem Mann, der ihm die Hand drückte.

»Sind Sie sicher?«, fragte Dressler, der ebenso geschockt schien.

»Es besteht kein Zweifel. Wo waren Sie am Sonntagabend zwischen 21 und 2 Uhr?«

»Wie bitte?«

Goldberg hatte den unerwartet scharfen Unterton in Dresslers Stimme bemerkt. Der Mann konnte offenbar sehr ungemütlich werden, wenn es darauf ankam.

»Wieso wollen Sie das wissen? Was soll das Ganze überhaupt? Verdächtigen Sie uns?«, entfuhr es Ritscher.

Weidenbach nickte. »Sie kannten als Einzige das Mordopfer.«

»Lenni ist unser …« Ritscher hielt inne und senkte den Blick.

»Lenni war unser Freund«, half ihm Dressler und drückte die Hand seines Mannes fester. »Warum sollten wir in umbringen? Das ist ja absurd!«

»Dann beantworten Sie einfach meine Frage.«

Weidenbach klang gelassen. Goldberg mochte ihn zwar nicht besonders, aber der Mann hatte die Situation im Griff und ließ sich nicht ablenken.

»Also gut«, begann Dressler. »Mein Mann und ich waren hier auf unserem Zimmer. Wir haben bis Mitternacht gelesen und sind dann schlafen gegangen.«

»Kann das jemand bezeugen?«

Dressler sah ihn empört an, riss sich allerdings zusammen. »Nein, wir waren allein.«

»Wie alle Leute, wenn sie zu Bett gehen, machen wir das ohne Publikum.« Ritscher konnte sich die spitze Bemerkung nicht verkneifen.

»Haben Sie eine Idee, was Ihr Freund in Kophusen gewollt haben könnte?« Weidenbach blieb ruhig.

Sie schüttelten den Kopf. »Nicht die geringste.«

»Haben Sie sich hier getroffen?«

»Nein, wir wussten ja nicht einmal, dass er hier war«, antwortete Ritscher.

»Offenbar ist er Ihrem Reisebus gefolgt. Und Sie wollen ihn nicht gesehen haben?«

»Glauben Sie etwa, dass wir lügen?« Dressler zügelte seine Wut.

Goldberg entging nicht, dass hinter dem adretten Erscheinungsbild ein hitziges Gemüt lauerte.

»Sagen Sie es mir?«

Dressler verbot sich einen Kommentar, indem er sich auf die Unterlippe biss. Ritscher übernahm.

»Wir haben keine Ahnung, was Lenni hier gemacht hat oder warum er dem Bus gefolgt ist. Wir sind gute Freunde, doch Lenni war immer schon etwas eigen.«

»Ich versuche es mal so«, begann Weidenbach und beugte sich ein Stück vor. »Sie beide sind die einzige Verbindung zu unserem Mordopfer. Sie verreisen zusammen, er arbeitet in Ihrem Forschungslabor und taucht wie zufällig in Kophusen auf. Und Sie wollen uns weismachen, dass Sie nichts davon gewusst haben?«

»Diese Unterstellungen hören wir uns nicht länger an. Wir werden unseren Anwalt einschalten.« Dressler stand auf, doch Ritscher hielt ihn zurück.

»Warte«, sagte er und sein Mann ließ sich widerwillig zurück auf den Stuhl sinken. »Sie müssen Leo verzeihen. Wir stehen unter Schock. Wir haben gerade erfahren, dass unser bester Freund tot ist, und schon werden wir des Mordes bezichtigt. Herr Weidenbach, bitte haben Sie ein wenig Verständnis für unsere Situation.«

»Bei allem Respekt für Ihre Trauer, Herr Ritscher, aber es handelt sich hierbei um eine Mordermittlung.«

»Ja, natürlich. Wir sind genauso daran interessiert, dass der Schuldige gefunden wird. Wie können wir Ihnen helfen?«

»Wissen Sie, dass ihr Freund eine Anzeige wegen Körperverletzung hatte?«

Ritscher nickte. »Lenni war ein Hitzkopf und ein leidenschaftlicher Fußballfan. Da ging ihm schon mal die Sicherung durch. Aber zum Glück hat der Mann die Anzeige zurückgezogen.«

»Was haben Sie vor drei Jahren in Kophusen gemacht?«, mischte sich Goldberg ein.

Das erste Mal seit ihrem Gespräch lächelte Ritscher. »Wir sind früher oft selbst mit dem Auto nach Sylt gefahren. Die Autobahn ist nicht unser Ding. Wir mögen es, in aller Ruhe über die Dörfer zu tingeln. Und da waren wir tatsächlich schon einmal hier.«

Goldberg sah, wie Dressler zustimmend nickte. Er hatte sich wieder beruhigt.

»Entschuldigen Sie meinen Ausbruch, aber Lenni war ein wirklich guter Freund. Sein Tod kommt sehr überraschend. Wo haben Sie die Leiche gefunden?«

»Ist das wichtig?«, fragte Weidenbach.

»Nein, natürlich nicht, wenn Sie darüber schweigen müssen.«

Der Rest des Gesprächs dauerte nicht lange. Weidenbach ließ keine Frage aus. Angeblich war Lennart ein geschätzter Mitarbeiter des Instituts und trotz seiner manchmal kurzen Zündschnur auch ein beliebter Kollege. Den beiden Männern fiel niemand ein, der ihn hatte umbringen wollen. Goldberg hielt sich zurück. Das Paar war schwer zu durchschauen, fand er. Der Kastenwagenfahrer hatte ihrer Meinung nach ganz anders ausgesehen, was die Theorie erhärtete, dass es zwei Fahrer gab. Wobei die Frage blieb, warum sich Spitzer nicht zu erkennen geben hatte. Ihre Geschichte konnte wahr sein. Außer der Tatsache, dass sie das Mordopfer gekannt hatten, hatten die Beamten nichts gegen die beiden in der Hand und entließen sie schließlich.

Die Itzehoer Kollegen verabschiedeten sich und fuhren im Streifenwagen davon.

»Komischer Typ«, meinte Hauke.

»Wer jetzt?«, fragte Peter.

»Weidenbach. Warum sagt der nichts dazu?«

»Er hält sich eben bedeckt. Ist manchmal nicht das Verkehrteste«, sagte Goldberg.

Hauke schnaubte leise. »Ich glaube denen kein Wort. Wem sonst sollte Spitzer gefolgt sein, wenn nicht seinen beiden Freunden?«

»Ich blicke da nicht durch. Was geht hier vor? Denkt ihr, dass die beiden Spitzer umgebracht haben?«, fragte Peter.

»Wenn die es nicht waren, wer dann?«, entgegnete Hauke und sah in die Runde. Sein Blick blieb an Goldberg hängen. »Was sagt denn unser Superhirn dazu?«

Der Kommissar erwiderte den Blick und schwieg.

»Entweder sind die beiden grandiose Schauspieler oder wir tappen total im Dunkeln«, meinte Peter.

»Oder beides.« Goldberg war sich sicher, dass Ritscher und Dressler nicht die ganze Wahrheit gesagt hatten. Irgendetwas verheimlichten sie. Ob sie das zu Mördern hatte werden lassen, musste dringend geklärt werden.

17

Sie saßen am Esstisch. Greta hatte eine Flasche Rotwein aufgemacht. Seit gut einem Jahr waren sie jetzt ein Paar, obwohl er sie anfangs nicht hatte ausstehen können. Beide waren sie verwitwet. Greta hatte ihm schon lange Avancen gemacht, denen Peter meistens sehr höflich ausgewichen war. Dann eines Abends, als die Voliere in ihrem Garten aufgebrochen worden war und er sie über den Verlust von zwei Wellensittichen hinweggetröstet hatte, war es passiert. Sie harmonierten miteinander, fand Peter und er genoss ihre gemeinsame Zeit immer mehr. Nach den Jahren des Alleinseins tat es gut, wieder jemanden zu haben, der nach Dienstschluss auf einen wartete.

»Möchtest du noch Couscous?«, fragte Greta.

»Nee du, war aber sehr lecker.«

Seine Partnerin kochte leidenschaftlich gern und probierte laufend neue Gerichte aus. Heute hatte sie Rinderragout gemacht.

»Dann hole ich den Nachtisch.«

Peter blickte ihr nach. Seine Gedanken wanderten zu dem Gespräch mit ihren beiden Hauptverdächtigen zurück. Deren Überraschung schien echt gewesen zu sein. Obwohl Peter sich immer noch darüber wunderte, dass sie nichts von Spitzers Verfolgung gewusst haben wollten. Der Fahrer des Sprinters musste ihrer Meinung nach ein anderer gewesen sein. Ihr Alibi für die Tatzeit war nicht besonders überzeugend. Peter nahm ein Stück Baguette aus dem Korb und tunkte es in den Soßenrest auf seinem Teller. Genüsslich biss er ein Stück ab. Weidenbach drängte sich vor sein geistiges Auge. Er hatte ihre Hauptverdächtigen einfach ziehen lassen. Es war frustrierend. Der einzige Anhaltspunkt gab nicht genug her, um die beiden dingfest zu machen. Peter war sich sicher, dass der Schlüssel bei der Reisegruppe zu finden war.

»Na, grübelst du schon wieder?« Zärtlich streichelte Greta ihm über den Kopf und setzte sich.

Die dunkle Mousse au Chocolat sah verführerisch aus. »Du musst doch nicht immer so viel Aufwand betreiben«, sagte Peter.

»Das mache ich gern. Endlich kann ich mal wieder richtig kochen. Für mich allein hat sich das nie gelohnt.«

»Na gut, aber ich will nicht, dass du dich verpflichtet fühlst.«

Sie lachte laut. »Glaubst du im Ernst, ich koche für dich, weil das meine Pflicht als Frau ist? So weit kommt das noch.«

Sie gab ihm einen Kuss über den Tisch hinweg.

»Das mag ich so an dir. Du lässt dir nichts gefallen.« Hätte Hauke doch auch so ein Glück. Die betrüblichen Neuigkeiten von seinem Kollegen und Olivia hob er sich für nach dem Essen auf. Das würde Greta nur den Appetit verderben.

Die Kontaktanzeige hatten sie gemeinsam aufgegeben. Es war ein Projekt gewesen, das gründlich schiefgegangen war. Seine Enttäuschung über die bevorstehende Trennung, war noch immer groß. Greta würde es ähnlich damit gehen. Sie hatten viel Zeit darauf verwendet, die richtige Frau für Hauke zu finden. Natürlich hatte er Spannungen bemerkt. Sie waren beide sehr impulsiv. Doch er war davon ausgegangen, dass es ihre Beziehung befeuerte und nicht torpedierte. Peter musste sich wohl damit abfinden, dass Olivia doch nicht die Richtige für Hauke war.

»Noch einen Schluck Wein?«, fragte Greta.

Er nickte. Wie sollte er es ihr bloß beibringen? Sie mochte Hauke. Seine Entgleisungen nahm sie zum Glück mit Humor und der nötigen Gelassenheit, und das schätzte wiederum Hauke an ihr. Anfangs war er geschockt gewesen, dass Peter ausgerechnet sie auserkoren hatte. Aber sein bester Freund spürte, wie glücklich Peter diese neue Verbindung machte.

Vielleicht sollte er Olivia anrufen? Obwohl es ihn im Grunde nichts anging und es streng genommen übergriffig wäre. Andererseits hatte er sie miteinander bekannt gemacht. Ohne ihn wären sich die zwei nie begegnet.

»Peter, was ist los?«

Er sah auf. »Hm?«

»Du bist mit deinen Gedanken ganz woanders.«

»Entschuldige, ich muss dir etwas sagen.«

»Was ist passiert?«

»Es sieht so aus, als würde sich Hauke von Olivia trennen wollen.«

Sie blickte ihn an. »Was? Warum denn?«

»Er sagt, sie sind sich zu ähnlich.«

»Schade.« Greta widmete sich dem Auffüllen der Dessertschalen, als würden sie übers Wetter plaudern.

Peter stutzte. Das war alles? Mehr hatte sie dazu nicht zu sagen? Offenbar traf es ihn am meisten von allen. Das war absurd. Hauke trennte sich ja schließlich nicht von ihm, sondern von Olivia. Er genehmigte sich einen kräftigen Schluck Rotwein. Nahm er sich diese Sache zu sehr zu Herzen? Wäre nicht das erste Mal.

»Es ist seine Entscheidung. Du hast gewusst, dass es schiefgehen kann«, sagte Greta, die seine Gedanken zu erraten schien.

»Ich war mir so sicher. Meinst du, ich sollte mal mit Olivia sprechen?«

»Halte dich da lieber raus.«

Peter leerte sein Glas. »Wir könnten die anderen Frauen, die sich auf die Anzeige gemeldet hatten, kontaktieren.«

Olivia war die Einzige gewesen, die Hauke kennengelernt hatte. An dem Nachmittag im Strandfloh in Bielenberg hatten sich Greta und er noch mit fünf weiteren Frauen getroffen. Alle waren sehr nett gewesen.

»Du willst einfach die Nächste von der Liste nehmen?«, fragte Greta überrascht.

»Warum nicht?«

»Ich halte das für keine gute Idee. Wir haben den Frauen damals gesagt, dass wir uns für eine andere entschieden haben. Du kannst doch jetzt nicht anrufen und fragen, ob noch Interesse besteht.«

Außerdem würde Hauke das nicht noch einmal mitmachen. Das hatte er ihm in aller Deutlichkeit zu verstehen gegeben. Er seufzte. »Du hast recht. Belassen wir es dabei.«

Peter wandte sich resigniert seinem Nachtisch zu. Momentan lief irgendwie alles schief. Es wurmte ihn, dass die Reisegruppe morgen einfach weiterfahren würde. Sie waren sich einig, dass es hier eine Verbindung mit Spitzers Tod gab, aber sie hatten keine Ahnung, warum er dem Bus gefolgt war. Und weshalb hatte er sterben müssen? Peter war klar, dass sie ohne den kleinsten Beweis nichts ausrichten konnten. Der oder die Mörder hatten keine verwertbaren Spuren hinterlassen. Jemand, der ein Testlabor betrieb, wusste garantiert, wie man ein Verbrechen ohne jeden Nachweis verübte.

»Isst du das noch auf?«

»Entschuldige. Es liegt nicht am Essen.«

»Ich weiß. Wie hat Marion das bloß immer ausgehalten? Gewöhnt man sich daran?«

Er zuckte mit den Schultern. Seine Frau war seit elf Jahren tot. »Irgendwie war früher nicht so viel los.« Auch wenn das seltsam klang, seit Philip nach Kophusen gekommen war, war ihre Verbrechensrate rapide angestiegen.

Peter räumte den Tisch ab. Es passierte oft, dass er Fälle mit nach Hause nahm. Besonders bei Gewaltverbrechen ging ihm das an die Substanz. Oder auch bei Fällen, die so vertrackt waren wie der jetzige. Wenn Ritscher und Dressler wider Erwarten die Wahrheit sagten, musste noch jemand anderes nach Kophusen gekommen sein. Vielleicht hatte Philip recht und es hatte zwei Verfolger gegeben. Das würde erklären, warum der Kastenwagen nach dem Mord und dem Vergraben der Leiche noch munter durchs Dorf kutschiert worden war.

Er hoffte, dass die Untersuchung des Busses nicht vergebens sein würde. Ihre zweite Hoffnung war die Reisetasche. Seine Kollegen würden sie morgen früh nach Kiel mitnehmen, damit sie auf Spuren untersucht werden konnte. Wenn Peter doch nur die Reisegruppe an der Weiterfahrt hindern könnte! Plötzlich kam ihm eine Idee. Er erschrak über sich selbst. Das könnte ihn den Job kosten. Aber es war eine Chance, den Fall doch noch aufzuklären, bevor alle Verdächtigen sich aus dem Staub machten. Er eilte in die Küche, stellte das Geschirr ab und nahm sein Mobiltelefon vom Ladekabel. Er würde Hilfe brauchen, und er wusste auch schon, wer genau die richtige Person dafür war.

18

Die linke Bettseite war leer. Aus dem Erdgeschoss drang das Zischen des Espressokochers nach oben. Goldberg streckte seinen Körper und erhob sich. Er folgte dem Duft von frischgemahlenen Kaffeebohnen in die Küche. Magda war bereits angezogen und frisiert. Ihre dunklen Haare trug sie neuerdings zu einem kinnlangen Bob. Es stand ihr gut, fand Goldberg. Er küsste sie.

»Guten Morgen,« flüsterte er.

»Guten Morgen. Der Mokka ist gleich so weit.« Sie nahm den Milchaufschäumer vom Herd.

Seit sie die pinkfarbene Bialetti im letzten Urlaub in Verona gekauft hatte, gab es jeden Morgen einen liebevoll zubereiteten Espresso, oder genauer gesagt einen Mokka. Der Druck der Schraubkanne war zwar nicht so hoch wie der ihrer Siebträgermaschine, aber das störte sie beide nicht. Goldberg war leidenschaftlicher Bialetti-Fan. Nachdem er Magda kennengelernt hatte, hatte er die Vorzüge einer echten Espressomaschine zu schätzen gelernt. Der Kommissar bewunderte Magdas Ausdauer. Stolz blickte sie auf die Schraubkanne. Zugegeben das Bialetti-Fachgeschäft hatte auch sein Herz höherschlagen lassen. Über eine Stunde hatten sie in dem Laden gestöbert und Magda hatte sich sofort in den pinken Herdkocher verliebt. Er war gespannt, wie lange ihre Begeisterung anhalten würde.

Er setzte sich in T-Shirt und Boxershorts an den Küchentisch, der gerade für sie beide reichte. Die Küche war nicht groß. Goldberg wohnte nun schon zwei Jahre mit Magda in ihrer alten Reetdachkate in Kollmar. An die niedrigen Decken hatte er sich inzwischen gewöhnt. Mit seinen ein Meter neunzig war es anfangs zu schmerzhaften Zusammenstößen gekommen. Besonders die schmale Treppe war ein waghalsiges Unterfangen. Sein eigenes Haus hatte er noch nicht gekündigt. Die Miete war nicht hoch, und er mochte den Gedanken, dass sie ein Ferienhaus am Rande von Kophusen besaßen, in dem sie ihren Besuch unterbringen konnten. Das halbe Dorf machte sich darüber lustig, und insgeheim munkelte man, er würde sich eine Hintertür offenhalten, doch das kümmerte ihn nicht.

»Ich habe heute Abend ein Vertretergespräch. Ich komme also später«, erklärte Magda.

Seine Lebensgefährtin war Buchhändlerin in Glückstadt. Sie liebte ihren Beruf, was man auch an der Anzahl der Bücher in ihrem Haus ablesen konnte.

»Dein Lieblingsverlag?«

Sie drehte sich um und lächelte ihn an. »Woher weißt du das?«

»Bei dir darf nur ein Vertreter nach Feierabend kommen.«

»Das Herbstprogramm ist sensationell.«

»Das bedeutet, ich werde die nächsten Wochen dein Gesicht nicht sehen, es sei denn, ich reiße dir die weißen Bücher aus der Hand.«

Der Espressokocher blubberte laut. Magda goss ihnen zwei Becher ein und gab die aufgeschäumte Milch dazu. »Ich glaube, in der Liebe zu unserem Beruf unterscheiden wir uns nicht sehr.«

Goldberg nahm ihr einen der Becher ab. Magda setzte sich ihm gegenüber. Kophusen war in vielerlei Hinsicht ein Glücksgriff gewesen.

»Ach, fast hätte ich es vergessen. Du hattest einen Anruf gestern«, sagte sie und nippte an ihrem Mokka.

»Auf dem Festnetz?«

Sie nickte. »Er sagte, er sei ein Kollege aus Berlin.«

Goldberg hob die rechte Augenbraue. »Wie heißt er?«

»Irgendetwas mit A. Ich habe es aufgeschrieben. Der Zettel liegt am Telefon.«

Er verbarg seine Verwunderung hinter dem Becher. Der heiße Kaffeeduft strömte durch die Nase und beruhigte seinen erhöhten Pulsschlag. Magda und Axel hatten sich nie kennengelernt und das sollte tunlichst so bleiben.

»Es sei dringend und du möchtest ihn bitte zurückrufen.«

»Danke. Mach ich nachher gleich.« Seine Finger umklammerten den Becher, als könne er den Sog aufhalten, der ihn in den Abgrund trieb.

»Er klang nett.«

Wenn Axel etwas konnte, dann war das nett sein. Diese Gabe hatte ihm eine beachtliche Karriere beschert. Doch hinter der Fassade verbarg sich ein Schakal.

Ihren fragenden Blick ignorierte er.

»Na gut, ich muss los.« Sie leerte den Becher und gab ihm einen Kuss zum Abschied. »Sag mir, wenn du drüber reden willst.«

Damit nahm sie ihre Tasche vom Stuhl und ließ Goldberg allein zurück.

Wie Axel an die Nummer gekommen war, konnte er sich denken. Bruno Leiser wusste nichts von ihrem Geheimnis, und Axel konnte noch etwas sein außer nett: extrem überzeugend. Dem Kommissar war klar, dass Axel mit voller Absicht in seine Privatsphäre eingedrungen war. Damit demonstrierte er seine Macht. Doch Goldberg entschied sich, ihn zappeln zu lassen. Wenn es wirklich dringend gewesen wäre, hätte er ihn auf dem Handy angerufen. Dieses Spiel beherrschte er auch. Im Wohnzimmer griff er nach dem Klebezettel, der am Mobilteil hing. »Axel Giering«, las er und die dazugehörige Berliner Festnetznummer. Goldberg beschloss, zum Angriff überzugehen. Es dauerte nicht lange und sein bester Freund Jens Steirer aus Berlin nahm das Gespräch an.

»Hallo, Jens, hast du kurz Zeit?«

»Für dich immer. Was gibt es?«

»Ich würde dich gerne besuchen.«

»Gibt es Probleme mit deiner Wohnung hier?«

»Nein. Wir haben uns einfach so lange nicht mehr gesehen.«

»Wer's glaubt …« Jens Steirer lachte. »Du kommst nie nach Berlin, nur um mich zu besuchen.«

»Ich habe einen Anruf erhalten. Axel wartet auf meinen Rückruf.«

»Verstehe. Gib Bescheid, sobald du weißt, wann du kommst.«

»Mache ich.«

»Philip?«

»Ja?«

»Du musst das beenden. Ein für alle Mal.«

Ja, das hatte er vor. Ein für alle Mal.

Hauke trommelte ungeduldig mit den Fingern auf dem Ladentisch. Philip und er standen am Verkaufstresen und warteten auf den Kioskbetreiber, der im Hintergrund einen älteren Herrn am Computer einwies. Hauke hatte eine kurze Nacht gehabt. Nach einem unangenehmen Telefonat mit Olivia hatte er nicht schlafen können. Sie hatten versucht, den fetten rosafarbenen Elefanten zwischen ihnen zu ignorieren und sich für Samstagabend verabredet. Vorsichtshalber hatte er ein Restaurant in Elmshorn vorgeschlagen. So musste sie nicht extra zwanzig Kilometer fahren und er konnte so schnell wie möglich abhauen. Eine Win-Win-Situation, wie er fand.

»Warum bist du so nervös?«, fragte Philip.

»Haben wir etwa keinen Grund dafür? Unsere Tatverdächtigen machen sich heute aus dem Staub.«

»Wir wissen ja, wo sie sich aufhalten werden.«

Hauke verdrehte die Augen. Manchmal war sein Chef ein ganz schöner Klugscheißer.

»Du siehst übermüdet aus«, stellte Philip fest.

»Ich habe schlecht geschlafen.«

»Olivia?«

»Auch.«

»Hast du mit ihr gesprochen?«

»Wir sehen uns Samstag.«

»Sei nett zu ihr.«

»Und wer ist nett zu mir?«

»Wir könnten heute Abend bei Rosi essen.«

Hauke nickte mürrisch.

»Entschuldigen Sie bitte, aber manchmal dauert es eben. Was kann ich für Sie tun?« Der massige Kioskbetreiber war hinter den Verkaufstresen zurückgekehrt und ließ sich auf seinem hohen Hocker nieder. Er wartete mit zwei Computern auf, mit denen man gegen eine geringe Gebühr ins Internet konnte.

Philip reichte ihm ein Foto. »Kennen Sie diesen Mann?«

Der Kioskbetreiber warf einen Blick auf das Gesicht von Spitzer. Peter hatte ihnen das Porträt von der Labor-Website mitgegeben. Eine Leiche wollte niemand sehen, zumal er aufgrund der Schnittwunden nur schwer zu identifizieren war.

»Die Aufnahme ist ca. ein Jahr alt«, ergänzte Philip.

»Nein. Was hat er denn ausgefressen?« Der Mann grinste.

»Er ist tot«, sagte Hauke knapp.

»Oh, tut mir leid. Das konnte ich ja nicht wissen.«

»War in den letzten Tagen jemand bei Ihnen, den Sie nicht kannten?«, fragte Philip.

Der Mann nickte. »Ja, so ein Typ. Der kam zwei- oder dreimal und wollte ins Internet.«

»Wie sah der aus?«, erkundigte sich Hauke.

»Ziemlich groß. Braune Haare. So ein Allerweltstyp eben.«

Hauke unterdrückte ein Schnauben. Solche Zeugen brauchte kein Mensch. »Aber der vom Foto war es nicht, da sind Sie sich sicher?«

Der Kioskbetreiber nickte.

»Können Sie uns sagen, welche Internetseiten er besucht hat?«, wollte Philip wissen.

»Ja, klar. Ich lösche den Verlauf nicht. Man weiß ja nie, auf was für Seiten die Leute sich rumtreiben. Da will ich lieber keinen Ärger kriegen.«

»Dürfen wir uns den Computer mal ansehen?«, bat Philip.

Der Kioskbesitzer rutschte vom Hocker und zwängte sich wieder durch die Regale. »Ihr habt Glück, der ist gerade frei.«

Den Mann, der am Nebentisch saß und offenbar seine E-Mails checkte, schätzte Hauke auf Anfang siebzig. Sie begrüßten sich mit einem kurzen Nicken.

»Lohnt sich das Geschäft überhaupt?«, wollte Hauke wissen.

»Das läuft so nebenbei.« Nach ein paar Klicks öffnete sich der Browser-Verlauf. Das Logo des Geocache-Anbieters stach Hauke sofort ins Auge.

»Darf ich?«, fragte Hauke.

Der Kioskbesitzer machte Platz und Hauke setzte sich auf den freien Stuhl. Sie hörten die Ladentür.

»Ich muss nach vorne, aber ihr kommt ja auch ohne mich zurecht.«

Philip stützte sich auf der Tischplatte ab.

»Ob das unser cacheoftheday ist?«, fragte Hauke.

»In jedem Fall muss er sich als Benutzer registriert haben.«

Hauke öffnete die einzelnen Seiten, doch ohne Log-in kamen sie nicht weiter. »Sieh mal einer an«, raunte er, als er auf die nächste Position im Browser-Verlauf geklickt hatte. »Unser Geocacher hat sich auch für die Pension meiner Schwester interessiert. Und für den Ferienhof.« Die Internetseite des Ferienhofs öffnete sich mit dem Lageplan und der Anfahrtsbeschreibung.

»Klick mal da«, sagte Philip und deutete auf den Button Fahrräder.

Der Ferienhof stellte auch E-Bikes zur Verfügung.

»Ein Blick auf die Räder könnte nicht schaden.«

»Du glaubst, dass cacheoftheday unter den Gästen ist?«

»Es muss einen Grund haben, warum unser Mann sich über den Ferienhof informiert hat.«

»Wenn es nicht Spitzer war, wer dann?«

»Wir müssen tiefer graben.«

Der Kunde neben ihnen warf ihm einen besorgten Blick zu.

»Keine Angst, der ist schon tot«, sagte Hauke und klopfte dem Mann beruhigend auf die Schulter.

Haukes Herz machte einen nervösen Hüpfer, als er in die Auffahrt zum Ferienhof einbog. Um sieben Uhr hatte Hauke seinen Chef heute Morgen abholen müssen. Um diese Uhrzeit war er nicht gerade eine Augenweide. Er hatte extra kalt geduscht, um wach und frisch auszusehen. Vor der Fahrt in die Kieler Rechtsmedizin hatte Philip unbedingt noch einen zweiten Besuch absolvieren und diesen Vogelknaben befragen wollen, bevor die Reisegruppe Kophusen im Ersatzbus verlassen würde. Hauke hatte nichts dagegen gehabt. Im Gegenteil. Um zehn wurde Anne Spitzer in Kiel erwartet. Jetzt war es kurz nach acht. Das würden sie locker schaffen.

Mit einem warnenden Blick stieg Philip aus dem Wagen. Hauke wusste genau, dass er sich von der Reiseleiterin fernhalten sollte. Sein Kribbeln im Magen schien das nicht zu beeindrucken. Vermutlich weilte die dänische Schönheit noch im Bett und schlief. Er hatte sicher nicht das Glück, sie zufällig zu treffen. Mit verstohlenen Blicken zu ihrem Appartement folgte er Philip zum Gebäude, in dem der Vogel-Freak untergebracht war.

Nach dem zweiten Klopfen öffnete Ulrich Wagner ihnen die Tür. Der Mann sah fertig aus, als hätte er sich die Nacht auf einem Hochsitz um die Ohren geschlagen. Nur widerwillig ließ er sie eintreten. Wagner war gerade dabei, seine Sachen in einem dieser modernen Rollkoffer zu verstauen. Sorgfältig wickelte er seine Ausrüstung in Papier ein, als würde es sich um wertvolle Kunstwerke handeln. Der Typ war merkwürdig, fand Hauke. Ein Spinner, aber ihn fragte ja niemand.

Philip zeigte ihm Spitzers Foto. Wagner warf einen betont langen Blick darauf.

»Haben Sie diesen Mann schon einmal gesehen?«

Wagner schüttelte den Kopf und reichte Philip das Foto zurück.

»Sie sind in den letzten Tagen viel unterwegs gewesen. Haben Sie auf Ihren Streifzügen denn ein paar seltene Vögeln entdecken können?«

Hauke wusste, dass Philip sich nicht plötzlich für die Fauna Kophusens interessierte. Er führte etwas im Schilde.

»Leider waren meine Ausflüge nicht sehr ergiebig.«

»Wo beobachtet man in Kophusen Vögel?«

»Das ist ganz unterschiedlich. Bevorzugt in Gebieten ohne allzu viele Menschen.«

»Haben Sie einen Tipp für mich?«

»Ich war ein paar Stunden in dem kleinen Waldstück. Groß ist es ja nicht, aber wenigstens hat es einen Hochsitz.«

»Stimmt. Sonst noch etwas?«

»Auf dem Friedhof.«

»Ist Ihnen bei Ihren Erkundungen jemand aufgefallen, der sich sonderbar verhalten hat?«

»Suchen Sie immer noch nach dem weißen Sprinter?«

»Haben Sie ihn gesehen?«

Verstohlen warf Hauke einen Blick nach draußen auf die Sitzecke. Doch der Gemeinschaftsgarten war leer. Er riskierte einen weiteren Blick auf das Fenster im Haus gegenüber, in dem sich Nørgaards Appartement befand. Wenn er jetzt nichts unternahm, würde er sie nie wiedersehen. Die Chance, so eine Frau kennenzulernen, bekam man nur einmal im Leben. Das würde er sich nicht von seinem Chef versauen lassen. Er tat so, als suche er seine Taschen ab. Philip drehte sich zu ihm um.

»Ich habe mein Telefon im Wagen liegengelassen. Bin gleich wieder da.«

Ehe sein Chef protestieren konnte, eilte Hauke ins Freie. Zu dieser unchristlichen Uhrzeit klopfte er normalerweise nicht bei einer Frau an, aber in dieser Situation blieb ihm nichts anderes übrig. Wenn sie aus Kiel zurück waren, würde sie nicht mehr hier sein. Leise klopfte er gegen die Terrassentür. Es dauerte nicht lange und Nørgaards Gesicht erschien neben der Gardine. Sie wirkte freudig überrascht. Lächelnd öffnete sie die Tür.

»Herr Thomsen, so früh? Haben Sie noch eine Frage?«

»Frau Nørgaard, eigentlich wollte ich mich nur von Ihnen verabschieden.«

Sie sah ihn irritiert an. »Äh. Das ist aber nett von Ihnen.« Sie streckte die Hand aus.

Ihr Lächeln war umwerfend. Hauke nahm ihre Hand und verbot sich, ihr einen Kuss auf den schmalen Handrücken zu geben. Das wäre zu dick. »Gute Reise und grüßen Sie mir die Insel.«

»Mache ich. Sind Sie mit Ihren Ermittlungen weitergekommen?«

»Ja und nein. Falls wir noch Fragen haben sollten, wie können wir Sie erreichen?«

»Warten Sie, ich gebe Ihnen meine Visitenkarte.«

Ungeduldig wechselte er sein Standbein, bis sie wieder im Türrahmen erschien und ihm die Karte reichte.

»Danke.«

»Rufen Sie an, wenn ich etwas für Sie tun kann.«

»Das mache ich.« Hauke tippte mit dem Finger gegen seine Dienstmütze und wandte sich zum Gehen. Sie wussten beide, dass er sie anrufen würde. Ihr Blick hatte sie verraten. Hauke kannte sich mit den Signalen einer Frau aus. Sorgfältig verstaute er die Karte in der Brusttasche seiner Uniform und eilte zurück zu Wagners Appartement.

Als er ankam, trat Philip gerade aus der Tür und schloss diese hinter sich. »Und, hast du dein Telefon gefunden?«, fragte er und schlug den Rückweg zum Wagen ein.

Sein Chef hatte sein Manöver wohl nicht durchschaut.

»Ja, es lag auf dem Sitz. Und du? Hast du etwas aus Wagner herausbringen können?«

»Der Mann ist kein Hobby-Ornithologe.«

»Wie kommst du darauf?«

»Alles, was er sagt, klingt auswendig gelernt. Ohne Emotionen, ohne Leidenschaft.«

Zurück im Wagen bat Philip Peter telefonisch, sich beim Busunternehmen nach Ulrich Wagner zu erkundigen. Hauke gab sich unterdessen einem Tagtraum mit Freija hin. Zufrieden strich er über die Uniformtasche mit ihrer Visitenkarte und überlegte, wann er sie anrufen sollte.

Philip beendete sein Gespräch.

»Können wir?«

Hauke startete den Motor.

»Ich werde das Gefühl nicht los, dass einige Teilnehmer dieser Reisegruppe nicht das sind, wofür sie sich ausgeben.«

Philips Worte hallten in Haukes Kopf nach. Vielleicht steckten die wirklich alle unter einer Decke und seine Idee mit dem gemeinschaftlichen Mord im Sylter Busexpress war gar nicht so abwegig. Er bog auf die Hauptstraße ab. Nach einigen Metern kam ihnen ein Wagen entgegen, den er nur zu gut kannte.

»Da ist Alfred«, sagte Hauke und winkte ihrem früheren Stationsleiter zu.

»Was macht der hier um diese Uhrzeit?«, wunderte sich Philip und hob ebenfalls die Hand.

Alfred Wilke erwiderte den Gruß. Im Rückspiegel sah Hauke, wie er rechts in Richtung Ferienhof abbog. »Keine Ahnung. Senile Bettflucht?«, schlug Hauke scherzhaft vor. »Oder er hat einen neuen Job in der Tourismus-Branche. Eine knappe Zimmermädchen-Uniform steht ihm bestimmt gut.«

19

»Dass ich das noch erleben darf!«, begrüßte Bruno ihn, als Goldberg durch die Tür kam. Der Rechtsmediziner zog den Mundschutz ab und kam mit ausgebreiteten Armen auf ihn zu. Goldberg hatte seinen alten Freund vermisst. Nach einer kurzen Umarmung wandte Bruno sich Hauke zu. Der streckte förmlich die Hand aus, doch ließ sich schließlich widerwillig von Bruno ebenfalls in die Arme schließen.

»Ist die für mich?«, fragte Bruno und deutete auf die Reisetasche in Haukes Hand.

Hauke nickte. »Das volle Programm. Bitte auch die Schneekugel. Und Vorsicht, nicht erschrecken!«

Brunos schmaler Körper steckte in einem dieser giftgrünen OP-Anzüge. Es raschelte bei jeder Bewegung. Neugierig zog er den Reißverschluss der Tasche auf. »Was haben wird denn da?« Er schlug den weißen Stoff zurück. »Wow! Die ist hässlich! Kriegt man so was in eurem Supermarkt als Andenken?«

»Das würde ich verbieten«, erwiderte Hauke.

Bruno lachte. »Ihr könnt von Glück reden, dass ich so kooperativ bin und die Tasche an die Kollegen übergebe.«

Bruno stellte sie unter seinen Schreibtisch. Dann streifte er sich seine Kopfbedeckung ab und seine dunklen Locken kamen zum Vorschein.

Diese rechtsmedizinischen Untersuchungsräume sahen überall gleich aus, fand Goldberg. Weiß gefliest mit glänzenden Metalltischen. Einige Instrumente lagen verstreut auf der Ablage am Fenster.

»Wie ihr seht, hat sich hier nichts verändert.« Bruno machte eine einladende Geste. »Neue Ergebnisse habe ich noch nicht. Aber wenn ihr Lust habt, kann ich euch eine Leiche zeigen.«

Hauke winkte dankend ab. »Das letzte Mal hat mir gereicht.«

»Auch für mich nicht, danke.«

»Schade, sie ist eine echte Augenweide. Solche Verletzungen seht ihr in Kophusen sicher nicht oft.«

»Weiß Frau Spitzer, dass du ihren Bruder bereits obduziert hast?«, fragte Goldberg.

»Ja, ich habe mit ihr telefoniert.«

»Ist das üblich, dass Angehörige die Leiche sehen wollen?«, fragte Hauke.

»Na ja, das kommt schon vor. Sie war ziemlich skeptisch, weil sie sich nicht vorstellen konnte, was ihren Bruder nach Kophusen geführt hatte.«

»So viel zum Thema Vertrauen in die Behörden«, kommentierte Hauke.

»Wo ist er?«, fragte Goldberg.

»Ich habe die Leiche in den Besucherraum bringen lassen.«

Bruno führte sie zum Ende des Flurs, wo er eine Metalltür zu einem kleinen Raum aufschob. In der Mitte stand eine Bahre, auf der Spitzer unter einem Leichentuch lag. Links von ihnen befand sich ein großes Waschbecken. Ansonsten war der Raum leer. Die Leiche wirkte verloren, dachte Goldberg, als es klopfte. Die Tür hinter ihnen ging auf. Ein Kollege von Bruno lugte herein.

»Bist du fertig?«, fragte er.

Bruno nickte.

»Bitte sehr.« Der Kollege schob die Tür ganz auf.

Frau Spitzer trug ein schwarzes, enganliegendes Kleid, das bis zu ihren Waden reichte. Ihre braunen Haare hatte sie zu einem Pferdeschwanz gebunden. Die randlose Brille verschwand in ihrem blassen Gesicht. Bruno trat auf sie zu, als noch jemand im Türrahmen erschien. Zu ihrer aller Überraschung war Anne Spitzer nicht allein. Der Mann, der sie begleitete, sah wie ein Bodyguard aus. Breite Schultern, dunkle Jeans und ein Sportjackett. Fehlte nur noch die schwarze Sonnenbrille und ein geringeltes Kabel, das ihm aus dem Ohr hing. Goldberg und Hauke wechselten einen kurzen Blick. Bruno reichte ihr die Hand.

»Mein Beileid, Frau Spitzer.«

Geräuschvoll schloss der Kollege die Tür. Stille senkte sich über die kleine Gruppe. Aus den Akten wusste Goldberg, dass die Schwester des Toten nicht verheiratet war. Außerdem wirkte der Mann nicht wie ein Ehemann, der seine Frau auf diesem schweren Gang begleitete.

»Das sind die Kollegen aus Kophusen, die ihren Bruder gefunden haben«, durchbrach Bruno das Schweigen.

Sie kämpfte mit den Tränen, als sie sich die Hände reichten und sie die Beileidsbekundungen entgegennahm.

»Danke. Das ist ein … Freund. Er war so nett, mich zu begleiten.«

Der Mann kam näher, schüttelte Bruno ebenfalls die Hand, doch er sagte kein Wort. Für Goldberg und Hauke hatte er nur ein stummes Nicken übrig. Man brauchte kein besonderes Gespür, um zu begreifen, dass hier etwas faul war. Die Art, wie Anne Spitzer ihren Begleiter ignorierte, signalisierte Goldberg, dass er weder ein enger Freund war, noch, dass sie ihn gebeten hatte mitzukommen. Geradezu unbeteiligt trat der Mann an die Leiche heran. Der Abstand zu Anne Spitzer war auffallend groß. Goldberg vermutete, dass die beiden sich erst vor Kurzem kennengelernt hatten.

Bruno ging zum Kopfende der Bahre und enthüllte das Gesicht. Der Anblick traf sie wie ein Schlag. Auf den Tod konnte man sich nicht vorbereiten. Egal, wie sehr man es auch versuchte. Anne Spitzer brach in Tränen aus. Der Mann neben ihr legte ungelenk eine Hand auf ihre Schulter. Goldberg beobachtete, dass er den Blick nicht von dem Toten nahm, und das, obwohl seine angebliche Freundin unbeholfen in ihrer schwarzen Handtasche kramte. Bruno zog ein Päckchen Taschentücher aus der Hosentasche seiner OP-Kleidung und reichte es ihr. Dankbar nahm sie es an sich und wischte sich die Tränen von den Wangen. Der Kommissar unterdrückte den Reflex, ihr den Arm, um die Schultern zu legen. Ihr sogenannter Freund unterließ es ebenfalls. Anne Spitzer trat einen Schritt näher und die Hand des Mannes glitt von ihrer Schulter wie ein schlaffer Handschuh. Behutsam fuhr sie mit ihren dünnen Fingern über die Wange ihres Bruders. Sie beugte ihren Oberkörper hinab und gab ihm einen Kuss auf die Stirn.

»Mach's gut«, flüsterte sie, bevor ihre Stimme in ein Schluchzen überging.

Goldberg wandte den Blick ab. Diesen intimen Moment wollte er nicht stören. Hauke hatte sich in den Hintergrund zurückgezogen. Für ihn war es sicher nur schwer erträglich. Bruno hingegen hatte keine Berührungsängste.

»Ich habe die Leiche Ihres Bruders freigegeben. Sie können die Überführung veranlassen.«

Sie nickte stumm, ohne die Augen von Lennart Spitzer zu lassen.

»Wenn Sie Hilfe bei den Formalitäten brauchen, sagen Sie Bescheid.« Brunos Stimme klang anders als sonst. Er sprach leise und sanft.

Anne Spitzer hob den Kopf. »Hat er leiden müssen?«

»Nein, es war ein schneller Tod«, log Bruno.

Sie wandte sich Goldberg zu. »Wissen Sie, wer das getan hat?«

Abrupt drehte sich der fremde Mann zu ihm und sah ihn aufmerksam an. Er versuchte nicht einmal, Mitgefühl vorzutäuschen.

»Leider nein«, erwiderte Goldberg.

»Haben Sie einen Verdacht?«

Beide Augenpaare waren auf ihn gerichtet.

»Wir dachten, dass Sie uns behilflich sein könnten, das Bild ihres Bruders zu vervollständigen.«

Sie blickte auf den Leichnam. »Lennart war der liebste und gerechteste Mensch, den ich kenne.«

»Können wir irgendwo ungestört reden?«, fragte Goldberg an Bruno gewandt.

»Ich bringe euch in mein Büro.« Pietätvoll schlug Bruno das Laken zurück, bevor er sie aus dem Raum führte.

Hauke stand mit dem Rücken zur Tür, als wolle er sichergehen, dass der angebliche Freund von Anne Spitzer nicht doch noch in Brunos Büro platzte. Der Mann war sichtlich irritiert gewesen, als Goldberg ihn gebeten hatte, draußen zu warten. Er hatte versucht, seine Anwesenheit mit Besorgnis zu rechtfertigen, doch Anne Spitzer hatte trotz ihrer Trauer begriffen, dass die beiden Polizisten ungestört mit ihr reden wollten. Lange ließ der Mann sich bestimmt nicht abwimmeln, deshalb kam Goldberg gleich zur Sache.

»Frau Spitzer, wer ist der Mann, der Sie begleitet?«

»Warum fragen Sie?«

»Es ist offensichtlich, dass er kein enger Vertrauter ist. Werden Sie bedroht?«

»Nein.« Sie hob überrascht den Kopf. »Wie kommen Sie denn darauf?« Sie knetete ihre Gelenke, als hinge davon ihr Leben ab.

»Frau Spitzer, Ihr Bruder ist ermordet worden. Seine Wunden im Gesicht stammen von einem Messer.« Es tat ihm zwar leid, aber anders würde er sie wohl nicht zum Reden bringen. »Der, der das getan hat, war ziemlich wütend auf Ihren Bruder. Also: Wer ist Ihr Begleiter?«

»Er ist ein Arbeitskollege von Lenni. Er rief mich überraschend an, stellte sich als Lars Unger vor und fragte, ob er etwas für mich tun könne. Ich habe ihm erzählt, dass ich in die Gerichtsmedizin nach Kiel fahren würde, da hat er mir angeboten, mich in Hamburg am Bahnhof abzuholen. Er sagte, dass die ganze Firma sehr bestürzt über den Tod von Lenni sei und dass sie alles tun werden, um mich zu unterstützen.«

»Woher hatte er Ihre Nummer?«

»Keine Ahnung.«

»Und das hat Sie nicht stutzig werden lassen?«, fragte Hauke.

»Nein. Ich weiß, dass Lenni sehr beliebt bei seinen Kollegen war. Auf der Fahrt hat er viele Fragen gestellt. Aber ich habe mir nichts dabei gedacht.«

»Was wollte er von Ihnen wissen?«, erkundigte sich Goldberg.

»Alles Mögliche über Lenni und warum er hier war.«

»Was haben Sie ihm gesagt?«

»Nichts. Ich weiß ja nichts. Nur, dass wir uns sehr nah standen. Wir haben uns zwar nicht oft gesehen, aber wir haben häufig telefoniert.«

»Fühlte sich Ihr Bruder in letzter Zeit von irgendjemandem bedroht?«

»Nein, nicht dass ich wüsste.«

»Sie sagten, ihr Bruder sei der gerechteste Mensch, den Sie kennen. Was meinten Sie damit?«

»Er war schon als Kind so. Immer wenn jemand ungerecht behandelt wurde, hat er sich für denjenigen eingesetzt. Es machte ihn richtig wütend.«

»Hat er sich damit Ärger eingehandelt?«

Sie schüttelte den Kopf.

»Und beruflich? Hat er sich da auch sehr engagiert?«

»Er mochte seinen Job. In Gesellschaft von Zahlen und Geschäftsberichten fühlte er sich wohl.« Sie lächelte. »Er war auch im Betriebsrat und hat sich für alle stark gemacht.«

»Kannten Sie Freunde von ihm?«

»Nein.«

»Sagt Ihnen der Name Ansgar Ritscher etwas?«

Sie überlegte kurz. »Nein.«

»Leo Dressler?«

»Auch nicht.«

»Wissen Sie, was Ihr Bruder in Kophusen gewollt hat?«

»Wir haben am Freitag zuletzt gesprochen und da erzählte er mir, dass er ein paar Tage verreisen wolle.«

»Sonst nichts?«

Sie schüttelte den Kopf.

»Und das haben Sie auch dem Arbeitskollegen Ihres Bruders gesagt?«

»Ja.«

»Hat er Ihnen von Lennarts Arbeit erzählt?«

»Nein.«

»Hatte er in letzter Zeit Ärger mit Kollegen oder seinem Chef?«

»Nie.«

»Sie können sich nicht vorstellen, wer Ihren Bruder ermordet haben könnte?«

Ihre Augen wurden feucht. »Nein. Ich verstehe das nicht. Er war ein ruhiger, friedvoller Mensch, immer für andere da. Warum sollte ihn jemand umbringen? Ist er vielleicht verwechselt worden?«

Ein interessanter Gedanke, fand Goldberg. Aber angesichts ihres verdächtigen Begleiters eher unwahrscheinlich. »Wir gehen im Moment sämtlichen Hinweisen nach. War er mit jemandem liiert?«

Sie verneinte. Auch die Frage, ob ihr Bruder hier oben im Norden Freunde oder Bekannte hatte, beantwortete sie mit einem Kopfschütteln. Entweder waren sich die beiden lange nicht so nah, wie sie gedacht hatte, oder aber Lennart Spitzer hatte den Ausflug nach Kophusen vor ihr verheimlicht. Vielleicht hatte er sie damit vor irgendwem schützen wollen?

»Kommt Ihnen diese Reisetasche bekannt vor?«, mischte sich Hauke ein und hielt ihr sein Smartphone vor die Nase.

»Ja, die gehört meinem Bruder.« Erneut wurde sie von ihren Tränen übermannt. »Sie hat ihm gehört«, verbesserte sie sich leise.

Goldberg wollte sie nicht länger quälen. Er gab ihr seine Visitenkarte. »Bitte rufen Sie mich an, wenn Ihnen noch etwas einfällt.«

»Glauben Sie, er wurde von seinem Arbeitgeber ermordet?«

Goldberg zuckte mit den Schultern. »Eine letzte Frage noch: Besaß Ihr Bruder ein Mobiltelefon oder einen Laptop?«

Sie sah ihn überrascht an. »Natürlich. Er ging nie ohne aus dem Haus.«

Jemand musste die Geräte also an sich genommen haben. Genauso, wie sie vermuteten. Der Kommissar reichte ihr die Hand zum Abschied.

»Herr Goldberg, Sie müssen den Menschen finden, der das getan hat.«

Statt einer Antwort erwiderte Goldberg ihre Bitte mit einem festen Händedruck.

Hauke hielt ihr die Tür auf.

Draußen wartete der Mann auf sie. Goldberg hatte zwar kein gutes Gefühl dabei, sie in seine Obhut zu geben, aber sie waren nicht hinter ihr her.

»Da bist du ja«, sagte Spitzers Kollege. »Alles okay?«

Sie nickte.

»Sollen wir noch etwas von deinem Bruder mitnehmen? Persönliche Sachen vielleicht?«

Anne Spitzer schaltete rasch und schüttelte den Kopf.

Die Frage des Mannes überraschte Goldberg nicht. Spitzer hatte sterben müssen, weil er etwas besessen hatte, das dem Institut gefährlich werden konnte, so viel verriet ihm die Anwesenheit dieses Mannes. Der Kommissar widerstand dem Impuls, ihn in die Mangel zu nehmen. Es hätte seine Auftraggeber nur aufgeschreckt und er wollte Anne Spitzer nicht unnötig in Gefahr bringen. Er war froh, wenn sie heil im Zug Richtung Düsseldorf saß. Der Mann suchte nach etwas, das Spitzer bei sich gehabt haben musste. Möglicherweise hatte er Beweise auf seinem Laptop gesichert. Wenn dem so war, waren diese Dateien jetzt im Besitz des Mörders oder aber sie waren bereits vernichtet worden. Hatte das Institut einen Mörder geschickt? Dressler und Ritscher? Oder waren die beiden so unschuldig, wie sie taten? Möglicherweise hatte Spitzer aus Düsseldorf fliehen müssen und Hilfe bei ihnen gesucht. Vor wem oder was, wusste Goldberg noch nicht. Aber er würde es herausfinden.

20

Mittlerweile war es fast Mittag. Die Ankunft des Ersatzbusses rückte immer näher. Peter war nervös. Von seinem Plan hatte er den Kollegen nichts erzählt. Philip würde es nicht gefallen und Hauke würde sich nur wieder aufregen. Wie ihr ehemaliger Dienststellenleiter Alfred Wilke es anstellen wollte, wusste Peter nicht. Es war nicht nötig gewesen, ihn zu überreden. Auf Alfred konnte man sich verlassen. Seit seiner Pensionierung wandelte er an einem Abgrund. Seine Frau Karin hatte ihm die verschiedensten Hobbys ans Herz gelegt, aber keines davon hatte Alfred lange durchgehalten. Einzig das Angeln war ihm geblieben. Ihm fehlten seine Arbeit und das Gefühl, gebraucht zu werden. Selbst in der Kophusener Feuerwehr hatte er es probiert. Doch für den aktiven Dienst kam er aufgrund einer Herzrhythmusstörung nicht infrage. Sie hatte sich absurderweise erst nach seinem Berufsleben entwickelt. Vielleicht war es nur logisch. Alfred litt an traurigem Herzen, da konnte man schon mal aus dem Rhythmus kommen.

Um seine Nervosität in Schach zu halten, widmete Peter sich dem Bericht der Itzehoer Kollegen. Sie hatten am Montag nach dem Leichenfund die Nachbarn des leerstehenden Hofes befragt. Es gab nicht viele. Und wie erwartet hatte niemand etwas gesehen oder gehört. Die Ergebnisse des Vergleichs vom Reifenprofil am Tatort und des Kastenwagens lagen noch nicht vor. Peter war sich ziemlich sicher, dass sie übereinstimmen würden.

Die Kollegen hatten zudem noch einmal mit Gerrit Lange gesprochen und seine Zeugenaussage aufgenommen. Keine neuen Erkenntnisse. Der Familienvater hatte sehr aufgewühlt gewirkt, als sie beim Haus eingetroffen waren. Während den beiden Mädchen das Abenteuer sichtlich zu gefallen schien, war ihr Vater damit beschäftigt gewesen, sie zu beschützen. Peter konnte das gut verstehen. Eine Leiche war kein Anblick, den man Kindern zumuten durfte.

Wo war Spitzer ermordet worden? Es musste einen Grund geben, warum man ihn nicht dort gelassen, sondern zu dem unbewohnten Hof geschafft hatte. Und warum fuhr der Täter nach Spitzers Tod mit dem Kastenwagen in der Gegend herum? Weshalb ließ er den Wagen nicht gleich verschwinden?

Wenn der Chef richtig lag und die Caches zur Kommunikation benutzt wurden, für wen waren die Nachrichten bestimmt? Und hatte dieser Jemand sie bekommen? War die Leiche ein Zeichen oder womöglich eine Warnung gewesen? Peter schlug sein Dossier auf. Er hatte sich die registrierten Geocaches rund um das Haus notiert. Es waren insgesamt fünf. Allerdings waren die anderen schon einige Monate alt. Sie konnten nichts mit ihrem Leichenfund zu tun haben.

Er resümierte die Ergebnisse seiner morgendlichen Recherche. Akribisch hatte er sämtliche Informationen über die Busreisenden zusammengetragen. Die einzige Person von Interesse war Ulrich Wagner. Nach Philips Anruf hatte Peter das Busunternehmen angerufen und um eine Kopie von Wagners Reiseunterlagen gebeten. Das Fax war innerhalb von wenigen Minuten eingetroffen. Nicht nur, dass es zu den Adressdaten keine passende Meldebestätigung gab, Ulrich Wagner hatte die Reise als Einziger kurzfristig erst am Freitag gebucht. Peters Suche im Internet war erfolglos geblieben. Der Name bot zu viele Treffer und sie alle hatten nichts mit dem Mann zu tun, der hier in Kophusen festsaß.

Peter hörte den Streifenwagen vorfahren. Ungeduldig wartete er, bis seine Kollegen eintraten. »Und, was gibt es Neues?«

Hauke warf seine Jacke über die Stuhllehne und setzte sich. »Frag den da. Der hat mal wieder die passende Erklärung.«

Peter sah zu Philip, der geradewegs in die Küche ging, um sich ein Glas Wasser zu holen.

»Anne Spitzer war nicht allein«, erwiderte Philip, als er sich auf den Tresen geschwungen hatte.

»Wie, nicht allein?«, hakte Peter nach.

Philip berichtete ihm von dem Mann.

»Da ist doch etwas oberfaul. Welcher Kollege übernimmt denn die Kosten für die Beerdigung?«

»Der Typ war kein Kollege«, ergänzte Hauke, wobei er das Wort Kollege gestisch in Anführungszeichen setzte.

»Wieso?«

»Der benutzt Anne Spitzer nur.«

»Sie hat uns bestätigt, dass die Reisetasche ihrem Bruder gehörte«, ergänzte Philip.

»Wusste sie, dass er in Kophusen war?«

Philip schüttelte den Kopf. »Nein. Er hat ihr nur gesagt, dass er für ein paar Tage verreisen würde.«

»Anne Spitzers Begleiter ist hinter etwas her, was Spitzer besessen hat. Bis jetzt ist es nicht wieder aufgetaucht«, überlegte Peter.

Philip nickte. »Das denke ich auch. Und das ist der Grund, warum er sterben musste.«

»Ein Auftragskiller?«

»Ich glaube kaum, dass der sich seelenruhig in der Gerichtsmedizin blicken lässt«, kommentierte Hauke auf dem Weg in die Küche.

»Der angebliche Kollege hat Lennarts Schwester in Hamburg abgeholt. Ich halte es für eher unwahrscheinlich, dass der Mann bereits hier oben gewesen ist.«

»Denke ich auch. Sonst hätte er nicht nach ihm gesucht«, sagte Peter. »Folglich muss irgendjemand anderes Spitzer die Sachen abgenommen haben, oder er hat sie selbst versteckt.«

»Und wo sollen sie dann jetzt sein?«, mischte Hauke sich ein. Er blieb mit seinem Lieblingsbecher im Türrahmen stehen. »Bisher dachten wir doch, dass Spitzer den Bus verfolgt hat, weil er an irgendetwas oder irgendjemanden interessiert war. Und jetzt soll er etwas besessen haben? Da komme ich nicht mehr mit.«

»Womöglich ist er nur ein Kollateralschaden und ist irgendjemandem in die Quere gekommen«, schlug

Peter vor. »Seid ihr in dem Kiosk weitergekommen?«

Hauke fasste den Besuch kurz zusammen. »Aber die Beschreibung ist unterirdisch. Ein Allerweltsgesicht!« Hauke schnaubte.

»Ich habe auch etwas herausgefunden.« Peter berichtete ihnen von Ulrich Wagner.

»Das ist unser Mann«, sagte Philip.

»Das ist doch alles total verworrener Mist«, fluchte Hauke.

»Eins nach dem anderen«, begann Philip beschwichtigend. »Wir sind uns einig, dass Spitzer dem Bus gefolgt ist. Die einzige Verbindung, von der wir wissen, besteht zu Ritscher und Dressler. Das bedeutet, Spitzer könnte mit dem belastenden Material Ritscher gefolgt sein, um es ihm zu zeigen. Immerhin gehört dem Mann das Institut zur Hälfte.«

»Okay, aber wer ist dann Ulrich Wagner?«, fragte Peter.

»Wir drehen uns im Kreis«, stöhnte Hauke.

»Nicht unbedingt«, entgegnete Philip. »Wenn das stimmt, war Spitzer vermutlich doch allein unterwegs. Der Mann in Annes Begleitung könnte ihm gefolgt sein, um an das Material zu kommen.«

»Also doch der Mörder?«, fragte Hauke.

»Das ganze Institut wird von der Freundschaft zwischen Ritscher und Spitzer gewusst haben. Was ist, wenn Wagner auf Ritscher angesetzt war, falls Spitzer Kontakt mit ihm aufnimmt?«, warf Peter ein und linste verstohlen auf sein Telefon. Alfred wollte sich doch melden, sobald es erledigt war.

»Das Material muss ganz schön brisant sein«, spann Hauke den Faden weiter. »Wir sollten herausfinden, was die da im Institut getrieben haben. Spitzer war in der Buchhaltung tätig. Vielleicht haben die Millionenbeträge beiseitegeschafft und er ist ihnen auf die Schliche gekommen. Gut möglich, dass er die sogar mit seinem Wissen erpresst hat«, sagte Hauke gerade, als er vom Klingeln seines Handys unterbrochen wurde.

»Moin, Jan, ist etwas mit Rosis Katzen?«, fragte er den Kophusener Tierarzt, der offenbar am anderen Ende war. Hauke lauschte angestrengt in den Hörer. »Ja, ist gut. Wir sind schon unterwegs.« Er beendete das Gespräch.

»Was ist? Frisst Hilde wieder mal nicht?«

»Nee. Jan hat eine Armbanduhr gefunden.«

»Und deshalb ruft er an?«, fragte Peter.

»Sie ist voller Blut.«

Peter riss die Augen auf. »Wo?«

»Am Schwarzwasser. Könnte sein, dass wir den Tatort haben.«

21

Sie begrüßten sich mit einem kurzen Nicken. Vom Händeschütteln nahm Hauke lieber Abstand. Holthusen Arm mitsamt dem langen Plastikhandschuh steckte im After einer Kuh. Hauke verzog das Gesicht. Den Kopf der Kuh hielt der Landwirt Volker Bruhn, der beruhigend auf sein Tier einsprach.

Immer wenn Hauke den Kophusener Tierarzt traf, musste er unwillkürlich an Hilde Deterding denken, die offenbar nichts dagegen gehabt hatte, sich von einem Mann behandeln zu lassen, der Kühen und Pferden in die Eingeweide griff. Holthusen hatte ein Humanmedizinstudium abgeschlossen, sich dann aber für die Behandlung von Tieren entschieden und Veterinärmedizin studiert. Sein Bauchumfang schien seit dem letzten Treffen um einige Zentimeter gewachsen zu sein. Die dunkle Hose saß bedenklich weit unten.

Holthusen nickte mit dem Kinn in Richtung Schwarzwasser. Der breite Wasserlauf führte von Glückstadt bis nach Grönland.

»Ich habe nichts angefasst«, rief er, die Hand noch immer in dem schwarz-weiß gefleckten Tier. »Ich weiß ja, das macht man nicht in eurem Fach.« Er lachte. »Meine Patientin hier hätte die Uhr beinahe ge-fressen.«

Die Wiese, auf der Bruhns Kühe weideten, grenzte an die Buskehre kurz hinter Kophusens Ortsschild. Der Fluss schlängelte sich an der Grünfläche entlang, bevor er sich nach links Richtung Ferienhof wandte.

Hauke bedankte sich und folgte Philip die wenigen Meter ans Ufer. Die goldene Herrenarmbanduhr lag im Gras. Sie sah teuer aus. Ziemlich protzig, fand Hauke. Passte gut zu der Reisetasche, die sie im Bus gefunden hatten. Sein Chef streifte sich Handschuhe über und tütete ihren Fund in einen Plastikbeutel ein. Das Ziffern-blatt zeigte 22:14 Uhr. Ob das die Tatzeit war, war sicher nicht mehr zu klären. Auf dem Gehäuseboden entdeck-ten sie eine Gravur.

In Erinnerung an unsere gemeinsame Zeit.
In Liebe, Ansgar

Hauke stieß einen Pfiff aus. »Vielleicht waren die doch mehr als nur gute Freunde.« Ein lautes Muhen erklang. Hauke sah, wie Holthusen beherzt ein Stückchen tiefer griff. Bruhn hatte Mühe, seine Kuh zu halten.

»Ruf die Kollegen an und hol das Absperrband.«

Den Anruf erledigte Hauke schon im Gehen.

»Volker, hast du in letzter Zeit jemanden hier rum-stromern sehen?«, rief Hauke und kam vorsichtig näher. Er traute diesen riesigen Tieren nicht über den Weg. Ihre massigen Körper unterschätzte man lieber nicht.

»Geht es um die Leiche von Henry Petersen?«

»Du solltest nicht alles glauben, was man sich erzählt. Das weißt du doch.«

»Aber eine Leiche habt ihr?«, mischte sich Holthusen ein, während er behutsam den Arm aus dem Inneren der Kuh zog.

Hauke nickte und konnte nicht anders, als Mitleid für das Tier zu empfinden. Wer gewährte einem Fremden schon gern so tiefe Eingriffe in sein Selbst?

»Also, ich habe niemanden gesehen«, sagte Bruhn. Er streichelte den Kopf der Kuh und entließ sie aus seinem Griff. »Aber am Sonntagabend stand ein weißer Kastenwagen an der Buskehre. Als ich später meine letzte Runde gedreht habe, war er weg.«

»Wann genau war das?«, kam es von Philip, der inzwischen ebenfalls bei ihnen angekommen war.

»Gegen 23 Uhr.«

»Haben Sie das Kennzeichen erkennen können?«

»Der war nicht von hier. Irgendwas mit D. Ich erinnere mich nicht mehr. Hier stehen ja öfter mal fremde Fahrzeuge.«

»Und du hast niemanden gesehen?«, fragte Hauke.

Bruhn schüttelte den Kopf.

»Warst du in den letzten Tagen auch hier?«, erkundigte sich Philip bei dem Tierarzt.

»Ja, gestern und vorgestern.«

»Hast du etwas bemerkt?«

Jan entledigte sich seiner Handschuhe und stopfte sie in eine Plastiktüte. »Nein.« Und nach kurzem Überlegen: »Oder doch. Ella hatte Blut am Hinterlauf, aber keine sichtbare Verletzung. Ich habe mir allerdings nichts dabei gedacht.«

»Welche ist Ella?«, fragte Philip.

Jan sah sich um und entdeckte das Tier einige Meter

von ihnen entfernt. »Die da mit dem großen Fleck um das linke Auge.«

Philip forderte Jan auf, ihm das Tier zu zeigen. Hauke folgte ihnen, während Volker sich den Euter einer anderen Kuh besah. Das Blut an Ellas linkem Hinterbein war längst getrocknet. Ein kleiner Fleck, nicht größer als ein Ein-Euro-Stück.

»Ich kann eine Probe nehmen.«

»Ja, das wäre gut.«

Der Arzt ging zu seiner Tasche und kehrte mit einer Pinzette und einem Plastikbehälter zurück. »Ihr müsst sie festhalten. Das kann zwicken.«

Philip bedeutete Hauke, sich auf die andere Seite des Tieres zu begeben. Widerwillig stapfte er durch das Gras.

»Wo soll ich denn anfassen?«, brummte er. »Nicht, dass die nachher noch ausschlägt.«

»Das ist doch kein Pferd«, amüsierte sich Holthusen.

»Ha, ha, ha. Sehr witzig.«

»Du bist doch hier aufgewachsen. Warst du nie auf einem Bauernhof?«, fragte Jan ungläubig.

»Warum sollte ich? Ich bin Polizist geworden und kein Bauer.«

»Nicht mal von der Schule aus?«

»Da war ich krank.«

Bruhn kam zu ihnen herüber »Lass mich das lieber machen.«

Doch Hauke wollte sich keine Blöße geben. Von einer Kuh ließ er sich doch nicht vorführen. Vorsichtig nahm er Ellas Kopf in beide Hände. Das Tier fühlte sich überraschend weich an. Ihre großen, dunklen Augen blickten zu ihm auf. Hauke wehrte sich gegen das in ihm aufkeimende Gefühl der Zärtlichkeit. Plötzlich hing ein rosafarbener Lappen aus ihrem Maul. Einige Grashalme klebten an der schleimigen Zunge. Hauke drehte den Kopf angewidert zur Seite. Ein protestierendes Muh erklang und Ella befreite sich beleidigt aus seinem Griff.

»Du sollst sie festhalten«, rief Jan.

»Tue ich ja. Die hat verdammt viel Kraft.« Hauke musste an Henry Petersen denken. Auf einmal erschien es ihm gar nicht mehr so abwegig, dass er von einem seiner Jungbullen totgetrampelt worden war, aber das erklärte noch immer nicht, wo seine Leiche abgeblieben war.

Bruhn und Philip sahen sich das Schauspiel an.

»Ich hab's gleich.« Der Tierarzt verschwand hinter Ellas massigem Körper. Als sein Kopf wieder auftauchte, schraubte er den kleinen Plastikbehälter gerade wieder zu und reichte ihn Philip.

»Ist dir sonst jemand im Ort aufgefallen?«, fragte der. »Oder hast du etwas gehört? Du kommst doch viel rum.«

Jan überlegte. Dann erschien ein breites Grinsen auf seinem Gesicht. »Joachim Meyer. Ihr wisst schon, der Schweinebauer.«

Die Beamten nickten.

»Was ist mit ihm?«, fragte Hauke.

»Ich war am Montag bei ihm. Eine Sau hatte sich verletzt. Und auf dem Weg dorthin habe ich einen weißen Sprinter gesehen. Er kam mir in einem Affentempo entgegen.«

»Auf welcher Strecke war das?«

»Hier auf der Landstraße. In der Kurve. Als würde er flüchten.«

»Wann genau war das?«

»Es muss gegen 18 Uhr gewesen sein. Nach meiner Kleintiersprechstunde.«

»Hast du erkannt, wer hinter dem Steuer saß?«

»Nee, der war zu schnell.«

Hauke warf Philip einen kurzen Blick zu. Ihr Mörder kam viel rum in Kophusen.

»Danke, Jan.«

»Immer gern. Ich muss zurück in die Praxis.« Holthusen packte seine Sachen zusammen.

»Passt mir ja auf die Kühe auf. Nicht, dass die Tiere sich erschrecken«, mahnte Bruhn und gemeinsam fuhren die beiden in Jans altem Jeep davon.

Die behandelte Kuh blickte dem Auto nach. Ob sie die intimen Augenblicke mit Holthusen vermisste oder sich über seinen rüden Abgang ärgerte, vermochte Hauke nicht zu deuten.

Philip schien nachdenklich. Sein Blick driftete ins Leere, was hier mitten auf der Wiese nicht sonderlich schwer war.

»Was denkst du?«, fragte Hauke. »Ist das der Tatort?«

»Dem Anschein nach ja. Aber was hat Spitzer hier an der Buskehre gemacht? War er mit seinem Mörder verabredet?«

»Vielleicht war er ein Naturbursche. Im Ruhrpott ist es ja nicht besonders grün.«

»Rheinland.«

»Was?«

»Er wohnt in Düsseldorf. Das liegt im Rheinland, nicht im Ruhrpott.«

»Ist das nicht dasselbe?«

»Das ist ungefähr so, als würde jemand behaupten, du wärst Nordfriese.«

»Ja, ist ja gut, du Schlauberger.«

»Spitzer muss seinen Mörder oder seine Mörderin hier getroffen haben. Dann hat man die Leiche in den Kastenwagen geschafft und ist zum Hof von Petersen gefahren. Sehr weit ist das nicht.«

»Warum treffen die sich hier in der Pampa? Selbst für ein Schäferstündchen würde ich nicht hierherkommen«, wandte Hauke ein.

»Sie wollten nicht gesehen werden.«

»Und der Mörder nutzt den Kastenwagen, um die ominösen Caches zu hinterlegen?«

Philip nickte. »Das würde auf einen unserer Busreisenden als Mörder hindeuten, schließlich sind die nicht motorisiert.«

»Wagner?«, fragte Hauke.

»Möglich.«

»Oder unsere beiden Hobby-Detektive.«

»Auch möglich. Oder deine Reiseleiterin.«

»Was? So ein Quatsch! Was hat die denn mit dem Labor zu tun?«

»Was hat Wagner mit dem Institut zu tun?«, lautete Philips Gegenfrage.

Sie schwiegen einen Augenblick.

»Wo sind Spitzers Laptop und Mobiltelefon abgeblieben?« Philip blickte auf den Schwarzwasser. »Wenn er sie denn dabeigehabt hat. Oder geht es um etwas anderes?«

218

»Vielleicht versenkt. Soll ich die Taucherstaffel anfordern?«, fragte Hauke ironisch, doch Philip schien völlig in seine Gedanken versunken. »Na, dann sperre ich mal den Fundort ab. Nicht, dass die Kühe noch alles zertrampeln.« Außerdem konnte er auf diese Weise Ellas hypnotischem Blick entkommen.

22

Auf dem Rückweg zur Station hatten Peters Kollegen bei Rosi Halt gemacht und ihr Mittagessen geholt. Obwohl es bereits halb zwei war, hatte Peter keinen großen Appetit. Vom Ferienhof gab es nichts Neues. Der Reisebus steckte auf der A2 im Stau fest. Alfred hatte ihm vor einer Stunde eine Nachricht geschickt, dass sich bislang noch nichts getan hatte. In seiner Verzweiflung hatte Peter online einen regionalen Radiosender gesucht und sich über die Staumeldungen informiert. Es gab einen Unfall an einer Baustelle auf Höhe der Anschlussstelle Lauenau. Vollsperrung. Das konnte dauern.

Weidenbach hatte den mutmaßlichen Tatort übernommen. Falls die Blutspuren an Ella und an der Uhr von Spitzer stammten, würde ihnen das nicht wirklich weiterhelfen. Die Leiche war ja bereits identifiziert.

»Wir haben Alfred gesehen«, sagte Hauke plötzlich.

Peter zuckte zusammen. »Oh«, war alles, was er rausbrachte.

»Am Ferienhof. Hat er einen neuen Job?«, fragte Hauke grinsend.

Peter sah ihn irritiert an. »Was meinst du?«

»Zimmermädchen?«, schlug sein Kollege vor. »So ein

520-Euro-Job würde ihm vielleicht ganz guttun. Das lenkt ihn von seinen trüben Gedanken ab.«

Gar keine so schlechte Idee, dachte Peter. Und für den Augenblick war es gut zu wissen, dass die Kollegen keinen Verdacht schöpften.

»Scherz beiseite, wir sollten uns mehr um ihn kümmern«, mahnte Hauke ernst und stopfte sich das letzte Stück Roastbeef in den Mund. »Karin sagt, er ist immer noch schlecht drauf.«

Sein bester Freund sprach mit vollem Mund, was ihn nicht sonderlich störte.

Peter enthielt sich eines Kommentars. Im Gegensatz zu Hauke hatte er für Alfreds Zeitvertreib gesorgt. Er sah hinüber zu seinem Chef. Philip hatte sein Essen kaum angerührt, sondern starrte nachdenklich Löcher in die Luft. Vermutlich versuchte er zu ergründen, was ihr Opfer am Schwarzwasser gemacht hatte. Peter war sicher, dass Spitzer sich mit seinem Mörder dort verabredet hatte. Tat- und Fundort legten nahe, dass sich jemand in Kophusen auskannte. Das schloss einen Mitarbeiter des Instituts eher aus. Warum sollte sich jemand aus Düsseldorf hier auskennen?

»Was ist, wenn der Täter hier aus der Region stammt?«, fragte Peter. »Und er die Buskehre als Treffpunkt vorgeschlagen hat?«

»Daran habe ich auch gedacht«, wachte Philip aus seinen Gedanken auf.

»Aber das erklärt immer noch nicht, warum sie sich ausgerechnet mitten in der Pampa getroffen haben.«

»In ein Lokal konnten sie nicht. Da wären sie aufgefallen«, versuchte Peter eine Erklärung. »Und im Ortskern auch.«

»Da sind abends doch die Bürgersteige hochgeklappt«, wandte Hauke ein.

»Vielleicht war der Mord nicht geplant«, überlegte Peter. »Spitzer ließ sich möglicherweise nicht einschüchtern. Deshalb musste er sterben.«

»Aber warum stellt der Täter den Kastenwagen zwei Tage später am Freibad ab?«, rätselte Hauke.

»Der Täter handelt im Auftrag«, teilte Philip seine Überlegungen mit. »Er entsorgt die Leiche auf dem Hof und legt den Cache an. Doch bevor die Person den Leichnam abholen kann, kommt Gerrit mit seinen Töchtern dazwischen. Die weiteren Caches dienen dazu, seinen Auftraggeber auf dem Laufenden zu halten.«

»Und warum telefonieren die nicht einfach miteinander?«, warf Hauke kopfschüttelnd ein und ging frischen Kaffee aufsetzen.

Das Telefon klingelte. Peter nahm den Hörer ab. Ein Kollege aus Kiel berichtete ihm, dass die Untersuchung des Kastenwagens abgeschlossen sei. Peter spürte das Kribbeln in seinem Nacken. Sie hatten verschiedene Fingerabdrücke sicherstellen können. Vergleichsabdrücke des Halters waren bereits angefordert. Neben Spitzers hatten sie allerdings noch einen gefunden, zu dem es einen Match in der Datenbank gab. Ein einzelner, sauberer Fingerabdruck des Zeigefingers am Tankdeckel. Von Arnold Kowalski.

23

Alfred ließ den Parkplatz des Ferienhofs nicht aus den Augen. Ganz der ehemalige Polizist, hatte er das Auto an der Spurrillenstraße abgestellt, als parke er es vor dem Nachbarhaus. Danach hatte er sich zu Fuß ins Gebüsch am Knick geschlagen und sich auf die Lauer gelegt. Er hatte sich auf eine längere Wartezeit eingestellt. Ein gefällter Baumstamm bot ihm die passende Sitzgelegenheit. Neben ihm stand die Thermoskanne mit heißem Kaffee. Zur Feier seines überraschenden Einsatzes hatte er sich ein paar belegte Brötchen aus Kalles Supermarkt gegönnt.

Seit seiner Pensionierung zogen die Tage ereignislos an ihm vorüber. Er kam sich vor wie in einem Gefängnis, das keine Mauern hatte. So viel er auch zur Ablenkung ausprobiert hatte, nichts konnte seine Traurigkeit dauerhaft vertreiben. Auch der Kophusener Yogi Sohanraj war ihm keine Hilfe gewesen. Anfangs hatten ihm die Übungen gutgetan, doch immer mehr fühlte es sich an, als würde er krampfhaft versuchen, jemand zu sein, der er nun mal nicht war. Schließlich hatte er Karin allein in den Kurs geschickt und war zu Hause versumpft. Es war nicht so, dass ihm sein lethargischer Zustand gefiel.

Vielmehr hasste er sich dafür, aber er war unfähig, etwas daran zu ändern. Manchmal kam es ihm vor, als stünden Wärter vor seiner Schlafzimmertür, die aufpassten, dass er das Zimmer nicht verließ. An diesen Tagen ergab er sich und blieb einfach liegen. Karin arbeitete noch halbtags bei einem ambulanten Pflegedienst. Er wusste, dass sein Zustand sie belastete. Vor zwei Monaten hatte sie ihm eine Therapie ans Herz gelegt und ihm wortlos eine Liste mit infrage kommenden Therapeuten auf den Schreibtisch gelegt. Nicht einmal einen Blick hatte er darauf geworfen.

Als Peters Anruf ihn erreichte, war er sofort Feuer und Flamme gewesen. Endlich hatte er wieder einen Grund aufzustehen, sich anzuziehen und voller Schwung in den Tag zu starten. Auch für ihn war es beängstigend, dass nur die Aussicht auf eine sinnvolle Arbeit ihn aus seinem Tief reißen konnte. Seine Ehe würde das auf Dauer nicht aushalten. Karin war eine starke Frau, doch auch ihre Belastungsfähigkeit hatte Grenzen.

Sein Magen knurrte. Er griff nach der Papiertüte und wählte das Brötchen mit Camembert und Preiselbeeren. Herzhaft biss er hinein. Wie er das vermisst hatte! Er musste endlich wieder zurück ins Leben finden. Für den Moment durchströmte ihn eine stille Zufriedenheit. Er drehte die Thermoskanne auf und füllte den Deckel mit dampfendem Kaffee. So wie früher. Als seine Welt noch in Ordnung gewesen war.

Alfred hielt mitten in der Kaubewegung inne. Einige Blätter der Rhododendronbüsche am Rand des Parkplatzes hatten sich bewegt. Ein Schwall Adrenalin schoss durch seinen Körper. Er legte das Brötchen auf dem Baumstamm ab und nahm das Fernglas zur Hand. Hatte er sich geirrt? Noch einmal suchte er konzentriert das Gebüsch ab, doch nichts bewegte sich. Seine Aufmerksamkeit verschärfte sich. Es konnte ein Tier gewesen sein. Er sah auf die Uhr. Kurz nach zwei. Er harrte bereits seit Stunden hier aus. Peter hatte ihm Bescheid gegeben, dass der Bus im Stau steckte und sich verspäten würde. Die Reisegäste hatten sich gegen elf auf dem Parkplatz versammelt. Eine Stunde später hatten sie sich wieder hinter das Haus verzogen.

Er vermutete, dass sie es sich im Garten gemütlich gemacht hatten. Die Sonne schien aus einem wolkenfreien Himmel. Der Parkplatz war inzwischen leer. Die zwei Männer, die Peter ihm genau beschrieben hatte, waren als Letzte verschwunden. Von seinem Versteck aus konnte er die Reisegruppe leider nicht belauschen. Aber es war wichtiger, dass er unbemerkt blieb, als zu hören, worüber sie sprachen. Er hatte einen Auftrag zu erfüllen und den würde er mit aller Professionalität erledigen.

Er biss von seinem Brötchen ab und schaute kauend durch das Fernglas. Keiner der Büsche rund um den Parkplatz bewegte sich mehr. In Gedanken ging er nochmals seinen Plan durch. Er musste schnell sein. Möglichst bevor die Reisegruppe sich am Fahrzeug versammelte. Es würde nicht einfach werden, unbemerkt zum Bus zu gelangen. Die Reifen zu zerstechen war ihm gestern Abend im Bett als die effektivste Methode erschienen, um den Bus an der Weiterreise zu hindern. Das Messer steckte in seiner Jackentasche. Natürlich war das Unterfangen nicht risikolos. Wenn man ihn erwischte, würde er um eine Anzeige wegen Sachbeschädigung nicht herumkommen. Die Herausforderung war, nicht auf frischer Tat ertappt zu werden. Deshalb hatte er sich auch ein Ablenkungsmanöver überlegt. Eines, das so richtig was her machte, von dem die Reisegruppe sicher noch Jahre später ihren Kindern und Enkelkindern berichten würde.

Alfred war heute Morgen voller Elan aus dem Bett gestiegen. Karin hatte ihn hoffnungsvoll angesehen und gelächelt. Noch vor dem Frühstück hatte er in der Garage nach der richtigen Ausrüstung gesucht. Er hoffte, dass sein Plan aufgehen würde. Vom Innenhof sah man den Bus nicht kommen. Die Sicht auf die Straße war durch die Gebäude verdeckt. Sobald der Busfahrer geparkt hätte, würde Alfred sich in Richtung Haus schleichen und auf das Knöpfchen drücken. Zu gern hätte er die Gesichter der Reisenden gesehen, aber dazu würde keine Zeit bleiben. Hauptsache, es hatte niemand von denen Herzprobleme, so wie er. Das könnte ungewollt ins Auge gehen. Schließlich wollte er wegen eines zerstochenen Reifens kein Menschenleben auf dem Gewissen haben.

Alfred ließ das Fernglas sinken und verspeiste den Rest des Brötchens. Der Kaffee reichte noch für einen letzten Becher. Langsam müsste der Bus eintrudeln, dachte er. Karin hatte er nichts von dem Spezialeinsatz erzählt. Er hatte ihr gegenüber behauptet, er würde einen ausgiebigen Angelausflug unternehmen und sie solle mit dem Mittagessen nicht auf ihn warten. Ihr die Wahrheit zu sagen, hatte er sich nicht getraut. Die

Befürchtung, sie könne ihn daran hindern wollen, hatte ihn zu der Notlüge gezwungen.

Der Minutenzeiger seiner Uhr kroch über das Zifferblatt. Fast war er versucht, seinen Platz zu verlassen, um ins Auto zu steigen und den Verkehrsfunk anzustellen, doch er verbot es sich. Wie er sein Glück kannte, würde genau in dem Augenblick der Bus um die Ecke biegen und er wäre nicht rechtzeitig wieder zurück. Also blieb er sitzen und wartete. Wenn er noch rauchen würde, hätte er heute sicher eine ganze Schachtel geleert. Zum Glück hatte er sich dieses Lasters mühelos entledigen können. Gerade wollte er nach seinem Kaffee greifen, als ein Mann auf dem Parkplatz erschien. Telefonierend war er den schmalen Pfad vom Haus gekommen. Nun lief er wild gestikulierend auf und ab. Alfred hörte seine aufgeregte Stimme, doch leider verstand er kein Wort. Es war definitiv einer der Reisegäste. An das Fernglas erinnerte er sich genau. Offenbar hatte er sich von den anderen entfernt, damit niemand das Telefonat mitbekam. Hoffentlich würde es nicht allzu lange dauern. Das würde seinen ganzen Plan durcheinanderbringen. Die Reisenden mussten im Innenhof sein. Ohne Ausnahme.

Alfred spähte durch seinen Feldstecher. Das Gesicht des Mannes war zu einer wütenden Grimasse verzerrt. Abrupt blieb er stehen. Mit der freien Hand strich er sich über die Stirn. Er schwitzte. Dunkle Flecken zeichneten sich auf seinem Hemd ab. Die Person am anderen Ende schien ihn in die Enge zu treiben. Was hatten die so Wichtiges zu besprechen? Hatte es mit dem Mord zu tun?

Instinktiv griff Alfred nach seinem Smartphone und machte ein paar Fotos. Schaden konnte das sicher nicht. Auch wenn er ziemlich weit weg war, sodass sein Gesicht nur verpixelt zu erkennen sein würde. Die kurze Hose würde ihn eindeutig identifizieren. Über den Rest der Reisegruppe hatte Peter ihm nicht viel erzählt. Nur, dass er den ankommenden Bus an der Weiterfahrt hindern sollte, weil sie glaubten, dass jemand von ihnen etwas mit dem Mord zu tun hatte.

Ungeduldig wippte sein rechtes Bein auf und ab. Karin hasste das. Nervöse Zuckungen nannte sie es. Er versuchte, sich zu beruhigen. Der Mann würde schon noch rechtzeitig verschwinden. Gerade als Alfred den Deckel der Thermoskanne abstellte, wurde der Fremde plötzlich laut: »Ich weiß nicht, wo sie ist!«

Alfred schreckte auf. Hastig griff er nach dem Fernglas. Der Mann schien über die Lautstärke seiner Stimme selbst erschrocken zu sein. Er blickte in Richtung Hinterhof. Dann drehte er sich wieder um. Seine Lippen bewegten sich. Ärgerlich schüttelte er den Kopf. Offenbar war er mit der Antwort seines Gesprächspartners nicht einverstanden. Seine Stimme schwoll erneut an.

»Nein, ich habe genug getan. Den Rest müsst ihr jetzt erledigen.«

Wütend tippte er auf das Display. Er brauchte einen Moment, bis er sich beruhigt hatte. Alfred beobachte aufmerksam das Gesicht des Fremden. Neben der Wut konnte er auch Angst erkennen. Was hatte man von ihm verlangt? War er der Mörder? Hinter ihm tauchten plötzlich zwei weitere Männer auf. Es waren die beiden, die Peter ihm beschrieben hatte. Sie hatten das Opfer gekannt. Alfred wechselte zu seinem Smartphone. Hatten sie ihren Mitreisenden fluchen gehört? Wieder durchs Fernglas beobachtete Alfred, wie die drei miteinander sprachen. Es war kein normales Gespräch unter Reiseteilnehmern, so viel stand fest. Er wurde Zeuge einer ermittlungsrelevanten Unterhaltung. Nur leider hatte er keine Ahnung, worüber sie sprachen. Er hoffte, dass die Situation nicht eskalierte. Unter den gegebenen Umständen konnte er schlecht eingreifen. Auch wenn es nicht so aussah, konnte einer der Männer bewaffnet sein. Alfred war zwar nie ein Angsthase gewesen, aber sterben wollte er nicht. Auch wenn er mit seinen Depressionen zu kämpfen hatte, das war kein Grund, sein Leben auf so unschöne Art zu beenden. Er war ja nicht mal mehr im Dienst. Wenn es zum Äußersten kam, würde er sich anderweitig zu helfen wissen. Seine Hand glitt in die Jackentasche. Das kleine Gerät war noch da. Es würde vielleicht sogar Leben retten.

24

In Goldbergs Kopf ratterte es. Seine anfängliche Theorie,
dass zwei Männer in dem Kastenwagen unterwegs gewesen waren, schien nun doch wieder wahrscheinlich.
Warum sonst sollte Arnold Kowalski einen Fingerabdruck am Kastenwagen hinterlassen haben? Er musste
es gewesen sein, der nach Spitzers Tod das Fahrzeug
bewegt hatte. Ob er auch der Mörder war, würde sich
zeigen.

»Also keine Auseinandersetzung wegen eines Fuß-
ballspiels. Aber wieso ist sein Fingerabdruck am Tankdeckel des Kastenwagens? Ist der von Anfang an mit
von der Partie gewesen und niemand hat ihn gesehen?«, überlegte Hauke laut.

»Scheint so«, sagte Peter, dessen Handy eine einge-
hende Nachricht signalisierte. »Oh, Scheiße!«, entfuhr
es ihm, während er sie las.

Goldberg musterte ihn. Er schien aufgebracht.

»Was ist los?«, fragte Hauke.

»Ich muss mal eben weg.« Eilig stand Peter vom
Stuhl auf.

»Hat dich eine Tarantel gestochen oder ist etwas
mit Greta?«

»Nein, ähm … Ich habe nur etwas zu erledigen.«

»Und was bitte?«, hakte Hauke nach, der ihn misstrauisch ansah.

Peter blickte hilflos um sich. Goldberg ahnte, dass ihr Kollege etwas im Schilde führte, von dem er ihnen nichts erzählt hatte.

»Suchst du den hier?« Hauke hielt den Schlüssel des Dienstwagens hoch.

Peter beugte sich über seinen Schreibtisch und griff nach dem Bund. Doch Hauke war klar im Vorteil. Rasch zog er ihn vor Peters Nase weg. »Also, was ist los?«

Peter biss sich auf die Zunge.

Goldberg sprang vom Tresen und ging auf ihn zu. »Was hast du getan, Peter?«, fragte er.

Hauke erhob sich ebenfalls und gemeinsam kreisten sie ihren Freund ein. Peter wich einige Zentimeter zurück.

»Wir müssen zum Ferienhof«, sagte er kleinlaut.

»Warum?«, wollte Goldberg wissen.

Peter seufzte laut. »Alfred liegt da auf der Lauer und wartet auf den Bus.«

»Was?«, rief Hauke.

»Ja, ich habe ihn gebeten, den Aufenthalt der Reisegruppe etwas zu verlängern.«

»Was hat der Idiot vor?«

»Das weiß ich nicht.«

»Die Nachricht war von ihm, oder? Was ist passiert?«, fragte Goldberg.

»Er hat beobachtet, dass Ritscher und Dressler sich mit dem Vogelkundler gestritten haben. Es sieht ziemlich ernst aus.« Er hielt ihnen ein Foto hin, das Alfred gemacht hatte.

»Das ist Ulrich Wagner«, sagte Hauke überflüssigerweise.

Goldberg fragte sich, ob die drei sich bereits vor der Reise gekannt hatten.

»Verfluchte Scheiße! Mensch, Peter, wie kannst du Alfred in so eine Lage bringen?«

»Ich dachte ja nicht, dass da etwas passiert. Ich wollte doch nur …«

Goldberg unterbrach sie. »Ab ins Auto. Wir haben keine Zeit zu verlieren. Ich will nicht noch einen Mord.«

Wenige Minuten später saßen sie im Streifenwagen.

»Glaubst du, Wagner ist der Mörder?«, wollte Peter von Philip wissen.

»Ich weiß es nicht«, gestand Goldberg, dem so langsam die Theorien ausgingen.

»Worüber haben die sich wohl gestritten? Kennen die sich etwa auch von früher?«, fragte Hauke, der am Steuer saß.

»Das sieht mir sehr danach aus«, sagte Peter von der Rückbank aus, ohne den Blick vom Telefon zu lassen.

»Was treibt diese Truppe da? Langsam glaube ich wirklich an ein Verbrechen à la Mord im Orientexpress«, meinte Hauke.

»Und wo steckt Kowalski?«, rief Peter.

Der Weg von der Station zum Hof war nicht weit. Viel zu schnell bog Hauke auf die schmale Landstraße ab. Rechts von ihnen parkte Alfreds Polo, halb vom Gestrüpp verdeckt. Hauke ging vom Gas. Das Auto war leer.

»Der ist zu Fuß weiter«, sagte Hauke und beschleunigte wieder.

»Hoffentlich passiert Alfred nichts. Das würde ich mir nie verzeihen«, murmelte Peter.

Hinter der Kurve tauchte der Ferienhof auf. Der Ersatzbus parkte quer vor dem Haus. Von den drei Männer war nichts mehr zu sehen.

»Und du weißt wirklich nicht, was Alfred vorhat?«, fragte Hauke.

»Das wollte er sich erst noch überlegen.«

Gerade als Hauke den Wagen abbremste, erklang ein markerschütternder Knall. Die Beamten zogen reflexartig die Köpfe ein.

Aus dem Innenhof hörten sie Schreie. »Das kommt von der anderen Seite. Schnell«, rief Goldberg und stieß die Beifahrertür auf.

»Scheiße, was war das?«, rief Hauke und stieg ebenfalls aus.

Geduckt lief Goldberg zum Bus. Der neue Fahrer saß wie erstarrt im Cockpit. Der Kommissar klopfte gegen die Tür. »Gehen Sie in Deckung«, rief er dem Mann zu. »Und bleiben Sie da.«

Wie aufs Stichwort erfolgte ein zweiter Knall. Der Mann nickte ängstlich und rutschte auf dem Sitz nach unten. Goldberg rannte den Pfad entlang zum Haus seinen beiden Kollegen hinterher.

»Auf den Boden und alle bleiben unten«, hörte er Hauke rufen, als sie den Innenhof erreicht hatten.

Die aufgescheuchte Menge gehorchte. Einige waren hinter den Liegestühlen und Gartentischen in Deckung gegangen.

»Das klingt, als käme es von der Wiese hinter dem Hof«, flüsterte Peter.

Zur Bestätigung knallte es erneut. Die Reisenden schrien.

»Das sind keine Schüsse«, sagte Goldberg. Der ohrenbetäubende Lärm klang eher nach einer Kanone.

»Wir sehen nach«, befahl er und zu Hauke raunte er: »Du bleibst bei den Leuten.«

Sein Kollege nickte. Goldberg lief das kurze Stück an der Hauswand entlang. Peter holte ihn rasch ein. Am Ende des Gebäudes blieben sie stehen. Aus den Wiesen, die sich vor ihnen erstreckten, sah Goldberg Rauch aufsteigen.

»Scheiße!«, rief Peter plötzlich und ließ die Waffe sinken.

»Was ist?«, fragte Goldberg, als der vierte Knall ertönte. Der Kommissar blickte aufs freie Feld und sah den Blitz, der den blauen Himmel nur schwach erleuchtete. »Was zum Henker ist das?«

Statt zu antworten, kramte Peter sein Handy aus der Tasche und wählte einen Kontakt aus.

»Kannst du mir bitte mal erklären, was das Ganze soll?«, herrschte Goldberg seinen Freund an.

»Das ist Alfreds Ablenkungsmanöver.«

»Was?«

Wie zum Beweis krachte es wieder. Gefolgt von dem Blitz und einigen silbernen Funken, die gut hundert Meter entfernt in die Luft gejagt wurden. Goldberg fiel es wie Schuppen von den Augen. Sein Vorgänger hatte ihm damals bei der Eroberung von Magda geholfen und ein Feuerwerk entzündet. Alfred

Wilke hatte ein Faible für Pyrotechnik. Offenbar hatte er sich hier für ein paar äußerst effektvolle Böller entschieden.

»Wie viele von den Dingern gehen noch hoch?«

»Ich weiß nicht, er geht nicht ran.«

»Verdammte Scheiße!«, entfuhr es Goldberg. Wie sollte er das den Reisegästen erklären? »Geh zurück und gib Entwarnung.«

»Und was soll ich denen sagen?«

»Das sei unser Abschiedsgruß.«

Peter entgleisten die Gesichtszüge, aber er folgte der Anweisung und ließ Goldberg allein zurück. Der starrte auf den sechsten Blitz, der in sicherer Entfernung mit ohrenbetäubendem Knall in die Luft ging.

25

»Bist du von allen guten Geistern verlassen?«, rief Hauke. »Du hast uns zu Tode erschreckt. Mal ganz abgesehen von der Reisegruppe. Und dann noch so dicht am Reetdach! Hast du den Verstand verloren?«

Alfred Wilke kauerte geduckt auf der Rückbank seines Polos, wie ein Verbrecher, den sie auf frischer Tat ertappt hatten.

»Das waren doch bloß Knalleffekte für die Bühne, gerade mal Feuerwerkskategorie eins. Die sind völlig ungefährlich. Außerdem sind sie weit genug vom Reetdach entfernt gewesen.«

»Bist du so blöd oder tust du nur so? So was muss vorher genehmigt werden. Das weißt du. Dieser Scheißlärm hallt durch das ganze Dorf. Ich will gar nicht an die vielen Notrufe denken, die eingegangen sind.«

»Ich habe den Kollegen in der Regionalleitstelle Bescheid gegeben.«

»Du hast was?« Hauke atmete tief ein und wieder aus. »Das wird ja immer besser.«

»Ich kenne da noch jemanden. Das war kein Problem. Wenn da irgendwer angerufen hat, konnten die das sofort aufklären.«

Hauke schüttelte den Kopf. »Ich glaub es nicht.«

»Ich auch nicht, Alfred«, sagte Peter.

»Dein Ernst?« Hauke bedachte seinen Kollegen mit einem giftigen Blick. »Du bist doch derjenige, dem wir diesen Tumult zu verdanken haben.«

»Was kann ich denn jetzt dafür?«

»Du hast Alfred schließlich beauftragt, die Abreise zu verhindern.«

»Aber ich habe ihn nicht darum gebeten, ein ohrenbetäubendes Bühnenspektakel zu inszenieren.«

»Hört auf, euch zu streiten«, ging Alfred in alter Stationsmanier dazwischen. »Ich übernehme die volle Verantwortung.«

»Das wirst du auch müssen. Ich halte meinen Kopf nicht dafür hin«, erklärte Hauke.

»Vielleicht war es nicht die beste Idee von mir, aber es hat funktioniert. Die beiden vorderen Reifen sind hin. Der Bus fährt erst einmal nirgendwo hin.«

»Du bist komplett irre«, entfuhr es Hauke. »Was ist, wenn jemand von den Touris Anzeige erstattet? Oder schlimmer noch, dich wegen des Schrecks verklagt?«

Alfred winkte ab. »Das passiert schon nicht. Die haben mich ja gar nicht gesehen. Zu dem Zeitpunkt war keiner in der Nähe vom Bus.«

Im Auto wurde es einen Moment still. Hauke starrte durch die Windschutzscheibe auf den Parkplatz. Ein paar Reisegäste standen um die beiden platten Reifen herum. Alfred hatte den Trubel zu nutzen gewusst. Während sich die Reisenden im Innenhof zu Tode erschreckten, hatte er unbemerkt zwei Reifen zerstochen. Hauke konnte nur hoffen, dass der Busfahrer ihn nicht dabei beobachtet hatte. Nachdem Peter die Reisegäste aufgeklärt und die Zehnerpackung von Alfreds äußerst effektvoller Bühnenshow vollends abgefeuert war, war Hauke auf den Parkplatz gerannt. Alfred war gerade dabei gewesen, sich ins Gebüsch zu verkrümeln. Er hatte seinen ehemaligen Chef gepackt und in den Polo verfrachtet. Dann hatte Hauke Sören angerufen und ihn gebeten, Willy zu schicken. Der schaute sich den Schlamassel gerade an.

»Vielleicht kann ich die Nørgaard dazu bringen, dass das Busunternehmen von einer Anzeige absieht. Dein Glück, dass dich keiner gesehen hat«, sagte Hauke.

»Alfred, was genau hast du beobachtet?«, meldete sich Philip zu Wort, der bisher erstaunlich ruhig neben Alfred auf der Rückbank gesessen hatte.

»Der Mann mit dem Fernglas kam auf den Parkplatz und hat telefoniert. Der schien ziemlich sauer. Er hat gesagt, dass er nicht wüsste, wo sie ist und dass er genug getan habe. Den Rest müssten sie jetzt selbst erledigen.«

»Wer ist ‚sie‘?«, fragte Peter.

»Keine Ahnung.«

»Und welchen Rest? Planen die noch einen Mord, oder was?«, rief Hauke.

»Könnte Wagner unser Mörder sein?«, warf Peter ein.

»Möglich wäre es. Aber er könnte auch ein ganz harmloses Telefonat geführt haben«, meinte Philip.

»Also ich habe so etwas noch nie am Telefon gesagt«, erwiderte Hauke.

»Ich habe eine verrückte Idee«, sagte Peter. »Was ist, wenn es Ulrich Wagner gar nicht wirklich gibt?«

»Du meinst, er reist unter falschem Namen?«, fragte Philip.

»Der Mann hat keine gültige Meldeadresse und hat die Reise äußerst kurzfristig gebucht«, rief Peter seinen Kollegen in Erinnerung.

Hauke horchte auf. »Das stimmt.« Er drehte sich zu Philip. »Du hast selbst gesagt, dass sein Wissen über Vögel wie auswendig gelernt klingt. Und die Art, wie er sich anzieht, spricht ja wohl auch für sich.«

»Aber wer ist Wagner dann?«, fragte Peter.

»Arnold Kowalski«, kam es von Philip.

Peter sah ihn überrascht an. »Vom Alter könnte das passen. Und das würde den Fingerabdruck am Kastenwagen erklären.«

»Vielleicht hatten die beiden noch eine alte Rechnung offen. Unser Mordopfer erfährt von der Reise, folgt ihm, es kommt zum Streit und peng: Spitzer ist tot«, entwarf Hauke ein mögliches Szenario.

»Ja, aber warum fährt er inkognito im Bus mit? Es muss einen Grund geben, weshalb er unter falschem Namen gebucht hat«, insistierte Peter.

»Er wollte unauffällig fliehen. Zum Beispiel vor Spitzer«, schlug Hauke vor.

»Das hätte er aber auch einfacher haben können«, wandte Peter ein.

»Vielleicht hängt das mit dem Telefonat zusammen«, mischte sich Alfred ein. »Er hat gesagt, dass er nicht weiß, wo 'sie' ist. Also sucht er offensichtlich nach jemandem.«

»Möglicherweise kannten sich Ritscher, Dressler und Wagner bereits vor der Reise«, sagte Philip.

»Wieso?«, fragte Peter.

»Warum sind sie ihm sonst auf den Parkplatz gefolgt?«

»Stimmt.« Peter überlegte kurz. »Spitzer ist das verbindende Glied. Wenn Wagner und Kowalski wirklich ein und dieselbe Person sind, kannte Spitzer sie alle. Vielleicht verfolgen unsere beiden Hobby-Detektive mit Wagner zusammen ein gemeinsames Ziel.«

»Die Ermordung von Spitzer?«, fragte Hauke.

Peter nickte.

»Die drei haben sich gestritten«, unterstrich Alfred. »So ganz einig können die sich nicht gewesen sein.«

»Ich glaube nicht, dass es darum ging, Spitzer zu ermorden«, sagte Philip. »Sie konnten nicht wissen, dass Spitzer ihnen folgen würde. Unser Mordopfer kam den dreien vielleicht in die Quere. Deshalb musste er sterben.«

»Warum sind die drei überhaupt auf dieser Reise?«, fragte Peter.

»Jedenfalls nicht wegen der Vögel auf Sylt.«

»Ich glaube, ich weiß wonach Wagner sucht«, entfuhr es Philip plötzlich.

Hauke schaute ihn ungläubig an. »Ach ja? Und wonach?«

Philip lächelte. »Wir gehen da jetzt raus und nehmen den Vorgang auf. Hauke, du setzt bei der Reiseleiterin all deinen Charme ein, um den Schaden in Grenzen zu halten. Alfred, du fährst bitte zur Station und behältst sie im Auge, und Peter, du kommst mit mir. Ich habe eine Idee.«

26

Ihr Gespräch in Alfreds Polo hatte nur wenige Minuten gedauert. Goldberg stieg aus und schritt hinüber zum Parkplatz. Willy hockte vor einem der beiden Reifen und besah sich den Schaden. Neben ihm die drei Busfahrer. Die Reisegruppe erholte sich noch immer kollektiv von dem Schock. Es schien, als habe dieses Ereignis ein neues Zusammengehörigkeitsgefühl entstehen lassen. Das zarte Pflänzchen wollte Goldberg nicht zerstören. Wichtig war, Wagner aus der Truppe herauszulösen.

Während Hauke auf Nørgaard zusteuerte, blieb Goldberg an Wagner dran. Der Mann stand neben dem Ehepaar Kant, das heute in Trainingsanzügen steckte. Sie diskutierten gerade, wie man dem Ursprung des ungeheuren Lärms auf die Schliche kommen könnte. Wagner hielt einen Flachmann in der Hand.

»Herr Goldberg«, hob Norbert Kant an, als er ihn erblickte. »Wissen Sie schon, wer diesen hinterhältigen Anschlag auf uns verübt hat?«

Der Kommissar lächelte. »Von einem Anschlag kann nicht die Rede sein. Es bestand keine Gefahr.«

»Haben Sie eine Ahnung, wer das gewesen sein könnte?«, fragte seine Frau Silke.

Goldberg wich der Frage aus. »Wir haben bereits Verstärkung angefordert. Die werden die Umgebung sichern.« Das war nicht gelogen. Dass der Übeltäter gerade in seinem Polo flüchtete, verschwieg er allerdings. Zum Glück hatte ihn niemand bemerkt.

»Wer tut denn so etwas?« Frau Kant schüttelte den Kopf.

»Wahrscheinlich der Dorftrottel, der heimlich mit Feuer spielt«, sagte ihr Mann kampflustig.

Jetzt mischte sich Peter ein. »Wir würden Ihre Beobachtungen gern einzeln aufnehmen. Wären Sie so nett, uns mit Herrn Wagner allein zu lassen? Wir kommen dann gleich zu Ihnen.«

Widerwillig entfernte sich das Ehepaar. Wagner nahm einen großen Schluck aus dem Flachmann. Goldberg bemerkte keine Anzeichen von Trunkenheit. Der Mann schien im Training zu sein. »Herr Wagner, wo hielten Sie sich auf, als der erste Knall erklang?«

»Im Innenhof mit den anderen. Zunächst war ich wie gelähmt. Ich dachte, da schießt jemand auf uns.«

»Wo waren Sie vorher?«

Den Bruchteil einer Sekunde zögerte er. »Auf dem Parkplatz.«

»Was haben Sie dort gemacht?«, fragte Goldberg, obwohl er es bereits wusste.

»Ich bekam einen Anruf und bin vor das Haus gegangen. Im Innenhof war es so laut.«

»Wer war das?«

Sein Blick wurde misstrauisch. »Ein befreundeter Birder.«

Lüge Nummer eins, dachte Goldberg und ließ sie ihm durchgehen. »Und dann kamen Herr Ritscher und Herr Dressler dazu?«

»Woher wissen Sie das?«

»Jemand hat sie beobachtet.«

Wagner versuchte, sich seine Irritation nicht anmerken zu lassen.

»Worüber haben Sie gesprochen?«

»Warum interessiert Sie das?«

Goldberg blickte sich um, als wolle er sichergehen, dass niemand sie belauschte. »Um ganz ehrlich zu sein, wir denken, dass jemand aus Ihrer Reisegruppe hinter der Knallerei steckt. Und da ist es schon sehr verdächtig, dass die beiden Herren direkt vor dem Feuerwerk zum Parkplatz gekommen sind. Finden Sie nicht?«

Wagner sah sie überrascht an. »Warum sollten die das tun?«

»Also, worüber haben Sie gesprochen?«

»Darüber, dass der Bus nicht kommt und ob wir unser Ziel Sylt jemals erreichen werden.«

Lüge Nummer zwei, registrierte Goldberg. Es war Zeit für seine Falle. »Herr Wagner, wir haben eine Reisetasche in dem alten Bus gefunden«, begann Goldberg. Er zog das Foto aus der Jacketttasche und zeigte sie Wagner. »Wir verwahren sie auf der Station. Kommt Sie Ihnen bekannt vor?«

Der falsche Vogelkundler tat so, als wisse er nichts damit anzufangen. Er war ein guter Schauspieler, das musste Goldberg ihm lassen. Aber das würde nicht reichen.

Wagner schüttelte den Kopf. »Und was ist mit der Tasche?«

»Wir fragen uns, wem sie gehört.«

Angestrengt blickte der Mann auf das Foto. »Ich habe die noch nie gesehen. Gibt der Inhalt denn keine

Hinweise? Da sind doch sicher Sachen drin?« Wagner reichte ihm das Foto zurück.

»Nichts, was uns über die Identität des Besitzers Aufschluss geben könnte«, erwiderte Goldberg.

»Haben Sie schon die anderen gefragt?«

Goldberg verneinte. »Sie sind der Erste.«

Wagner ließ sich nichts anmerken, doch Goldberg war sicher, dass er in den nächsten Minuten abhauen würde, um an die Tasche zu kommen. Wenn er sich in Kophusen auskannte, wusste er, dass die Stichstraße direkt zur Station führte.

»Danke für Ihre Zeit, Herr Wagner. Die Abfahrt wird sich noch um einiges verzögern. Wenn Sie Pech haben, müssen die Reifen bestellt werden.«

»Für mich ein Tag mehr, um meinem Hobby nachzugehen.«

»Wenigstens Sie wissen Ihre Zeit sinnvoll zu nutzen.«

Während sich die Beamten den anderen Reisegästen zuwandten, ließ Goldberg Wagner nicht aus den Augen. Kurz darauf griff er auch schon nach seinem Mobiltelefon. Es würde nicht lange dauern, bis Wagner an der Station auftauchte. Mit wem er telefonierte, konnte er nur mutmaßen. Goldberg tippte auf den Empfänger der Caches. Die Lage spitzte sich für die Täter zu, da wurde man unvorsichtig. Insgeheim dankte er Alfred für seinen irrsinnigen Einsatz. Ohne ihn würden sie noch immer im Dunkeln tappen.

Inzwischen waren sie beim Du angelangt. Auch wenn Alfreds Einsatz dumm und lebensgefährlich gewesen war, schickte Hauke einen Ausruf des Dankes gen

Himmel. Sein ehemaliger Chef hatte Freija einen mächtigen Schock beschert. Vermutlich war ihr Leben vor ihrem inneren Auge vorbeigezogen. So eine Verzweiflung wirkte sich meistens vorteilhaft für ihn aus. Nicht, dass er so etwas schon oft erlebt hatte, aber das eine oder andere Mal war es vorgekommen. Das lag in erster Linie an seinem Beruf. Dieses Mal war es allerdings anders. Er wollte die Situation nicht ausnutzen. Er wollte Freija Nørgaard für sich gewinnen.

»Hauke, sei ehrlich, sind wir in Gefahr?«, fragte sie.

»Nein, nicht doch«, erwiderte er sanft.

»Und warum versucht dann jemand, uns an der Abreise zu hindern?«

»Das wissen wir noch nicht.« Was Besseres fiel ihm auf die Schnelle nicht ein. Die Wahrheit würde er ihr sicher nicht erzählen. Das hob er sich für später auf. »Aber wir finden das heraus. Du kannst dich auf uns verlassen.«

»Ich habe Angst.«

»Das brauchst du nicht.« Hauke widerstand dem Impuls, sie in den Arm zu nehmen, und ließ die Gelegenheit, ihr näher zu kommen, ungenutzt verstreichen. »Wir kümmern uns darum.« Was sollte er auch sonst sagen? Dass ihr ehemaliger Dienststellenleiter verrückt nach Feuerwerkskörpern war und seinen privaten Fundus geplündert hatte, um zu verhindern, dass ihr Mörder Kophusen verließ? Wohl kaum. Auch wenn Hauke gedanklich schon in eine wunderbare Zukunft mit dieser Frau blickte, war er immer noch Polizist.

»Habt ihr denn schon einen Verdächtigen?«, fragte sie.

Hauke machte eine vage Geste.

»Wir sind dran«, antwortete er ausweichend.

»Ist es jemand von uns?«

»Wie kommst du darauf?«

»Na ja, ihr seid ziemlich oft hier. Und die Sache mit den Reifen war sicher kein Zufall.«

»Ich darf dir nichts sagen.«

»Kophusen scheint etwas gegen uns zu haben.«

»Nein, nein. Unser Dorf ist eigentlich sehr touristenfreundlich. Ich glaube eher, dass da eine höhere Macht am Werk ist.« Hauke schenkte ihr ein Lächeln.

Sie erwiderte es zaghaft. Wenn er nicht ohnehin schon bis über beide Ohren in sie verschossen gewesen wäre, wäre er spätestens jetzt ihrem Charme erlegen. Die Frau war nicht nur ein echtes Schmuckstück, sie war auch noch klug und selbstbewusst. Wie Hilke. Sofort schob er das Bild seiner Ex-Frau beiseite.

»Bist du verheiratet?«

Hauke sah sie erstaunt an. Mit Mühe versuchte er seine Gesichtszüge unter Kontrolle zu halten. »Nein«, erwiderte er schlicht und ließ Olivia besser unerwähnt. Er wollte sich nicht auf dünnes Eis begeben.

»Hast du in den nächsten Tagen frei?«

»Ja, am Montag.«

»Hast du Lust, gemeinsam mit mir Sylt zu erkunden?«

Mist, dachte er und erinnerte sich vage, dass er ihr gegenüber von einer wunderschönen Insel gesprochen hatte. Dabei hasste er diesen völlig versnobten Ort. Aber das konnte er jetzt schlecht zugeben. Von den Leuten mal abgesehen, war die Insel ja gar nicht so übel. Die reichen Bonzen würde er einfach ausblenden.

Sie verabredeten sich für den kommenden Montag. Bis dahin hatte er Olivia reinen Wein eingeschenkt. Betrug war etwas, das er nicht leiden konnte. Das würde er beiden Frauen nicht antun.

»Gibst du mir deine Handynummer?«

Hauke nickte und Freija reichte ihm ihr Smartphone. Er tippte seine Nummer in das Gerät. »Ich freue mich drauf«, sagte er und gab es ihr zurück.

»Ich mich auch, Hauke. Aber jetzt muss ich mit den Busfahrern mal die Lage besprechen.«

Hauke riss sich von ihrem Anblick los. Seine beiden Kollegen hatten inzwischen das nörgelnde Ehepaar hinter sich gelassen und waren bei der Frau mit dem kleinen Mädchen angelangt. Wagner hatte sich etwas abseits platziert und telefonierte. Kein Wunder, dachte er. Er musste seine Auftraggeber informieren. Der Typ hatte definitiv etwas mit Spitzers Tod zu tun. Hauke ging jede Wette ein, dass er sogar ihr Täter war. Sie mussten ihn nur noch überführen. Ritscher und Dressler hockten auf ihren Koffern. Die beiden Nervensägen zu befragen, überließ er lieber Philip. Also steuerte er die Großmutter an, die mit ihrer Enkelin auf einer Bank saß. Er würde die ältere Dame etwas beruhigen.

Wagners Telefonat hatte nur wenige Minuten gedauert. Goldberg beobachtete, wie er sich geschickt von einer Gruppe zur nächsten hangelte und dann unauffällig den Pfad zum Parkplatz einschlug. Peter stupste ihn an.

»Du hattest recht. Der ist hinter der Reisetasche her. Aber warum?«

Goldberg wollte seine Vermutung gerade äußern, als er aus dem Augenwinkel sah, wie Ritscher und Dressler von ihren Koffern aufstanden und Wagner folgten.

»Schau an, unser Winzerehepaar will ihn begleiten«, wisperte Goldberg Peter zu. »Wir sollten sie aufhalten.«

Der Kommissar fing Haukes Blick auf und bedeutete ihm, sich ihnen ebenfalls an die Fersen zu heften.

Die beiden Männer gingen am Bus vorbei, wo die Reiseleiterin mit den drei Busfahrern debattierte. Hinter dem Parkplatz blieben sie stehen und schauten sich nach Wagner um. Nørgaard stand mit ihren Kollegen jetzt außer Sichtweite am Kopfende des Busses.

»Wohin wollen Sie?«, fragte Peter, als er das Duo eingeholt hatte.

»Ach, Herr Brandt.« Ritscher drehte sich zu ihm um. »Wir wollten nur nach dem Bus sehen.« Er räusperte sich. »Haben Sie den Täter?«

»Nein, noch nicht.«

»Ich denke, Sie beide schulden uns eine Erklärung«, sagte Goldberg, der zu ihnen gestoßen war.

Die Männer warfen sich einen kurzen Blick zu.

»Es tut uns leid, dass wir Ihnen gegenüber nicht ganz ehrlich waren«, erwiderte Dressler reumütig.

»Woher kennen Sie Ulrich Wagner? Oder sollte ich besser Arnold Kowalski sagen?« Die Bemerkung des Kommissars verfehlte ihre Wirkung nicht.

Ritscher sah verdutzt auf. »Woher …?«

»Beantworten Sie meine Frage.« Goldberg hatte nicht vor, sich in die Enge treiben zu lassen.

»Wir kennen ihn gar nicht. Im Gegenteil«, begann Dressler.

»Und worüber haben Sie sich mit ihm gestritten?«

Die Männer schwiegen.

»Entweder Sie packen jetzt endlich aus, oder wir übergeben Sie gleich an die Kollegen. Die haben ein paar hübsche Arrestzellen«, sagte Hauke, der sich bis jetzt im Hintergrund gehalten hatte.

Goldberg ließ ihn gewähren. Ein bisschen Druck konnte nicht schaden.

»Er ist auf uns angesetzt«, sagte Dressler.

»Was soll das heißen?« Hauke ließ dem Mann keine Zeit, um sich Ausflüchte zu überlegen. »Lassen Sie sich nicht alles einzeln aus der Nase ziehen!«

»Wie Sie wissen, bin ich Miteigentümer eines Forschungsinstituts in Düsseldorf«, begann Ritscher. »Leo und ich fahren jedes Jahr nach Sylt. Dieses Mal haben wir uns für eine Busreise entschieden, weil wieder einmal Bahnstreiks drohten und wir die weite Strecke nicht mit dem Wagen fahren wollten. Ich habe darüber mit meinem Kompagnon Lothar Maria Graf gesprochen, er muss uns Kowalski geschickt haben.«

»Und warum?« Haukes Ton duldete keinen Aufschub.

»Mein Mann und ich sind einer großen Schweinerei auf der Spur, die vertuscht werden soll. Wir wollten uns eine kurze Auszeit auf Sylt gönnen, um in aller Ruhe das weitere Vorgehen zu beratschlagen. Allerdings wusste mein Kompagnon bereits, dass wir ihm auf die Schliche gekommen waren.«

»Und Lennart Spitzer?«, fragte Peter.

Ritscher senkte den Blick. »Es ist alles meine Schuld. Wenn ich ihn nicht beauftragt hätte, Nachforschungen anzustellen, wäre er noch am Leben.«

Dressler legte den Arm um seinen Partner. »Lennart arbeitete im Institut als Buchhalter. Er hat meinen Mann auf Unregelmäßigkeiten in der Buchführung hingewiesen. Aber das Ausmaß war viel größer, als wir geahnt hatten. Daraufhin haben wir Lennart gebeten, sich heimlich im Labor umzuschauen.«

Ritscher sah auf. Seine Augen waren glasig. »Es geht um Wasserproben. Das Institut wurde damit beauftragt, den Zustand eines Rhein-Nebenflusses zu untersuchen. Vorgesehen waren etliche Proben an verschiedenen Stellen.« Er wischte sich mit der Hand über die Augen und fasste sich wieder. »Das haben meine Mitarbeiter auch getan. Rund einhundert Proben haben sie genommen. Einige davon wiesen eine Schadstoffbelastung auf, die die zugelassenen Grenzwerte deutlich überschritt. Es wurden Analysen durchgeführt und die ergaben, dass einer unserer eigenen Kunden für die Belastung verantwortlich war. Im Normalfall hat uns das nicht zu interessieren. Wir werten die Proben aus und schreiben unseren Bericht. In diesem Fall ist es anders gelaufen.«

Er verstummte. Die Geschichte wühlte ihn sichtlich auf.

»Ansgars Kompagnon hat sich sein Schweigen teuer bezahlen lassen«, führte Dressler mit hochrotem Kopf fort. »Dann hat er die Proben manipuliert. Wie auf wundersame Weise entsprach der Zustand des Gewässers nun allen geltenden Grenzwerten. Nur ein paar harmlose Werte wurden nicht korrigiert, damit es nicht auffiel.«

Ritscher legte seine Hand auf die seines Partners. »Reg dich nicht auf. Dein Blutdruck«, mahnte er.

»Ach, ich scheiß auf meinen Blutdruck«, rief Dressler laut, bevor er in ruhigerem Ton weitererzählte.

»Die Bestechungsgelder konnten schlecht auf Grafs Konto eingezahlt werden. Sie wurden als Auftrag getarnt. Ein Auftrag, den es nie gegeben hat. Später wurden sie als Sonderzahlung an einige Vorstandsmitglieder deklariert und legal überwiesen. Lennart hatte sehr detaillierte Beweise.«

»Sie kannten Herrn Spitzer bereits vor seiner Zeit als Mitarbeiter?«, mutmaßte Goldberg.

Dressler nickte. »Wir waren befreundet. Mein Mann hat ihm die Stelle im Institut besorgt. Als Lennart zu uns kam und uns von dieser Sauerei berichtete, waren wir empört. Wir haben beschlossen, weitere Beweise zu sammeln und dann zur Polizei zu gehen. Lenni konnte den Geldfluss belegen, allerdings brauchten wir noch Beweise für die Manipulation der Proben. Das war weitaus schwieriger.«

Ritscher übernahm wieder. »Die Studie sollte über einen längeren Zeitraum durchgeführt werden, um den Zustand des Gewässers nicht nur als Momentaufnahme festzuhalten. Also hat Lennart ein paar Proben aus dem Labor sichergestellt und an denselben Stellen Vergleichsproben genommen. Das Ergebnis war erschütternd. Ich habe die Proben persönlich untersucht. Die Werte in den Berichten unterschieden sich beträchtlich.«

»Allerdings wurde Lennart entdeckt, als er sich an den Proben zu schaffen machte. Graf wurde darüber informiert. Lenni gelang es nur, eine der Proben rauszuschmuggeln.«

»Die Schneekugel!«, platzte es aus Hauke heraus. »Das ist die Wasserprobe?«

»Sie haben sie gefunden?«, fragte Ritscher hoffnungsvoll.

»Ja, sie ist auf der Polizeistation sicher verwahrt«, log Goldberg.

»Deshalb will Wagner also an die Tasche«, kombinierte Peter.

»Lennarts Reisetasche?«, wollte Ritscher wissen.

Hauke nickte. »Sie war im Gepäckfach des Busses.«

»Lenni, du genialer Hund!«, entfuhr es Dressler.

»Was ist in jener Nacht passiert?«, fragte Goldberg, als Peters Telefon klingelte.

»Moment.« Sein Kollege nahm das Gespräch an und ging ein Stück zur Seite.

Goldberg beobachtete die beiden Männer, wie sie Peter mit neugierigen Blicken folgten. Konnte ihre Geschichte wahr sein? Aber warum hatten sie die ganze Zeit über geschwiegen, wenn Spitzer angeblich so ein guter Freund gewesen war und in ihrem Auftrag gehandelt hatte? Und warum war Spitzer ihnen hinterhergefahren? Ungeduldig warteten alle vier, dass Peter das Gespräch beendete.

»Ich muss los«, sagte er.

Goldberg nickte nur.

»Soll ich mitkommen?«, bot Hauke an.

»Nein, ist schon gut. Ich schaffe das allein.«

»Ist etwas passiert?«, erkundigte sich Ritscher.

»Können wir behilflich sein?«, fragte Dressler.

Peter schüttelte den Kopf. »Ich nehme den Streifenwagen. Die Kollegen können euch später zur Station bringen.«

»Wenn die denn endlich mal aufkreuzen!«, moserte Hauke.

Peter stieg in den Streifenwagen und fuhr davon. Hauke warf Goldberg einen besorgten Blick zu. Der Kommissar war sich sicher, dass ihr Kollege zur Station unterwegs war, um Alfred zu unterstützen. Vermutlich war Wagner alias Kowalski inzwischen dort aufgetaucht.

»Nehmen Sie Arnold jetzt fest?«, fragte Ritscher.

»Sie haben meine Frage vorhin nicht beantwortet. Was ist in jener Nacht passiert?«, nahm der Kommissar unbeirrt den Faden wieder auf.

Die beiden vermieden es, sich anzuschauen. Goldberg kamen Zweifel, ob sie den richtigen Mann verdächtigten. Konnte Wagners Telefonat auch ganz anders interpretiert werden? Hauke schien ein ähnlicher Gedanke umzutreiben.

»Raus mit der Sprache! Wer hat Spitzer ermordet?«, fragte er ungeduldig.

»Unser Freund ist von Kowalski umgebracht worden. Er hat ihn auf dem Rastplatz erkannt, als Lenni uns die Probe aushändigen wollte, um sie vor Graf in Sicherheit zu bringen.«

»Die Schneekugel?«, fragte Hauke.

Ritscher nickte. »Es war Lennis Idee.«

»Woher kannten sich die beiden?«, wollte Goldberg wissen.

»Vor einigen Wochen hat es einen Zwischenfall gegeben. Kowalski sollte Lenni einschüchtern und ihn so zum Schweigen bringen.«

»Lenni konnte auf der Raststätte fliehen. Doch Arnold wusste, dass er uns gesucht hat. Er drohte uns. Wir sollten Lenni in eine Falle locken. Da hat er ihm aufgelauert und ermordet.« Dresslers Stimme erstickte in einem leisen Schluchzer.

»Wer ist dieser Typ?«, fragte Hauke.

»Er arbeitet für Graf«, sagte Ritscher.

»Und warum ist er hier?«

»Um uns zu überwachen und einzuschüchtern. Mein Kompagnon hat ihn uns auf den Hals gehetzt.«

»Und Sie?«, fragte Hauke. »Warum haben Sie sich nicht an uns gewandt?«

»Wir haben versucht, sie indirekt auf seine Fährte zu setzen. Mehr konnten wir nicht tun. Er hat gedroht, uns umzubringen, wenn wir die Polizei einschalten.«

»Daher also die Geocaches?«, fragte Hauke.

Beide Männer sahen ihn verwirrt an.

»Wie bitte?«, fragte Ritscher.

In dem Moment hörten sie die Sirene des Streifenwagens. Goldberg würde den Kollegen kurz die Lage erklären, und dann wollte er schnellstmöglich zur Station, um zu erfahren, welche Geschichte Arnold Kowalski auf Lager hatte. Wenn Ritscher und Dressler die Wahrheit gesagt hatten, waren die Caches Kowalskis Werk. Dann konnte der Empfänger nur Professor Graf sein oder ein weiterer Handlanger des Institutsleiters.

»Kommen Sie, wir müssen Ihnen noch etwas

beichten«, sagte Ritscher plötzlich und bedeutete ihnen, näher an den Bus zu treten. »Das muss nicht jeder hören.«

Goldberg zögerte einen Moment, ging dann zwei Schritte auf ihn zu. Ritscher blieb stehen. Dressler stand dicht hinter ihm.

»Wir haben Informationen …«, begann er und Goldberg drehte sich zu ihm. Doch es war zu spät. Dresslers Faust schnellte direkt auf ihn zu.

27

Peter parkte hinter Alfreds Polo, der auf der anderen Straßenseite gegenüber der Station stand. Er stieg zu seinem ehemaligen Chef in den Wagen. Alfred berichtete, dass Kowalski völlig außer Atem angekommen war und an der Tür geklingelt hatte. Er hatte versucht, sie gewaltsam zu öffnen. Nachdem ihm das nicht gelungen war, war er ums Haus geschlichen und hatte an den Fenstern gerüttelt. Das Einfamilienhaus, in dem die Station untergebracht war, war klein. Das Gartengrundstück nach hinten raus hatte man damals an den Nachbarn verkauft. Inzwischen säumte eine hohe Lorbeerhecke das Haus. Wagner war bisher nicht wieder aufgetaucht. Wenn er nicht durch die Büsche in den Nachbargarten getürmt war, musste er sich noch hinterm Haus aufhalten. Die ehemalige Terrassentür hatte man damals zugemauert. Nur das Fenster von Philips Büro war übriggeblieben.

»Wisst ihr, ob der Knabe bewaffnet ist?«, fragte Alfred, ohne das Haus aus den Augen zu lassen.

»Die Mordwaffe war ein Kabel. Wenn das alles ist, was er zu bieten hat, nehme ich es schon mit ihm auf.«

»Also keine Verstärkung?«

»Wir haben die Itzehoer Kollegen gerade zum Ferienhof beordert. Ich glaube kaum, dass die uns jetzt noch eine Streife hierherschicken.«

»Ist er unser Täter?«

»Sieht ganz danach aus. Die beiden anderen behaupten es jedenfalls.«

»Dann sollten wir ihn festnehmen.«

»Ich sollte ihn festnehmen«, korrigierte Peter.

»Ich lasse dich doch nicht allein mit dem Kerl.«

»Du hältst dich im Hintergrund. Du hast für heute genug angestellt. Ich will nicht, dass die dich mit deinem Bühnenspektakel in Verbindung bringen und du am Ende noch Ärger kriegst.«

Alfred nickte ergeben.

»Gut, ich gehe rüber. Du bleibst im Wagen, hörst du?«

»Schon gut.«

Peter ließ die Bemerkung unkommentiert. Falls es wider Erwarten hart auf hart kommen sollte, würde Peter froh sein, dass Alfred in Hörweite war. Peter nickte ihm zu und stieg aus dem Auto. Langsam überquerte er die Straße. Als er den Bürgersteig erreicht hatte, zog er die Dienstwaffe aus dem Holster. Jedes Mal, wenn er sie im Einsatz benutzte, wog sie schwerer als sonst. Die Pforte war angelehnt. Mit dem Fuß stieß er sie auf und schlich zur Glastür. Peter überlegte kurz. Kowalski konnte das Fenster zu Philips Büro eingeschlagen haben. Wenn er an die Tasche wollte, war das der einzige Weg ins Innere. Peter entschied, hintenrum zu gehen. Falls Wagner tatsächlich im Haus war, wollte er ihn nicht durch das Geräusch der Tür vorwarnen. Peter lugte durch das kleine Küchenfenster an der Seite. Nichts. Er spähte um die

Hausecke. Der schmale Plattenweg, der um die Station führte, war leer. Langsam kam er sich lächerlich vor, mit der Waffe in der Hand, um die Polizeistation zu schleichen. Doch als er Philips Fenster erreichte, war das Gefühl schlagartig verflogen. Durch das große Loch in der Scheibe fiel sein Blick auf den Schreibtisch seines Chefs. Die Tür war angelehnt und verhinderte die Sicht auf den dahinterliegenden Raum. Kowalski musste noch im Haus sein.

Peter beschloss, den Augenblick zu nutzen und Kowalski zu überrumpeln. Bis Verstärkung eintreffen würde, wäre es sicher zu spät. Er schob die Waffe zurück ins Holster, stützte sich auf der schmalen Fensterbank ab und hob sein rechtes Bein. Dass er jemals, wie ein Einbrecher hier einsteigen würde, hatte er nicht gedacht. Mit einem Ruck hievte er sich auf den Sims. Das Loch war groß genug. Leise zwängte er sich hindurch. Er blieb auf dem breiten Fensterbrett hocken. Sohanraj wäre stolz auf ihn, schoss es ihm durch den Kopf. Vorsichtig trat er neben die Glasscherben, um keinen Lärm zu machen.

»Scheiße, Scheiße, Scheiße«, hörte er Kowalski im Nebenraum fluchen.

Kein Wunder, dachte Peter. Die Reisetasche befand sich sicher in Kiel bei den Kollegen. Er zog seine Dienstwaffe und schlich zur Bürotür. Durch den schmalen Spalt sah er Wagner, der gerade Haukes Schreibtisch durchwühlte. Peter atmete tief ein und wieder aus. Dann stieß er die Tür auf.

»Keine Bewegung!«, rief er. Das Zittern in seiner Stimme versuchte er zu ignorieren.

Kowalski fuhr herum und starrte Peter überrascht an. Im Bruchteil einer Sekunde schweiften seine Augen zur Eingangstür und wieder zu Peter zurück. Seine Nasenflügel bebten.

»Herr Kowalski, Sie kommen hier nicht raus. Die Kollegen warten vor dem Haus auf Sie. Seien Sie vernünftig und leisten Sie keinen Widerstand.«

Kowalskis Augen blitzten kurz auf, als er seinen echten Namen hörte. Damit hatte er nicht gerechnet. Peter konnte keine Waffe sehen. Kowalski blieb nichts anderes übrig, als sich zu ergeben. Er würde nicht so dumm sein, einen unbewaffneten Kamikaze-Auftritt zu unternehmen. Und doch schien der Mann fieberhaft nach einer Fluchtmöglichkeit Ausschau zu halten.

»Bitte, Herr Kowalski, wir wissen, dass Sie die Reisetasche suchen. Die ist nicht hier. Glauben Sie mir, es ist zwecklos.«

»Denken Sie, ich war es?«, fragte er plötzlich. »Ich hätte Spitzer umgebracht?«

Peter ließ den Mann nicht aus den Augen. Er stand vielleicht zwei Meter von ihm entfernt. »Wir werden das alles in Ruhe klären. Nehmen Sie Ihre Hände hoch.«

»Sie wissen gar nichts«, erwiderte Kowalski. »Gar nichts.«

»Dann erklären Sie es mir. Drehen Sie sich um und legen Sie die Hände an Ihren Hinterkopf.«

»Damit Sie mich verhaften können? Niemals. Ich habe nichts getan.«

Das ist komplizierter als erwartet, dachte Peter. Die Anspannung stieg. Er spürte das Kribbeln in seinem

Nacken. Die Sache war erst ausgestanden, wenn Kowalski die Handschellen umhatte. Egal ob schuldig oder nicht. Falls der Mann vor ihm in Panik geriet, würde er schießen müssen, und das wollte Peter unter allen Umständen vermeiden.

»Herr Kowalski«, versuchte er es erneut, »bitte zwingen Sie mich nicht, von meiner Schusswaffe Gebrauch zu machen. Sie können mir in Ruhe erklären, was zwischen Ihnen und Lennart Spitzer vorgefallen ist. Aber legen Sie die Hände an den Hinterkopf.«

Der Mann biss sich auf die Unterlippe. Sein Blick schwirrte unstet umher. Plötzlich drehte er sich zur Seite. Die Schnelligkeit, mit der er sich bewegte, ließ Peter zusammenzucken. »Halt«, rief er und sah, wie Kowalski nach dem Locher griff. »Hören Sie auf oder ich schieße!«

Der Mann schleuderte das schwere Ding auf Peter. »Ich habe nichts damit zu tun«, brüllte er.

Peter duckte sich und der Locher flog in hohem Bogen über seinen Kopf hinweg. »Wenn Sie nicht sofort aufhören, schieße ich«, wiederholte er.

Es dauerte nicht lange und Kowalski griff nach dem Tacker. Jetzt reichte es Peter. Er zielte auf den Unterschenkel und feuerte die Waffe ab. An diesen Lärm würde er sich nie gewöhnen. Die Kugel streifte Kowalskis Wade. Das Bein knickte sofort ein. Kowalski ließ den Tacker fallen und ging ebenfalls zu Boden. Peter stopfte die Waffe ins Holster und rannte zu ihm. Er wand sich vor Schmerzen. Innerhalb weniger Sekunden hatte Peter ihm die Handschellen angelegt.

»Ich habe Sie gewarnt«, rief Peter. »Sie wollten ja nicht hören.«

»Peter? Alles klar bei dir?« Alfred hämmerte gegen die gläserne Eingangstür. »Was ist da drinnen los?« Seine Stimme klang panisch.

»Alles okay. Ich komme.« Peter erhob sich und lief zur Tür.

»Ich war das nicht. Ich habe nichts damit zu tun« wimmerte Kowalski.

Alfred stürzte auf Peter zu. »Bist du verletzt?«

Peter schüttelte den Kopf und deutete auf Kowalski. »Er sagt, er war es nicht.«

»Aber wenn er Spitzer nicht ermordet hat, wer war es dann?«, fragte Alfred und holte das Verbandszeug aus dem Erste-Hilfe-Kasten an der Wand.

Die beiden Beamten tauschten einen Blick. Peter zückte sein Telefon. Haukes Mailbox sprang an. Hastig wählte er Philips Kontakt aus. Doch auch bei ihm meldete sich niemand.

28

Goldberg schlug die Augen auf. Um ihn herum war es stockdunkel. Er lag auf der Seite. Der Boden war hart und voller Sand. Seine Schläfe schmerzte. An den Fingern spürte er Blut. Vorsichtig erhob er sich und stieß mit dem Kopf an die Decke. Er unterdrückte einen Fluch. Von außen drang entferntes Stimmengewirr in den Raum. Es ebbte ab und die Stille senkte sich über ihn. Philip schloss die Augen und versuchte, sich zu beruhigen. Sein Atem dröhnte in seinen Ohren. Wo zum Teufel war er?

»Hauke?«, flüsterte er. »Bist du da?«

Keine Antwort. Seine Hand ertastete das Papiertaschentuch in seiner Hosentasche. Er drückte es auf die Wunde. Mit der anderen suchte er den Boden ab. Hatte man ihn in einen Keller gesperrt? Langsam robbte er zu einer Wand. Sie fühlte sich kalt an, doch es war kein Mauerwerk. Er drehte sich zur anderen Seite und starrte in die Dunkelheit. Goldberg zwang sich zur Konzentration. Er musste hier raus. Der Raum war lang und flach. Diese alten Häuser hatten oft einen Kriechkeller. Aber wie hatten die beiden Männer ihn unbemerkt zum Haupthaus zurückgebracht? Das ergab keinen Sinn. Und wo war Hauke? Mühsam arbeitete er sich zur gegenüberliegenden Wand vor. Nichts. Er drehte sich in die entgegengesetzte Richtung und kroch auf allen vieren zurück, bis er das andere Ende erreichte. Resigniert hielt er inne. Dann fiel ihm sein Telefon ein. Es steckte nicht am gewohnten Platz. Klar, sie hatten es ihm abgenommen. Verdammter Mist. So etwas war ihm in all den Jahren nicht passiert. Seine Augen gewöhnten sich an die Dunkelheit. Wie lange war er schon hier? Und warum gab es keine Fenster? Selbst Kriechkeller hatten schmale Luken zur Belüftung. Langsam drehte er sich um die eigene Achse. Um die aufsteigende Panik zu bezähmen, atmete er tief ein und langsam wieder aus. Er musste einen klaren Kopf behalten.

Goldberg versuchte, die Ereignisse zu rekonstruieren. Die Tatsache, dass man ihn hier eingesperrt hatte, musste bedeuten, dass der Täter nicht Kowalski war. Jedenfalls nicht allein. War es möglich, dass Ritscher und Dressler mit Kowalski unter einer Decke steckten und Spitzer dahintergekommen war? Vielleicht hatte er sie mit dem Inhalt der Schneekugel erpressen wollen? Waren die beiden geflüchtet?

Die Dunkelheit machte ihn nervös. Da, ein Geräusch. Es klang wie ein dumpfer Aufprall direkt über ihm. Instinktiv richtete er sich auf und hämmerte mit den Fäusten gegen die Decke.

»Hallo? Ist da jemand? Hören Sie mich?«

Goldberg hatte noch nie so laut gebrüllt. Im ersten Moment erschrak er über seine eigene Stimme. Über ihm waren Schritte zu hören. Wieder schlugen seine Fäuste gegen die Wand, und plötzlich wusste er, wo er sich befand. Er war nicht in einem Keller. Man hatte ihn in den Gepäckraum des Busses gesperrt. Die Decke vibrierte unter seinen Schlägen. Dann näherten sich Stimmen. Es dauerte einen Augenblick und die Luke hinter ihm schwang auf. Goldberg bedeckte seine Augen. Das gleißende Sonnenlicht schmerzte.

»Was machen Sie da drin?«, hörte er Petrovs Stimme.

Das wollte er auch gerne wissen, dachte Goldberg und krabbelte zur Luke. Nur langsam gewöhnten sich seine Augen an die Helligkeit.

»Wo ist mein Kollege?«, fragte er.

»Der ist mit den beiden Männern weggegangen.«

»Und die anderen Kollegen?«

»Die sind im Innenhof.«

»Scheiße«, entfuhr es ihm.

»Wer hat Sie denn da eingesperrt?«

Dieses Mal verkniff Goldberg sich einen Kraftausdruck. Seine Knochen taten weh. Petrov half ihm aus dem Gepäckfach. Die Knie knackten. »Danke«, sagte er und klopfte ihm kurz auf die Schulter. »Wenn Sie einen der drei sehen, rufen Sie mich sofort. Haben Sie verstanden?«

Petrov nickte, sichtbar verwirrt.

Goldberg blieb keine Zeit, ihm etwas zu erläutern. So schnell, wie es ihm möglich war, eilte er in den Innenhof. Zwei Beamte standen bei Freija Nørgaard. Der Rest suchte die Wiese nach den Überbleibseln des Feuerwerks ab.

»Hat jemand Ritscher und Dressler gesehen?«, fragte er, als er bei der Dreiergruppe ankam.

Die Reiseleiterin schüttelte den Kopf. »Ist etwas passiert?«

»Und Hauke Thomsen?«

»Auch nicht«, erwiderte Freija besorgt und die beiden Beamten verneinten ebenfalls.

»Ich brauche ein Telefon.«

Freija reagierte als Erste. »Haukes Nummer ist eingespeichert.« Sie gab die Tastatur mit ihrem Daumenabdruck frei und wählte den Kontakt aus. »Hier.«

Das Freizeichen dröhnte in seinem Kopf. Geh ran, wiederholte er in Gedanken, geh ran! Stattdessen erklang Haukes Mailbox-Ansage. Der Kommissar unterbrach die Verbindung und wählte die Festnetznummer der Polizeistation. Die einzige, die er auswendig kannte. Nach dem zweiten Freizeichen nahm Alfred das Gespräch an.

»Polizeirev …«

»Hier ist Philip«, unterbrach er ihn. »Ist Peter bei dir?«

»Ja. Und Wagner. Also Kowalski. Er sagt, er war es nicht. Aber was ist bei euch los? Du klingst aufgebracht. Alles okay?«

»Sie haben Hauke.«

»Was? Wer?«

»Gib mir Peter.«

Wortlos wurde er weitergereicht.

»Was ist los?«

»Ritscher und Dressler sind verschwunden. Laut Petrov ist Hauke bei ihnen. Mich haben sie k. o. geschlagen und in das Gepäckfach des Busses gesperrt.«

»Wie bitte?«

»Was hat Kowalski gesagt?«

Peter brauchte einen Augenblick, um die Neuigkeiten zu verarbeiten. »Er war es nicht. Die wollen ihm den Mord in die Schuhe schieben, behauptet er. Kowalski hat gesehen, wie Dressler und Ritscher sich mit Spitzer an der Buskehre getroffen haben. Sie sind in Streit geraten und Dressler soll die Kontrolle verloren haben. Kowalski ist vom Institut beauftragt worden, die beiden zu verfolgen.

Angeblich hat Spitzer manipulierte Proben entdeckt. Er hat sich vertrauensvoll an Ritscher gewandt, ohne zu wissen, dass sein Freund dahintersteckt. An dem Mordabend haben sie versucht, Spitzer zu bestechen. Als der sich weigerte, hat Dressler auf ihn eingestochen. Dann haben sie die Leiche im Kastenwagen zu Henrys Hof geschafft. Kowalski ist ihnen mit einem Leihfahrrad gefolgt und hat gesehen, wie sie Lennart mit bloßen Händen in der Sandkiste verscharrt haben.«

»Ihr bleibt vor Ort. Wenn Kowalski die Wahrheit sagt, wollen die zwei die Schneekugel haben. Deshalb brauchen sie Hauke, um in die Station zu kommen. Passt auf, die haben seine Waffe!«

»Wir halten die Stellung.« Damit unterbrach Peter die Verbindung.

»Was ist mit Hauke?«, fragte Freija.

Goldberg ignorierte ihre Frage und wandte sich an zwei uniformierte Kollegen: »Ich brauche eure Unterstützung.«

Hauke ging voran. Der Pistolenlauf in seinem Rücken zwang ihn dazu. Am liebsten hätte er Ritscher die Waffe aus der Hand geschlagen, doch er hatte die beiden Männer falsch eingeschätzt. Er hatte ihnen ihre

Geschichte von ihrem armen ermordeten Freund abgekauft und war ihnen auf den Leim gegangen. Als er sah, wie Dressler zum Schlag ausholte, hatte Ritscher bereits auf ihn gezielt. Er hatte sie für harmlose Spinner gehalten. So konnte man sich irren. Sein einziger Lichtblick war, dass Peter und Alfred in der Polizeistation waren. Nachdem sie Philip in das Gepäckfach verfrachtet hatten, zwangen sie ihn, sie zur Station zu führen. Dass die Reisetasche mit der Schneekugel gar nicht dort war, ließ Hauke besser unerwähnt.

»Ich habe dir doch gesagt, Kowalski ist von Graf geschickt worden«, sagte Dressler.

Seit sie unterwegs waren, zoffften sich die beiden. Hauke war ganz froh darüber. Es lenkte sie davon ab, ihn umzubringen.

»Du hast uns den ganzen Ärger eingebrockt. Wenn Lenni noch am Leben wäre, müssten wir jetzt nicht durch die Pampa marschieren«, widersprach Ritscher. »Er war unser Freund!«

»Dein Ex-Freund!«

»Du und deine verfluchte Eifersucht.«

»Ich fasse es nicht, dass du ihn immer noch verteidigst. Er wollte uns ans Messer liefern.«

Hauke stapfte wortlos den Feldweg durch die Wiesen entlang. Das war der kürzeste Weg. Nicht mehr lange und sie würden auf die Hauptstraße abbiegen.

»Deshalb hättest du ihn nicht gleich umbringen müssen«, insistierte Ritscher.

»Ach, und was hättest du gemacht? Mit dem Mann war nicht mehr zu reden. Wir haben alles versucht, um ihn umzustimmen.«

»Lenni wollte nur das Richtige tun.«

»Lassen wir das«, sagte Dressler. »Wenn wir die Schneekugel haben, hauen wir ab.«

Hauke beschleunigte seine Schritte. Er wollte endlich die Waffe in seinem Rücken loswerden.

»Und was, wenn Kowalski sie hat?«, fragte Ritscher.

»Dann hauen wir eben ohne die Probe ab.«

»Graf hat dann alle Beweise in der Hand.«

»Mit dem Geld können wir uns für alle Zeiten absetzen. Weit weg, wo uns niemand kennt.«

Auf der Hauptstraße war nichts los. Der Dorfkern lag ein Stück weiter oben, sodass sie ohne Begegnungen mit irgendwelchen Passanten auf die schmale Straße abbogen. Die Station kam in Sichtweite. Alles schien ruhig zu sein. Alfreds Polo parkte gegenüber der Wache am Straßenrand. Im Vorbeigehen warf Hauke einen verstohlenen Blick in das Wageninnere.

»Mach auf«, befahl Dressler, als sie auf dem Treppenabsatz ankamen.

Hauke gehorchte. Er zog den Schlüssel aus der Hosentasche und ließ ihn geschickt ungeschickt fallen.

»T'schuldigung«, brummte er.

»Beeil dich«, zischte Dressler.

An dem Bund waren sämtliche Schlüssel. Er fluchte laut und tat so, als hätten sie sich verhakt. In Wahrheit versuchte er, Peter Zeit zu geben, sich auf den bevorstehenden Besuch vorzubereiten. Schließlich steckte Hauke den Schlüssel ins Schloss und drehte ihn um. Sein Puls beschleunigte sich. Ohne seine Dienstwaffe fühlte er sich nackt und ausgeliefert. Hauke schob die schwere Glastür auf.

Der Anblick, der sich ihm bot, überraschte ihn. Peter saß an seinem Schreibtisch, als wäre nichts passiert. Als Hauke mit den beiden Männern im Schlepptau eintrat, hob er den Kopf.

»Gut, dass ihr kommt«, sagte Peter und erhob sich.

»Bleib stehen!«, rief Dressler. »Dein Kollege hat eine Waffe in seinem Rücken. Wenn du dich bewegst, wird er es nicht unbeschadet überstehen.«

Peter hielt in der Bewegung inne.

»Wo ist Kowalski?«, fragte Ritscher.

Peter deutete mit dem Kopf auf Philips geschlossene Bürotür, schien sich aber nicht aus der Ruhe bringen zu lassen.

»Und die Reisetasche?«, fragte Dressler.

Hauke spürte, wie sich seine Nackenmuskeln spannten. Was hatte Peter vor? Und wo um Himmels willen war Alfred?

»In der Küche.« Peter zeigte auf die Tür zur Pantry.

»Hol sie«, forderte Dressler Peter auf.

Der hob die Hände und setzte gemächlich einen Fuß vor den anderen. Was ging hier vor? Peter wusste doch, dass die Reisetasche nicht hier war. Und inzwischen sollte auch er kapiert haben, dass sich die beiden Täter nicht einfach so verarschen ließen. Hauke sah, wie Peter in der Küche verschwand. Sekunden verstrichen, ohne dass etwas geschah. Haukes Blick schwirrte umher. Die Stille war kaum auszuhalten.

»Was macht er da?«, flüsterte Ritscher.

»He, beeilen Sie sich! Kommen Sie mit der Tasche raus«, rief Dressler. »Ihr Kollege wird es sonst nicht überleben.«

Die Waffe bohrte sich in seinen unteren Rücken. Scheiße noch mal, dachte Hauke. Was zum Teufel trieben Peter und Alfred hier? Plötzlich erklang ein lautes Scheppern. Hauke zuckte zusammen. Auch Dressler schien erschrocken zu sein, doch es ging zu schnell, um ihn zu überwältigen.

»Was ist los?«, rief der.

»Entschuldigen Sie«, Peters Kopf lugte um die Ecke, »mir ist der Topf runtergefallen.«

Hauke brach der Schweiß aus.

»Beeil dich, verdammt«, rief Dressler.

»Was macht der Mann da drin? Der führt uns doch an der Nase rum«, flüsterte Ritscher. »Sieh mal nach.«

Kaum hatte Dressler sich in Bewegung gesetzt und war an Hauke vorbei, gellte ein Schuss hinter ihnen. Instinktiv duckten sich die Männer und drehten sich um. Alfred stand in der Eingangstür und hatte Peters Waffe abgefeuert. Vom Loch in der Decke rieselte der Putz. Dressler stürmte auf ihn zu, doch Alfred war schneller. Mit einem Tritt gegen das Schienbein ging Dressler zu Boden. Hauke drehte sich wieder um. Ritscher war erschrocken in der Küchentür stehen geblieben. Dort wurde er von Peter erwartet, der nach seinem Arm griff und ihn auf den Boden zwang.

»Das wurde aber auch Zeit«, sagte Hauke und atmete erleichtert auf.

»Peter? Alfred?«, rief Philip von draußen und bog auch schon um die Ecke, zwei Itzehoer Kollegen mit entsicherten Waffen dicht hinter ihm. »Alles in Ordnung?«

Hauke nickte.

»Wo ist Kowalski?«, fragte ihr Chef.

»Der sitzt an unserem Schreibtisch«, sagte Alfred, der Dressler gerade an die beiden Kollegen übergab.

Peter hatte Ritscher die Hände auf den Rücken gedreht und hielt ihn fest.

»Wir rufen die Kollegen an«, sagte einer der Beamten.

»Alles klar bei dir?«, fragte Hauke.

Der Kommissar nickte und rieb sich die Schläfe. Philip schritt an ihm vorbei und öffnete die Tür zu seinem Büro. Hauke sah ihm über die Schulter. Kowalski saß auf dem Stuhl. Sein Bein lag auf dem Schreibtisch. An der Wade entdeckte Hauke einen blutdurchtränkten Verband.

»Ich brauche einen Arzt«, rief er.

»Das ist nur ein Streifschuss«, erklärte Peter.

Hauke drehte sich zu Peter. »Was ist hier passiert?«

»Er hat mit dem Locher nach mir geworfen«, sagte sein Freund, als würde dies alles erklären.

»Ihr zwei seid mir vielleicht ein tolles Team.« Hauke zückte kopfschüttelnd sein Telefon und rief einen Rettungswagen. Dann betrat er das Büro. »So, Herr Kowalski, bis die Sanitäter hier sind, haben Sie genügend Zeit, uns zu erläutern, was es mit den Geocaches auf sich hat.«

Kowalski senkte den Kopf. »Ich arbeite für das Institut. Lennart Spitzer hat von den Proben gewusst, aber es war nicht der Professor, sondern Ansgar Ritscher, der den kriminellen Deal gemacht und die Untersuchungsergebnisse manipuliert hat. Lennart wollte das nicht glauben. Ich sollte ihn davon überzeugen, nicht zur Polizei zu gehen. Graf wollte die Sache intern regeln. So einen Skandal überlebt kein Institut. Doch Lennart ließ nicht mit sich reden. Er ist völlig ausgerastet und hat mich wüst beschimpft und in der Kneipe zusammengeschlagen. Graf hatte Panik, und als Ritscher mitteilte, er wolle verreisen, hat er mich beauftragt, ihm zu folgen. Er wollte sie im Blick behalten. Ich habe die Pension beobachtet und am Abend bin ich den beiden zur Buskehre gefolgt. Dort hat Spitzer auf sie gewartet. Sie haben sich gestritten. Und als Spitzer gedroht hat, zur Polizei zu gehen, hat Dressler die Kontrolle verloren. Plötzlich hat der ein Messer gezückt und auf ihn eingestochen. Ritscher hat versucht, ihn daran zu hindern. Aber der Mann war wie von Sinnen. Danach haben sie Spitzer in den Transporter verfrachtet. Ich bin ihnen mit dem Fahrrad gefolgt. Sie haben den Kastenwagen auf dem verlassenen Hof abgestellt und die Leiche im Sandkasten verbuddelt. Dann sind sie zu Fuß abgehauen.«

»Und Sie, was haben Sie gemacht?«

»Ich habe mein Rad in den Kastenwagen geschmissen und bin damit weggefahren. Ich wollte nicht, dass jemand das Auto auf dem Hof entdeckt und womöglich die Polizei ruft. Am nächsten Morgen bin ich zu einem Internetcafé gefahren und habe den Cache erstellt, damit Grafs Leute die Leiche abholen können.«

»Aber die drei Geocacher aus Hamburg waren schneller«, stellte Hauke fest.

Kowalski nickte. »Ich wollte nachschauen, ob sie Lennart schon abgeholt hatten, da wimmelte es auf dem Hof von Polizei.«

»Deshalb die Nachricht am Sperrwerk. Aber was sollte uns Schlumpfine sagen?«, fragte Hauke.

»Auf dem Rastplatz habe ich Spitzer mit der Reiseleiterin gesehen. Außerdem hat sie oft mit Ritscher und Dressler zusammengehockt. Ich wollte sichergehen, dass niemand übersehen wird.«

»Kannten Sie die beiden Männer?«, fragte Philip.

Kowalski schüttelte den Kopf. »Nein, aber als Spitzer mich auf dem Rastplatz entdeckte, hat er es ihnen brühwarm erzählt.«

»Sie behaupten, von Ihnen bedroht worden zu sein«, sagte Philip.

Wagner hob den Kopf. »Ich sie? Ich bin froh, dass ich diese Sache überlebt habe. Ich war kurz davor, alles hinzuschmeißen. Es war eine Schnapsidee von Graf, mich auf diese Bustour zu schicken. Hätte ich ihnen gedroht, sie hätten mich ebenso umgebracht wie Spitzer.«

»Um wie viel Geld geht es eigentlich?«, fragte Hauke.

»Angeblich sind es sechs Millionen Euro, die Ansgar Ritscher für sein Schweigen bekommen haben soll.«

»Wo ist das Geld?«

»Das weiß ich nicht.«

Die Sirenen des Rettungswagens erklangen. Hauke sah, wie Kowalski erleichtert aufatmete.

»Wessen Idee war die Geocache-Nummer?«, wollte Hauke wissen.

»Graf wollte sichergehen, dass ihn niemand mit der Bestechung in Verbindung bringen kann. Da hat er sich diesen Quatsch ausgedacht. Ich mache nur, was man von mir verlangt. Das ist eben mein Job.«

Quatsch war das richtige Wort, dachte Hauke. Es

klopfte an der Tür. Peter ließ die Rettungssanitäter ein und führte sie in Philips Büro. Haukes Blick fiel auf den Teller mit den vertrockneten Haferkeksen. Er ließ sich kauend auf seinen Schreibtischstuhl fallen und dachte an Freija. Ein Gutes hatte diese absurde Geschichte immerhin gehabt. Auch wenn er dafür nach Sylt musste.

29

Das Restaurant hatte Olivia ausgesucht. Hauke hatte es ihr überlassen, sie kannte sich in Elmshorn besser aus und er vertraute, trotz allem, ihrem guten Geschmack. Er setzte sich an den Tisch, den sie auf ihren Namen reserviert hatte. Olivia kam oft zu spät. Hauke kannte das schon.

Nach den letzten Tagen war die Entscheidung gereift. Seine Gefühle für Freija spielten dabei nur eine untergeordnete Rolle. Hauke war sich sicher, dass Olivia ähnlich empfand. Die letzten zwei Tage hatten sie sich nicht einmal mehr eine Nachricht geschickt. Das würde dieses Treffen wesentlich einfacher machen.

Peter hatte es inzwischen verstanden. Der Tumult auf der Station hatte allerdings nicht unwesentlich dazu beigetragen. Wenn man sein Leben zu verlieren drohte, rückte das sämtliche Ansichten in eine andere Perspektive und ließ einen spüren, was wirklich wichtig war.

Die Reisegruppe war am nächsten Tag abgereist. Mit neuen Reifen. Dass Alfred sie zerstochen hatte, blieb ihr Geheimnis. Die Ermittlungen gegen unbekannt würden im Nichts versanden, da waren sie sich einig. Das Feuerwerk war allerdings nicht so einfach aus der Welt zu schaffen. Weidenbach hatte die Ermittlungen aufgenommen. Sie konnten nur hoffen, dass alle dichthielten, der Mann in der Regionalleitstelle der Feuerwehr eingeschlossen.

Der Kellner kam an den Tisch. »Sind Sie Hauke Thomsen?«

»Ja«, antwortete er verdutzt.

»Ich soll Ihnen dieses Kuvert geben. Die Rechnung geht an die Absenderin.«

Er nahm den weißen Umschlag vom Tablett. Der Kellner verschwand diskret und Hauke öffnete ihn. Olivia hatte sich entschlossen, nicht zu kommen. In den wenigen Zeilen entschuldigte sie sich für ihre Feigheit, aber sie meinte, sie könnten sich dieses »unsägliche Schlussmachtreffen« ersparen. Stattdessen wünsche sie ihm viel Glück für die Zukunft und er solle das Essen genießen. Hauke las ihren Brief noch einmal. Unschlüssig blickte er auf ihre gebogene Handschrift und konnte sich nicht entscheiden, ob er wütend oder erleichtert sein sollte.

Wie konnte sie das tun? So verhielt man sich als erwachsener Mensch nicht. Das war nicht nur unhöflich, sondern auch demütigend. Kurz war er versucht, aufzuspringen und aus dem Restaurant zu stürmen. Ein leises Schnauben entfuhr ihm. Er blickte sich um. Das Essen auf den Tellern der anderen Gäste sah wirklich lecker aus. In einem derart vornehmen Restaurant war er noch nie gewesen. Warum sollte er das gute Essen verschmähen? Wenn seine Verflossene auch noch bezahlte. Seine Wut verrauchte und er beschloss, Olivia richtig bluten zu lassen. Wie gut, dass er den ganzen Tag vor lauter Aufregung kaum etwas herunterbekommen hatte. Wie aufs Stichwort meldete sich sein Magen mit einem leisen Knurren. Wenn er es sich recht überlegte, war Olivias Reaktion seiner eigenen Schlussmach-Arien nicht unähnlich. Einmal hatte er eine Frau in die Kneipe eingeladen, doch kurz vor der Tür hatte er einfach auf dem Absatz kehrtgemacht. Hinter der nächsten Ecke hatte er in der Bar angerufen. Er kannte den Wirt und hatte ihn gebeten, ihn bei der Frau zu entschuldigen. Seine Mutter sei krank und er müsse zu ihr. Zugegeben, das war schon einige Jahre her, aber besonders erwachsen war es schon damals nicht gewesen. Er grinste bei der Erinnerung. Eigentlich war das die perfekte Art, Schluss zu machen. Man sparte sich dieses unangenehme Gespräch, die langen Pausen, in denen niemand etwas sagte. Der Hunger war einem eh vergangen und das Essen konnte man nicht genießen. So hingegen ließ es sich gut aushalten. Er beschloss zu bleiben und zog sein Telefon aus der Hosentasche.

Liebe Olivia, ich finde auch, dass wir eine schöne Zeit hatten. Ich werde jetzt das Essen genießen. Danke für die Einladung. Auch dir alles Gute!
Liebe Grüße Hauke

Er drückte auf Senden. Zufrieden über die Gelassenheit, die er empfand, stopfte er das Smartphone zurück in die Hosentasche. Er winkte den Kellner herbei und ließ sich die Speisekarte bringen.

Während er auf den Aperitif wartete, musste er an Freija denken. Er widerstand dem Impuls, ihr zu schreiben.

Er hatte sie bei der Abfahrt verabschiedet und sie erwartete ihn nun auf Sylt. Kaum zu glauben, aber wahr. Ritscher und Dressler waren natürlich nicht länger Teil der Reisegruppe. Die Kollegen hatten sie nach Itzehoe mitgenommen. Der Haftbefehl war aufgrund der erdrückenden Beweislage kein Problem gewesen. Arnold Kowalski hatte nicht länger schweigen wollen. Ritschers Kompagnon Graf bemühte sich derweil, den guten Ruf des Instituts zu retten.

Hauke nahm einen großen Schluck von seinem Gin Tonic und entspannte sich. Heute würde er sich ein Taxi nach Kophusen gönnen. Ach, warum konnten Trennungen nicht immer so elegant gelöst werden? Das hätte sein bisheriges Leben sehr viel stressfreier gestaltet. Als sein Blick auf den »Gruß aus der Küche« vor sich fiel, musste er grinsen. Eine kleine Espressotasse, in der ein grünes Schäumchen thronte. Philip hätte das bestimmt gefallen.

Ein herzliches Dankeschön geht wie gewohnt an mein hochgeschätztes und großartiges Team. Das sind im Folgenden: Mein Lektor Stefan Wendel, meine beiden Korrektorinnen Sonja Hartl und Rita Nandy, meine Cover-Designerin Svenja Sund und mein Mastering Engineer Fabian Tormin. Außerdem danke ich Ulrich Schmid und Almir Salihovic für die Betreuung im Hamburger Tonstudio. Meiner Erstleserin Sandra Schlichenmaier möchte für ihre wohlwollende und zugleich kritische Auseinandersetzung mit dem neuen Buch danken. Meiner Testleserin Yvonne Lantsch und meinem Testleser Ekkehard Probst danke ich für ihre Anmerkungen und Ideen. Sie beide waren sich einig, dass Goldberg in diesem Band zu wenig Espresso trinkt. Nun hat Goldberg seine alte Bialetti auf der Polizeistation und kann sich eine Extraportion Mokka gönnen. Eine kleine, aber wichtige Korrektur in Sachen Kühe verdanke ich Anne Thießen. Den wunderbaren Namen des gelben Papproboters verdanke ich der Katze von Nicole Dietes. Ohne das Jubiläum von Lars Pasuchas Deisterbuchhandlung hätte ich nicht bei meiner Namensvetterin übernachtet und wäre Gisbert wohl nie begegnet. Dem Pinneberger Bücherwurm danke ich für die Unterstützung bei meinen Büchertischen.

Mein besonderer Dank geht an alle Leserinnen und Leser, die meinen Beamten auf ihrem Weg bis hierhin gefolgt sind!

Der Roman spielt hauptsächlich in bekannten Regionen und an realen Schauplätzen. Doch bleiben die Geschehnisse reine Fiktion. Alle Handlungen und Figuren sind frei erfunden. Ähnlichkeiten mit lebenden oder toten Personen sind nicht gewollt und rein zufällig.

Melden Sie sich für den Newsletter an unter:
https://www.nicolewollschlaeger.de/newsletter/
Oder folgen Sie der Autorin auf Facebook und Instagram.

Mehr Informationen unter:
www.nicolewollschlaeger.de

Die bisherigen Bände der ELB-Krimireihe im Überblick

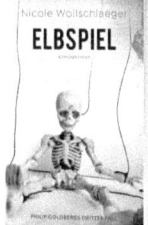

Auch als digitales
Hörbuch erhältlich